外国文学名著丛书

〔捷〕卡·恰佩克／著

鲵鱼之乱

贝　京／译

人民文学出版社
PEOPLE'S LITERATURE PUBLISHING HOUSE

Karel Čapek
Válka S Mloky
根据 M. &R. Weatherall 英译本《War With the Newts》(George Allen and Unwin Ltd, London, 1937)转译。

图书在版编目(CIP)数据

鲵鱼之乱/(捷克)卡·恰佩克著;贝京译. —北京:人民文学出版社,2020(2023.7 重印)
(外国文学名著丛书)
ISBN 978-7-02-015099-1

Ⅰ.①鲵… Ⅱ.①卡…②贝… Ⅲ.①长篇小说—捷克—现代 Ⅳ.①I524.45

中国版本图书馆 CIP 数据核字(2019)第 047707 号

责任编辑 李丹丹
装帧设计 刘 静
责任印制 王重艺

出版发行 人民文学出版社
社 址 北京市朝内大街 166 号
邮政编码 100705

印 刷 河北新华第一印刷有限责任公司
经 销 全国新华书店等

字 数 199 千字
开 本 850 毫米×1168 毫米 1/32
印 张 9.75 插页 3
印 数 10001—12000
版 次 1981 年 4 月北京第 1 版
印 次 2023 年 7 月第 4 次印刷

书 号 978-7-02-015099-1
定 价 43.00 元

卡·恰佩克

出版说明

人民文学出版社自一九五一年成立起，就承担起向中国读者介绍优秀外国文学作品的重任。一九五八年，中宣部指示中国科学院文学研究所筹组编委会，组织朱光潜、冯至、戈宝权、叶水夫等三十余位外国文学权威专家，编选三套丛书——“马克思主义文艺理论丛书”“外国古典文艺理论丛书”“外国古典文学名著丛书”。

人民文学出版社与中国科学院文学研究所，根据“一流的原著、一流的译本、一流的译者”的原则进行翻译和出版工作。一九六四年，中国社会科学院外国文学研究所成立，是中国外国文学的最高研究机构。一九七八年，“外国古典文学名著丛书”更名为“外国文学名著丛书”，至二〇〇〇年完成。这是新中国第一套系统介绍外国文学作品的大型丛书，是外国文学名著翻译的奠基性工程，其作品之多、质量之精、跨度之大，至今仍是中国外国文学出版史上之最，体现了中国外国文学研究界、翻译界和出版界的最高水平。

历经半个多世纪，“外国文学名著丛书”在中国读者中依然以系统性、权威性与普及性著称，但由于时代久远，许多图书在市场上已难见踪影，甚至成为收藏对象，稀缺品种更是一书难求。在中国读者阅读力持续增强的二十一世纪，在世界文明交流互鉴空前频繁的新时代，为满足人民日益增长的美好生活的需要，人民文学出版社决定再度与中国社会科学院外国文学研究所合作，以“网罗经典，格高意远，本色传承”为出发点，优中选优，推陈出新，出版新版“外国文学名著丛书”。

值此新版“外国文学名著丛书”面世之际，人民文学出版社与中国社会科学院外国文学研究所谨向为本丛书做出卓越贡献的翻译家们和热爱外国文学名著的广大读者致以崇高敬意！

“外国文学名著丛书”编委会

二〇一九年三月

目　次

第一卷　许氏古鲵

第二卷　文明历程拾遗

第三卷　鲵 鱼 之 乱

译本序

二十世纪二十至三十年代，捷克斯洛伐克有一位作家，他不大写诗，却被伏契克称为“诗人”，又被称为“捷克文学中最具有世界性的伟大作家”，这就是长篇幻想小说《鲵鱼之乱》的作者卡列尔·恰佩克（1890—1938）。

卡列尔·恰佩克出生于捷克东北部马莱·斯瓦托尼奥维采的一位医生家里，在大学念完哲学系之后，长期从事记者与报刊编辑工作。他的文学生涯开始于二十年代初，除了同他哥哥约瑟夫·恰佩克①合写过剧本《昆虫生活中的景象》（1921）和一些短篇文章以外，著有长短篇小说、剧本、游记、回忆录、随笔、杂文与哲学小品等十余种，其中大部分已译成各种文字在许多国家出版，至今仍然为国际文学界（特别是欧美各国）所推崇。在捷克作家中，恰佩克是在国外翻译介绍得最多的作家之一。

恰佩克在创作《鲵鱼之乱》这部反法西斯的幻想讽刺杰作之前，走过一段较为复杂的创作道路。德国法西斯上台以前，他的作品明显地反映了一个既具有人道主义、民主主义思想，又受到西方相对主义、实用主义哲学观点影响的资产阶级

① 捷克著名画家，反法西斯漫画作者，法西斯占领时期死于集中营。

作家的内心苦闷与矛盾：他经常思考人生与认识等重大问题，力图认识真理和周围世界的规律性，可又不能如愿以偿。他作品中的主人公、那些终日为生活惶惶不安的个人，同他本人一样，常常处于苦恼的迷惘状态中而无法解脱。由他的政治态度所引起的思想矛盾就更明显了：一方面，作为当时捷克斯洛伐克资产阶级共和国总统马萨利克的知心朋友，他著书宣扬马萨利克的哲学与政治观点，维护现行制度，有“官方作家”之称；但另一方面，恰佩克那颗追求民主和人道主义的善良的心、他那双新闻记者的锐利的眼睛、加上他广泛接触社会各阶层的记者生涯，使他对畸形的资本主义制度以及社会上种种不公正的丑恶现象极为不满，从而在他的作品中加以暴露、讽刺和抨击。伏契克曾经生动地描述恰佩克的这种矛盾心理说：“他真愿意自己生活在其中的这个世界是一个能为所有的人完全忍受得了的，乃至不必进行任何激烈改革的世界。可他又不能不感觉到事实并非如此，所以说他是诗人。他的作品常常流露出由于这一感觉而引起的痛苦情绪。”①在《昆虫生活中的景象》里，他借各种昆虫的生活讽喻资本主义社会的享乐、贪婪与眼光短浅的利己主义，他厌恶这一切，但又为找不到生活意义、杜绝不了这些丑恶现象而极度忧伤。早在二十年代初，恰佩克就已敏锐地预感到科学技术在当时资产阶级统治者的手中可能朝着有害于人类的方向发展。在幻想剧《万能机器人》(1920)里，他指出了资本主义社会盲目追求利润，滥用科技，难免要给人类招来毁灭的危险。在长篇小说《炸药》中，他指出这个社会正在奴役人们和准备战争。

① 伏契克：《活着的恰佩克与死去的恰佩克》(1939)。

可是该怎么办？按恰佩克的想法，当然不能把这个制度推翻。他规劝人们放弃一切可能改变这个世界的大胆行为，规劝发明炸药的人停止这类研究，而去发明一些有助于改善人类生活的东西。当他实在无法摆脱社会给他带来的忧虑与痛苦时，便逃到大自然里去当“花园的园丁”了。①

无情的历史并不照顾恰佩克善良的主观愿望与幻想，仍然按照它本来的规律朝着恰佩克所不愿意看到的方向发展。三十年代中期，希特勒上台以后，法西斯德国成了他的祖国——捷克斯洛伐克的最大威胁，还威胁着世界文明，践踏着他为之斗争的民主与人道主义。他开始清醒地意识到不能再幻想平静，或逃到大自然里去，或苦闷悲观、摇摆犹豫；甚至也不能再满足于宣扬那种笼统的人道主义了，必须“拔出剑来”“投入斗争”②。当时，民族矛盾压倒了一切，恰佩克以一名反法西斯战士的姿态参加了各种宣传鼓动活动，领导国际保护文化作家协会捷克斯洛伐克分会，使它成为全国性的组织，并积极支持西班牙共和国的反法西斯战争。同时，在他的创作思想上也出现了一个巨大的转折。他第一次创作了以矿工为主人公的中篇小说《第一救生队》(1937)，通过歌颂工人阶级临危不惧、团结友爱、拯救矿井伤员的生命的英雄行为，从精神上加强了祖国反侵略的防御力量。更重要的是，他先后写出了他最著名的三部著作：长篇小说《鲵鱼之乱》(1936)、剧本《白色病》(1937)及《母亲》(1938)，在捷克斯洛伐克人民和世界人民反法西斯斗争中起了揭露暴政、鼓舞斗志的积极

① 恰佩克：《园丁之年》。
② 伏契克：《活着的恰佩克与死去的恰佩克》(1939)。

作用。

*　　*　　*

长篇幻想小说《鲵鱼之乱》是对资本主义世界及帝国主义法西斯的全面、深刻的揭露与讽刺，是作者面临法西斯威胁对人类发出的严重警告。

关于这部作品的创作缘由，作者曾在一九三六年三月二十五日为捷克广播电台准备的一篇讲话稿中说，他开头并未打算写幻想小说，只想以他的父亲为模特儿，写一部"关于乡村医生的好人形象"的小说，"以便把医生生活中的恬静闲逸之情写出来，同时稍微点一下社会的病态"。可是他又感到"在这个充满纠纷的世界里，好心肠的医生虽然能够治病，减轻人们的痛苦，但决不能治好这个世界遭受的苦难和创伤"，因为"整个世界都在谈论经济危机、民族扩张主义政策和未来的战争"。因此，恰佩克说："一种替人类命运担忧的心情控制着我。虽然我本人无论如何也无力防止对人类的这种威胁，但我至少不能不看到这一点，更不能不经常想到这一点。"恰佩克在假设人以外的另一种动物也能"达到我们称之为文明的这种程度"之后问道："这时，它会干出人类所干出的同样疯狂的行动来吗？""如果那生物采取另一种野蛮方式宣布：因为自己的文明优越，数量太大，唯独它们才有权住满整个地球，并高踞于一切生命之上，那么我们该说些什么呢？"他说："正是这种与人类历史，而且与最真实的人类历史的对照，促使我坐到书桌旁边来写《鲵鱼之乱》。"

这部小说的故事情节纯属虚构，说的是在印度尼西亚群岛上偶然发现的一种鲵鱼的历史。资本家把这些样子像人、十分机敏的动物当作廉价劳动力培殖起来采珍珠、从事水下建筑。鲵鱼不仅逐渐掌握了人的技术，而且也掌握了法西斯思想，到后来，竟然拿着从人那儿得来的武器，袭击大陆，并要求扩充海面、淹没大陆、毁灭人类。最后通过作者幻想的鲵鱼统一体的自身瓦解和互相残杀，才出现人类复苏的希望。

故事虽属虚幻，但作者本人却坚决反对认为这是一部与现实无关的空想小说的看法。在前面提到的那篇广播讲话稿中他明确表示说："这不是空想，而是现实生活。这不是某种遥远未来的抽象图景，而是目前存在的和我们生活在其中的这个世界的真实反映。"在《鲵鱼之乱》里，作者简直是在以穿透五脏六腑的锐利眼光瞪着资本主义世界，以嘲讽的笔调将它的百般丑态描绘得淋漓尽致；对于它那发展到法西斯阶段的狰狞面目，他更是切齿痛恨，加以无情的揭露。《鲵鱼之乱》实实在在是一幅讽刺画、百丑图。

在小说的头一部分里，作者巧妙地模拟惊险小说、美国电影剧本、资产阶级报刊以及各种伪学者的作品的笔法，让我们看到了一部资本家的发家史。围绕着鲵鱼这一轰动一时的丑怪动物，在画面上活跃着各式各样的资产阶级人物：勇于探险、办事精明的鲵鱼企业创始人万托赫船长，"钱多得要命"、派头十足的大资本家 G. K. 邦迪；整天闲得无聊，呆望着天花板冥思遐想、搜索奇闻以维持报刊销路的编辑；成天争风吃醋、梦想着同时被几个男人追求、当裸体主角的资产阶级小姐明星；靠张贴鲵鱼广告、展览老婆大腿为生的杂耍团老板；乃至那些欺世盗名、故弄玄虚的学者教授……

在第二卷中资本主义已从原始积累时期发展到现代帝国主义阶段，鲵鱼已作为殖民掠夺和生产标准化的牺牲品，这时，作者的讽刺范围更广、笔锋更锐利、揭露更加深刻。资本家与鲵鱼之间已不再做“我给你开蚌壳的刀和刺杀鲨鱼的叉，你给我珍珠”的“公平交易”。鲵鱼企业对鲵鱼的捕捉、追赶、迫害以及转运、拍卖的情景使人不得不联想起过去“文明”的殖民主义者对待有色人种的海盗行为。作者通过一位普通的雇佣海员的嘴，指责那些惨无人道地对待鲵鱼的殖民主义者说：“你是靠最卑鄙的奴役手段过活的人。”这个残暴成性的殖民主义者却回答说：“鲵鱼到底是鲵鱼吆！”海员针锋相对地揭露说：“两百年前也有人总是说：黑人到底是黑人吆！”

对于为剥削与战争效劳到近乎荒唐地步的所谓博士学者们，恰佩克是用一种叫人看了不得不苦笑的幽默来描述的。这些学者以惊人的冷漠与残酷，对几乎无异于人的鲵鱼进行着考察研究，他们给活鲵鱼充电，切除它们的大脑叶和感觉器官甚至整个脑袋，只是为了发现使用它们的新的可能性。他们欣然发现“鲵鱼可以成为一种非常出色的、差不多是不可战胜的、进行战争的动物”。为了给战争效劳，这些温文尔雅的学者竟然把一条和他们共事很久，当过科研助理员、名叫汉斯的鲵鱼杀掉吃了，最后得出了“一旦发生战争，鲵鱼的肉也能成为牛肉的廉价代用品”的“科学论证”。

至于作者笔下那所专攻“现代课程、军训、体操”的海军综合鲵鱼学校和鲵鱼大学，只不过是军国主义化的法西斯大学和学院的别名而已。

在这一卷的结尾，作者用最少的笔墨，把那个什么问题也解决不了的鲵鱼问题研究委员会的本相勾勒了出来，说这种委员会的“值得称赞的成就”，只不过是“谨慎地避开一切微妙的政治和经济问题”。在委员们不着边际地研究讨论的同时，鲵鱼照样畅通无阻地繁殖着，直到逐渐对人类造成威胁。

到形成这部作品高潮的最后一卷，三十年代中期的国际政治形势已成为作者注意的中心，而鲵鱼则成法西斯主义的象征。作者毫不隐讳地提示我们：现阶段的鲵鱼就是德国法西斯，它们的法西斯逻辑就是：“只有在德国的土地上鲵鱼才能恢复它们纯粹而高贵的族类”，“这种新的种族、这种最纯粹、最原本的德国后代鲵鱼”“需要更多的空间”来生存。而象征着法西斯头子的鲵鱼长则用它那嘎嘎的嗓音，向人类发出限期腾出空间供它们居住的最后通牒，要求人类和它们“一道为毁灭旧世界而工作”。面对着法西斯的象征——鲵鱼将毁灭人类的严重威胁，恰佩克挺身而出，与那位声称“鲵鱼必然①会统治全世界”，“鲵鱼世界将比人类世界幸福”的《人类末日》作者针锋相对，以 X 的名义向人类大声疾呼：

“不要再喂鲵鱼了！②不要再雇佣它们！……”

“不要再给它们武器！③不要供给它们金属和炸药！不要让它们再有任何机器和制造战争的物资！你愿意把牙齿给老虎或者把毒汁给毒蛇吗？你愿意在火山上加一把火或者在洪水泛滥之时毁掉堤坝吗？让我们在一切海洋里禁止给它们任何供应品，让我们消灭鲵鱼，把它们从人类世界赶出去！”

恰佩克的呼吁表达了他为人类命运担忧的万分焦急的心情和鲜明而坚定的反法西斯立场，同时也是他号召各阶层人民起来一致对付法西斯的宣言。

然而，就在此刻，恰佩克自己也深深理解并尖锐地指出了

①②③　原文为黑体字，以示强调。

法西斯主义与垄断资本家的利益之间的直接关系：如果按 X 的呼吁行事，限制对鲵鱼的物资供应，“就会导致生产的急剧下降”，“给人类许多工业部门招来严重的危机”，“农产品的价格就会随之暴跌”，“从事农业的人就会处于破产的边缘”等等。资本主义社会由于它自身无法克服的固有矛盾，只能“不惜一切代价来冲向毁灭”。恰佩克指出：“现在，当欧洲已有五分之一被海水淹没之时”，有人“仍然在供给鲵鱼炸药、鱼雷和钻孔机”；有人“仍然在实验室里日以继夜、拼命地研究，企图发明更有效的机器和物资来毁灭世界”；有人仍然在向鲵鱼贷款、“出钱造成”“这个世界的末日、这场新的洪水”。恰佩克意味深长地说：不只是“鲵鱼同我们人打仗”，难办的是“人同人打仗”。

资本主义文明处于绝路，法西斯战争是资本主义社会发展的合乎规律的必然结果，也是资本主义世界总危机的最鲜明的表现——这就是作者的无情结论！

至于书中提到的建立一个共同对付鲵鱼的国际联盟组织，那是“一切负责政党都表示反对”的。而勉强开成的一次国际性的瓦杜茨会议，在恰佩克的照妖镜下也只是英、美“调解者”“热爱和平的政府”进行妥协背叛、出卖别国人民利益的一幕丑剧。它们主张，只要欧洲文明国家的殖民地海岸平安无事，就可以容许鲵鱼将中国一大片土地淹没掉。西方大国共同出卖作者祖国的慕尼黑会议竟然成了瓦杜茨会议的验证，也是对臭名昭著的国际联盟的无情嘲弄。

虽然作者在《鲵鱼之乱》一书中未能指出日益扩大的反法西斯运动与人民的力量，而只是把希望寄托在鲵鱼——法西斯分子的互相残杀上，从而削弱了作品的战斗性；然而，像他这样一位曾经长期受到西方哲学观点影响、极力维护现行制度的资产阶级作家，在法西斯刚刚上台的三十年代中期就能写出一部小说，如此深刻地揭示法西斯的真实根源和它的侵略野心，指出战争的危险迫在眉睫，呼吁人们起来制止战争，他这种锐敏的洞察力和坚定的立场，实在可贵。

在艺术上，《鲵鱼之乱》以虚幻、讽喻、带现代派色彩的独特手法表现重大严肃的主题，除了这一特点之外，作品结构巧妙，幻想的形象——鲵鱼与真实的人类社会生活结合得紧密而又自然，也是一般文学作品中很少见到的。随着主题发掘的步步深入，情节的发展也越来越紧凑，到最后形成高潮。而所有这些效果又都是在变化多姿的笔调的配合下达到的：小说由比较平静的讽刺性描述逐渐转为夹叙夹议，直至尖锐鲜明的评论和单刀直入、咄咄逼人的质问，使主题显得十分突出。此外，作者用短短二十万字的篇幅表现了这么重大的主题，叙述了资本主义由原始积累发展到帝国主义法西斯的如此漫长的过程，描绘了这么广阔的画面，又是同他的语言的精练分不开的。

《鲵鱼之乱》在捷克国内刚一问世，第二年就被译成英文在伦敦出版，接着又先后译成其他各种文字，在许多国家流传。它深为国内外人民所欢迎，而又为国内外敌人所痛恨。一位反法西斯战士、捷共党员文学评论家贝德希赫·瓦茨拉维克①在一九三七年写道："捷克斯洛伐克的法西斯机关，在所有捷克作家中最仇视卡列尔·恰佩克。"当时的捷克资产

① 贝德希赫·瓦茨拉维克(1897—1943)，捷克文学评论家，死于法西斯集中营。

阶级政府，不准恰佩克的戏剧上演和拍成电影，并通过各种反动报刊竭力诋毁《鲵鱼之乱》，“对他集中了谁也没承受过的卑劣的刻骨仇恨，无中生有的攻击”①，就连他的个子矮小也成了他们的攻击目标。再加上后来慕尼黑协定对他的打击，“死神没费多大力气就把这个一半已被敌人的走狗追捕得精疲力竭的人的生命夺去了”②。恰佩克终于在一九三八年，当人们欢度圣诞佳节之际含愤离开了人世。恰佩克虽死，但他的反法西斯杰作《鲵鱼之乱》《白色病》与《母亲》，在今天战争危险依旧存在的形势下，仍然具有现实意义。

乐　辛

一九八〇年七月

①② 伏契克：《活着的恰佩克与死去的恰佩克》(1939)。

第一卷

许氏古鲵

第一章　万托赫船长的古怪行径

你要是在地图上寻找马萨这个小岛，就会发现它刚好在赤道上，离苏门答腊西面不远。但你要是到“甘东·万隆号”上去，向万托赫船长打听他刚抛过锚的马萨岛究竟是个什么地方的话，他就会先骂上一通，然后告诉你说，这是整个马六甲海峡最肮脏的鬼地方，甚至比巴拉岛还要糟糕，起码也像毕尼或班雅克那样令人讨厌。他还会告诉你说，这个岛上只住着那么一个人，姑且叫他“人”吧（那些下贱的沓达人①当然不能算数）。这是个成天喝酒的掮客，一个古布人②和葡萄牙人的混血儿；他还会说，把一个纯古布人和一个纯白人加在一起，也绝比不上他那样会做贼，当异教徒，也绝没有他那样下贱。万托赫船长还会说，世界上要是还有什么倒霉的事，那就得算他妈的马萨岛上那种该死的生活了。先生，你听了这番话以后，不免要问他为什么要抛下那个该死的锚，好像要在那儿停他妈的三天三夜似的；这时他就会气冲冲地在鼻子里一哼，然后嘟哝着说，“甘东·万隆号”不是专为他妈的椰子和棕榈来的，这个谁都知道；况且这件事跟你也不相干，我是奉

① 苏门答腊中部地区的马来民族。

② 苏门答腊半定居或不久前转人定居的部落居民。

他妈的命令而来的。先生,你还是修修好少管闲事吧。他会骂得那么激烈,那么痛快,完全是一副老当益壮的船长的气派。

但是你如果不拿一些不相干的问题来打扰他,让他自言自语骂个痛快,说不定你就会听到更多的东西。从他那副模样上,你难道还看不出他肚子里有许多话要往外倒吗?你不用管他,等他发过一阵脾气以后,自己就会平静下来。“听我说吧,先生,”这位船长忽然开口说道,“阿姆斯特丹的那帮家伙,那帮他妈的上面的犹太人,一心相信有什么珍珠。他们说,伙计,留神找找珍珠吧!说什么人们想珍珠都想疯了,等等,等等。”谈到这里,船长会气愤愤地啐上一口唾沫,然后说:“喏,就是这样。把钱都花在珍珠上了!这种事儿都是你们这些老想要打仗,要这个要那个的人兴起来的花样,满脑子想的钱财,就是这么回事。先生,这就叫作危机。”万托赫船长迟疑一下,不知道应不应该开始和你谈谈经济问题;因为人们在今天除了这类问题以外,什么别的也不谈。不过马萨岛那儿实在太热了,让人提不起精神来,没法谈这类问题。于是万托赫船长把手一挥,嘟哝着说:“一开口就说要找珍珠!锡兰这个地方,早在五年前就已经采得一干二净了。先生,在台湾根本就不准你去采。于是就说什么:万托赫船长,你去找个新采珠场吧!把船开到那些糟糕的小岛那边;说不定那些地方的沙滩上可以找到好多珍珠蚌哩。”船长轻蔑地用天蓝色手帕擤了一下鼻子。“欧洲的那些混蛋以为这里还可以找到一些没有人知道的宝贝!天哪,真是些笨蛋!我奇怪他们怎么不叫我去瞧瞧那些峇达人的猪鼻子里是不是有珍珠往外滚呢。新采珠场!巴东倒的确有一家新妓院,可是新采珠场又上哪儿找去呢？先生，这地方所有的海岛，从锡兰起，一直到他妈的克利柏顿岛为止①，我都了如指掌……如果有人以为他在这些地方还能找到什么好发财的宝贝，那就让他去走运吧，先生！我在这一带已经跑了三十年了，现在那帮家伙却叫我在这里给他们找出一些新宝贝来！”万托赫船长这样大发牢骚，几乎气得哽住了。“让他们派个毛头小伙子到这儿来好了，他也许会找出一些东西，让他们大吃一惊，可是要我万托赫船长这样了解这些地方的人给他们找出来?！……先生，没门儿！在欧洲，你也许还能碰见一些什么玩意儿，可是在这里……人们跑到这里来还不只是到处钻，到处闻，想找点什么好捞的，甚至还不只是随便捞一把的问题，而是想找出一些好做买卖的东西来。先生，要是在整个倒霉的热带还留下了能值一分钱的东西，就准会有三个掮客跑来打主意了；他们会挥动脏手帕叫七个国家的船停下来。就是这么回事，先生。对不起，这里的事，我比女王陛下的殖民部还知道得清楚。”万托赫船长尽力想按捺住那满腔的义愤；他接着又嘟噜了一阵，总算是抑制住了，然后便说：“你们看见那边那些可怜的懒虫吗？他们是锡兰的采珠人，上帝饶恕我，这就是神创造出来的锡兰人。可是神为什么要创造他们，我就不明白了。先生，我的船上现在装的就是这些人；只要在什么地方找到一段没有经销公司，没有拔佳公司②，也没有设海关的海岸，我就放他们下水去找珠蚌。那个小个子的王八蛋能潜到八十米深的水

① 克里柏顿是太平洋一个极小的法属岛屿。这话的意思是从最大的岛到最小的岛屿我都知道。

② 捷克最大的制鞋企业，原为垄断资本家拔佳所有，收归国营后改名为光明鞋厂。

里去。他在亲王岛那边九十米深的水里捡到一个电影机上的把手;可是珍珠呢? ……根本没有! 连影子也没有,先生! 这些锡兰人就像得了麻痹症一样,简直没有办法。唉,先生,我干的就是这种倒霉的差事:表面上装扮成收买棕榈的人,实际上却在找新采珠场采珠蚌。说不定他们还想要我去发现一个未开垦的新大陆呢,你说是不是? 这绝不是一个正经商船船长干的勾当,先生。我万托赫可不是他妈的冒险家,先生。绝不是,先生。”接着他还说了许多这类的话。海洋是那样辽阔,岁月又是那样漫长;你往大海里啐唾沫吧,伙计,啐也没有用;你诅咒命运吧,骂也改变不了它。万托赫就这样唠唠叨叨了一大通以后,终于到了目的地。荷兰船“甘东·万隆号”船长一面长吁短叹,一面骂骂咧咧地下到一只小船上,然后划往马萨岛的一个村子里,找古布人和葡萄牙人的那个醉鬼混血儿谈生意去了。

谈了半天,那个古布人和葡萄牙人的混血儿终于说道:“对不起,船长,马萨岛现在根本不生长蚌了。”接着,他又用非常厌恶的口吻说,“这些下贱的沓达人连水母都吃;他们泡在水里比待在岸上的时候还要多,这里的娘儿们腥臭得跟鱼一样,你简直想象不出来,……我要说什么来着? 哦,对啦,你刚才问的是女人。”

“在这一带,沓达人没有下去过的海岸,难道一段也找不出来了吗?”船长问道。

混血儿摇摇头说:“找不出来,除非是鬼湾;不过,那个地方对你一点用处也没有。”

“为什么?”

“因为……谁也不能到那里去,先生。再给您斟上一杯?

船长！”

“谢谢。那里有鲨鱼吗？”

“有鲨鱼，什么都有，”这个混血儿喃喃地说，“那是个不好对付的地方，先生。峇达人不愿看见有人钻到那里去。”

“为什么？”

“……那里有鬼，先生。海鬼。”

“海鬼是什么，是鱼吗？”

“不，不是鱼，”混血儿闪烁其词地反驳道，“就是鬼，先生。是一种深海中的鬼。峇达人管它们叫‘塔帕’。嗯，塔帕。听说，那些鬼在那儿还有鬼市呢。再给您斟一杯，好吗？”

“那种海鬼……到底是个什么样子呢？”

混血儿耸了耸肩膀，说：

“像鬼的样子，先生。有一次我见到一个……不过，只看见了脑袋。那一次我正划着一条小船从哈莱姆角回来……忽然间，前面的水里伸出那么一副嘴脸来。”

“你说，到底是个什么样子呢？”

“长着一个长嘴巴筒子……活像峇达人，先生，不过脑袋上连一根毛也没有。”

“也许真是个峇达人吧？”

“不，先生，不是的。峇达人从来也不肯从那儿钻到水里去的，后来……它还用下眼皮向我直眨巴眼哩，先生。”混血儿说话时吓得直哆嗦，“那下眼皮向上一抬，就正好把眼睛盖住了。那就是塔帕。”

万托赫船长一边用肥大的手指摆弄着那一杯棕榈酒，一边问：“那时候你是不是喝多了一点儿？你没有醉吗？”

“我是喝醉了，先生。要不然我就不会往那儿划了。呇达人不喜欢人家去惊动那些鬼。”

万托赫船长摇了摇头说：“伙计，根本就没有鬼。要有也会长得像欧洲人一样。那一定是一种鱼呀什么的。”

“鱼？”混血儿结结巴巴地说，“鱼不会有手的呀，先生，我又不是呇达人，我在巴宗上过学……说不定我还能记得《圣经》上的十诫和别的科学原理呢；一个受过教育的人一定分得清鬼是什么样子，兽又是什么样子，是吧？你不妨问问呇达人，先生。”

“这不过是一种愚人的迷信吧？”船长带着有教养的人那种和颜悦色的优越感解释道，“从科学上来讲，这完全是胡说。鬼根本不能住在水里，是不是？它待在水里干什么呢？伙计，你可别相信土人的瞎话。有人把那个海湾叫作鬼湾，从此呇达人就害怕那个地方。就是这么一回事。”船长把肥大的手掌往桌上一拍，说，“那儿什么也没有，伙计。从科学上讲，这是非常清楚的，对不对？”

“对呀，先生，”这位在巴宗上过学的混血儿同意他的话说，“可是明白人谁也不会到鬼湾去搞什么名堂的。”

“什么？”万托赫船长不禁涨红了脸，咆哮着说，“你这个下贱的古布佬，你以为拿鬼就能吓唬住我吗？咱们等着瞧吧，”他大吼着，同时他那硕大的身躯神气十足地站了起来，“我还有正经事要办，不能在这里跟你瞎扯了。可是别忘了，荷兰的殖民地上绝不会有鬼；如果真闹什么鬼的话，那就是法国的殖民地，那儿也许有鬼。现在去把他妈的这个村的村长给我找来。”

要找这个大人物并不费事：他正蹲在混血儿的商店旁边

嚼甘蔗。这是一位长者,赤条条地一丝不挂,比欧洲市镇的市长们要瘦得多。全村的男女老幼都在村长身后不远的地方蹲在一起,毕恭毕敬地保持着一定的距离;他们显然是在等待着人家来给他们拍电影。

“喂,听着,伙计。”船长用马来话对他说。其实他满可以讲荷兰话或英语,因为这位年高望重的沓达人对于马来话同样是一句也不懂。混血儿必须把船长讲的话都翻译成巴达维亚语。可是船长总觉得说马来话比较合适。“听我说,伙计,我需要几条高大、结实和大胆的汉子,跟我一道去找点东西。懂吗？找点东西。”

混血儿把话翻译了之后,村长点点头,表示他差不多听明白了;然后又转过身去向广大的听众发表了一篇演说,这篇演说显然很成功。

“村长说,”混血儿翻译道,“不论船长大人要到哪里去找东西,全村人都愿意跟大人去。”

“你瞧见了没有?! 好吧,告诉他们说,我们要到鬼湾去采蚌。”

这一下惹得全村的人,尤其是老太婆们激烈地争论了一刻钟。最后,混血儿转过身来冲着船长说:“他们讲,你不能到鬼湾去,先生。”

船长涨红了脸说:“为什么不能?”

混血儿耸了耸肩膀说:“因为那里有塔帕——塔帕,有鬼,先生。”

船长气得满脸发紫。“你跟他们说,他们敢不去……我就把他们的牙全都敲下来……把他们的耳朵割掉……把他们活活吊死……我要把这个乌七八糟的村子烧掉——你明白吗?”

混血儿把这些话都照实翻译过去了,于是又惹得大家激烈地讨论了好半天。后来混血儿冲着船长说:“先生,他们说要到巴当警察局去告状,说大人威胁他们。这些事都有法律管着,村长不会善罢甘休的。”

“好,告诉他,”船长气得脸色铁青,咆哮起来说,“他是……”接着一气嚷了下去,起码有十来分钟没有住嘴。

混血儿尽他所知道的词汇把这些话翻译出来。呇达人又议论纷纷地商量了半天,接着他又给船长翻译道:“先生,他们说,如果船长大人肯拿出一笔钱交给这里的村公所,他们就可以不去告状。他们说,”他犹疑了一下,然后说道,“要两百卢比。不过那也太多了一点,先生,给他们五个卢比吧。”

船长的脸上青一阵、紫一阵。最初他威胁着要把世界上的呇达人杀个精光,接着他减到要踢他们每人三百下,最后他只要能把村长剥了皮,制成标本送到阿姆斯特丹的博物馆去,也就心满意足了;呇达人这方面也从两百卢比降低到要一个带轮子的铁水泵,最后坚持要船长送给村长一只精巧的石油打火机当作酒钱。“给他们吧,先生?”混血儿求情道,“我的店里还存着三只打火机,可是全没有火绒。”于是,马萨岛上又恢复了平静。但是,万托赫船长看出白种人的威信现在已经面临危机了。

* * *

下午,从荷兰船“甘东·万隆号”放下一只小船,载着万托赫船长、瑞典人延森、冰岛人古德门森、芬兰人吉烈迈嫩和两个锡兰采珠人等等,一直驶向鬼湾去了。

三点钟潮水退得最低的时候，小船在离岸一百码左右的地方荡来荡去，船长站在岸上，注视着有没有鲨鱼出现，两个锡兰潜水人手里都拿着刀，等候潜水的命令。

船长吩咐那个赤条条的高个子说："你下去！"于是这个锡兰人就跳下水，跨了几步，然后潜下海去了。这时，船长看了一下表。

过了四分二十秒，一个棕色脑袋在左边约六十米的地方露了出来。潜水人四肢瘫软，带着惊奇而绝望的神情急忙爬上一堆圆石头。他一手拿着割蚌刀，一手拿着一只珍珠蚌。

船长皱了皱眉头，厉声问道："喂，你怎么回事？"

这时锡兰人仍然在往石头上爬，吓得粗声大气地直喘。

"出了什么事啦？"船长大声喊道。

"老爷，老爷，"潜水人勉强呻吟着说，接着就倒在岸上，刺耳地喘着气，"老爷……老爷……"

"鲨鱼吗？"

"鬼，"潜水人呻吟着说，"是鬼，先生。成千上万的鬼！"他用手背使劲揉着眼睛，"全是鬼，先生！"

"让我看看那个蚌，"船长吩咐说，接着就用刀把蚌打开，里面嵌着一颗晶莹的小珍珠，"你只找到这一个吗？"

锡兰人从拴在脖子上的口袋里又拿出三个，然后说："那儿蚌多着哩，先生。可是那些鬼在把守着……我割蚌的时候，他们都盯着我……"他那蓬松的头发吓得竖立起来，"老爷，别在这里搞了吧！"

船长把蚌打开，发现两个是空的，第三个里面有一颗珍珠，豌豆粒大小，像一滴水银那样溜圆。他看看珍珠，又看看在地上缩成一团的锡兰人。

“喂，”他迟疑地说，“你再从那儿下去好吗？”

潜水人摇摇头，一声不响。

船长只觉得舌根发痒，真想痛骂他一顿。可是连他自己都没有想到，他说话的时候居然压低了声音，甚至还近乎温和，他说：“不要害怕，小伙子。它们到底是什么样子呢？那些……鬼？”

“就像小孩一样，长着尾巴，大约有这么高，先生。”潜水人喘着气说，一边把手举得离地面大约有一米二高，“它们围在我身边，瞧着我在那里干什么……它们围成那么一大圈……”锡兰人不禁哆嗦起来，“老爷，老爷，不要在这里搞了吧！”

船长想了一下，然后问道：“它们是用下眼皮眨巴眼的吗？它们到底在干些什么呢？”

“我不知道，先生，”潜水人喊道，声音都有些嘶哑了，“它们总有好几千。”

船长向四周张望了一下，寻找另一个锡兰人，他正站在一百五十来米以外的地方，两只手交叉地抱着肩头，漠然地在等待着。本来嘛，一个人在赤身裸体的时候，两只手除了抱着自己的肩头以外，就没有别的地方好放了。船长一声不响地向他点了点头，这个小个子就钻进水里去了。过了三分五十秒以后，他浮了上来，用那双不听使唤的手，向岸边的圆石上爬去。

船长大声叫道：“喂，上来吧！”但这时他定睛瞧着那双拼命摸索的手，然后就纵身从一块块的岩石上飞跑过去；谁也想不到这么个笨重的大胖子的动作居然会这样敏捷。他刚好赶上，一把抓住这潜水人的一只手，气喘吁吁地把他拉出水来，接着就让潜水人躺在一块圆石上，自己擦着汗。锡兰人躺在那里一动也不动，一条腿显然被石头割得露出了骨头，别的地方倒还没有受伤。船长翻开他的一只眼皮，只见眼珠翻白，他不但没有采着蚌，而且连刀都掉了。

正在这个时候，小船载着其余几个人驶近海岸来了。“先生！”瑞典人延森喊道，“发现鲨鱼了，还在这里采吗？”

“不采了，”船长说，“过来把这两个家伙抬走吧。”

当他们回大轮船去的时候，延森喊道：“瞧，先生，水在这儿不知怎么突然浅了。有个东西从这里一直伸到岸边。”他把桨伸到水里去指着说，“就像水底下有一条堤坝似的。”

* * *

小个子潜水人一直到轮船上才苏醒过来。他坐在那里，膝盖顶着下巴颏，浑身不住地发抖。船长把旁人打发走，然后叉开两条腿坐下来，问道：

“好啦，你讲讲吧，你在那儿到底看见什么了？”

“鬼，老爷。”小个子锡兰人轻轻地说；这时他连眼皮都颤抖起来，全身起了鸡皮疙瘩。船长咳了一声，清了清嗓子，问道：“它们长得像什么呢？”

“像……像……”这个人又翻起一线白眼。万托赫船长冷不防飞快地用手心和手背每边脸上抽了他几个大嘴巴子，使他清醒过来。

“谢谢，老爷。”小个子潜水人叹了一口气，于是黑眼珠又在白眼球里出现了。

“现在好了吗？”

“好了，老爷。”

"那里有蚌吗?"

"有,老爷。"

万托赫船长十分耐心而细致地盘问他。不错,那里有鬼。有多少呢? 成千上万。它们就像十岁的孩子那么大,先生,黑乎乎的。它们游水时跟我们一样,但是还把身子往两边摆动;喏,就像这样,这样,总是这样,这样,从一边摆到另一边……是的,先生,它们像人一样有手,没有角,也没有毛,拖着一条尾巴,有点像鱼,可又没有尾鳍。脑袋很大,像沓达人的脑袋一样圆。他们什么话也没有说,先生,只是像在咂嘴。这个锡兰人在大约十六米深的水里采蚌的时候,觉得有什么东西在摸他的背,就像冰冷的小手指一样。他回过头一看,只见成千上万的一大群,的确是成千上万,先生。有的在游泳,有的站在水底,都盯着看这个锡兰人在那里干什么。这时他连刀带蚌全都扔了,想要浮到水面上来。正往上浮的时候,忽然碰着几个在他上面游泳的鬼,往后发生了什么事,他就不知道了,先生。

万托赫船长若有所思地注视着这个发抖的小个子潜水人。这个家伙再也不会有什么用了,他自言自语地说,我要把他从巴当送回锡兰去。这时他鼻子里一面哼哼,嘴里一面嘟哝着回到船长室去了。走进屋子以后,他抖动纸袋,两颗珍珠就滚到了桌子上。一颗像沙粒那样小,另一颗则像发亮的银色豌豆泛着一层粉红。这位荷兰船的船长不禁喘息起来,顺手从食橱里拿出了一瓶爱尔兰威士忌酒。

* * *

快到六点钟的时候,他又坐着小船到村里去,一直走到那个混血儿家里。“来杯棕榈酒！”他只说了这么一句话，然后就坐在盖着瓦楞铁的走廊上，肥大的手端着一只厚厚的玻璃杯。他一面喝酒，一面吐唾沫。前面棕榈树围成的肮脏院子里，有许多瘦瘦的黄母鸡在啄食，真是天晓得。他那浓眉下一双眼睛直盯着那些黄母鸡。混血儿一句话也不敢说，在一旁斟酒。船长的眼睛渐渐变红了，手指发硬了，将近黄昏的时候，他才站起身来，把裤子系好。

“您打算去休息吗，船长？”这个魔鬼生出来的混血儿，很有礼貌地问。

船长往空中一指说：“我倒想去看看世界上还有什么我没见过的鬼。喂，他妈的那个西北方怎么走？”

“从这儿走！”混血儿上气不接下气地说，“您到哪儿去，先生？”

“我要下地狱，”万托赫船长气狠狠地说，“去瞧瞧鬼湾。”

* * *

万托赫船长的古怪行径就是从这天晚上开始的。他直到天亮才回村里，一句话也没有说，就让人把他送回轮船，然后把门锁上，独自一人待在船长室，一直关到傍晚。截至那时为止，谁也没对这件事感到奇怪，因为“甘东·万隆号”船正在忙于装载马萨岛上的天然产品——椰干、胡椒、樟脑、树胶、棕榈、烟叶和劳工。但到黄昏时分，有人通知他货都装好了，他却只哼了一声说：“预备小船到村里去。”这回他又是直到天亮以后才回来。船上的助手瑞典人延森，仅仅是出于礼貌问了他一句：“我们今天开船吗，船长？”这时他就像是在背上挨了一下似的，猛地转过身来，怒喝道：“不关你的事，少管他妈的闲事!"于是"甘东·万隆号"便整天碇泊在离马萨岛岸边一锚链远①的地方,抛下锚,一点动静也没有。太阳快落山的时候,他又从船长室踉踉跄跄地走出来,吩咐说:"预备小船到村里去。"希腊人札帕提斯一只眼瞎了,剩下一只是斜眼,他望着船长的背影,得意扬扬地说:"伙计们,咱们的老头子要不是在岛上找到了娘儿们,就是完全疯了。"瑞典人延森皱了皱眉头,对他喝道:"不关你的事,少管他妈的闲事!"然后就带着冰岛人古德门森坐上小船,向鬼湾划去。他们把小船拴在大石头后面等候着,瞧瞧究竟会出什么事。船长在海湾上走来走去,好像在等候什么人;有时他停下来,口中似乎在吱、吱、吱地叫着。"瞧。"古德门森指着海上说;这时落日的余晖照耀在海面上,发出一片万紫千红、灿烂夺目的光芒。延森口中数着:两条、三条、四条、六条,都是利如刀锋的脊鳍,正向鬼湾移动。他嘟哝着说:"老天爷,这里有不少鲨鱼呢。"这时,每隔几秒钟就有一片刀锋沉下去,一条尾巴唰地一搅,接着就是一阵激烈的骚动。万托赫船长在海滩上不禁暴跳如雷,破口大骂起来,直冲着这些鲨鱼挥拳。过了一会儿,短暂的热带黄昏的余晖消逝了,涌出一轮明月普照全岛。延森荡着桨,把小船一直划到离岸二百米的地方。这时,只见船长坐在一块大石头上,嘴里发出吱、吱、吱的声音。他的周围有些东西在移动,那到底是什么,他们却看不清楚。延森心想,这些东西长得像海豹,可是海豹不会像它们那样爬呀。它们从岩石间钻出水来,沿着海滩在水里摇摇摆摆地走着,就像企鹅一样。延森轻轻地把小船向前划了划,停在离船长大约二百

① 约一海里的十分之一,或一百八十五米。

米的地方。船长口里的确在念念有词,但究竟在嘟哝些什么,只有鬼才能懂,很像是在用马来话或泰米尔语讲些什么。他的手一动一动的,好像扔给那些海豹什么东西似的;但是延森暗自琢磨,这不是什么海豹。船长总在嘁嘁喳喳讲中国话或是马来话。正在这个时候,抬出水面的桨唰的一下从延森手中掉到水里去了。船长抬头一望,站起身来,朝水边跑了三十米左右;忽然间,只见亮光一闪,"嘭"的一声,他用勃朗宁手枪朝着轮船边开了一枪。说时迟那时快,只见海湾上出现一片漩涡,同时发出嗞嗞声和稀里哗啦的溅水声,好像有上千只海豹往水里直钻似的。这时,延森和古德门森已经飞快地划起桨,小船嗖的一声就钻到最近的海角后面去了。回船后,他们没有向任何人谈起一个字。这些北欧人到底懂得怎样守口如瓶。第二天早晨船长回来了,情绪显得沉闷而又暴躁,可是一声不响。只有在延森伸手拉他上船的时候,他们的两双蓝眼睛才带着探索的神情,冷淡地望了个四目相接。

"延森。"船长说。

"是,先生。"

"咱们今天开船。"

"是,先生。"

"到泗水给你结账。"

"是,先生。"

情形就是这样。当天"甘东·万隆号"起航前往巴当。万托赫船长从巴当给他的公司寄去一个小邮包,保价二百英镑。同时他又打了一个电话,说自己由于健康的缘故,急需休养等等,请假一年。然后他就在巴当四处游荡,直至找到了他要寻找的人为止。这人是达雅克人,婆罗洲的生番;英国的旅行家们有时为了观赏取乐，雇用他打鲨鱼。因为这个达雅克人仍然使用老办法打鲨鱼，他身上只带一把长刀。很明显，他是一个吃人生番，但是他也有规定的价钱：打一条鲨鱼五英镑，外加伙食。自然他的样子看起来就让人害怕，因为他的双手、胸部和腿上的皮都被鲨鱼蹭掉了，他的鼻子和耳朵上嵌着许多鲨鱼牙齿。他的名字就叫作“鲨鱼”。

万托赫船长带着这个达雅克人到马萨岛去了。

第二章　戈洛姆伯克先生和瓦伦塔先生

在一个新闻记者最难受的三伏天里，什么事情也没有，一点儿消息也找不到；不但没有政治新闻，就连欧洲危机的消息也都没有；可是那些由于极端无聊而昏睡在河畔或躺在难得的树荫下看报的人，由于溽暑蒸人、由于自然风光、由于乡村的宁静——总之，由于假日中那种健康而单调的生活弄得无精打采；即使在这个季节，他们也希望报纸上至少会登载一些新颖和刺激精神的消息，例如什么谋杀案啦、战争啦、地震啦；不管怎么说，总要有点儿东西才行，但每天都难免失望。如果没有什么新闻，他们就把报纸一揉，满肚子不高兴地说报纸上空空洞洞，一点儿内容也没有；一句话，这些报纸不值一读，往后再也不要这些报纸了。

这时，报社编辑室里只坐着五六个寂寞无聊的人，因为其他的同事也去度假去了。这几个人同样暴躁地把报纸一揉，抱怨报纸内容空洞，真是一点新闻也没有。排字工人从排字车间里走出来，用责难的口吻说："先生们，明天还没有社论呢。"

"好吧，要不然就排……那篇……论保加利亚经济情况的文章吧！"这些绝望的先生中的一位说出了自己的主意。

排字工人深深地叹了一口气说："谁又会看呢？编辑先

生。整篇报纸都没有什么可看的。"

六位绝望的先生抬头注视着天花板，好像能从那里找到什么可看的东西似的。

"要是发生点什么事就好了。"有个人这样笼统地说了一句。

"要不然有点……什么……有趣的报道也行。"另外一个人示意说。

"关于哪一方面的？"

"那我可不知道了。"

"或者想出……一种什么新的维生素。"第三个人嘟哝着说。

"什么，在这夏天发表维生素的消息？"第四个人反对说，"老兄，维生素是智力活动方面的东西，秋天发表更好……"

"唉，天这么热，"第五个人打着呵欠说，"应该从两极地区弄点材料来。"

"什么材料？"

"嗯。就像以往的因纽特威尔茨①这一类的消息。像冻冰的手指啦，千年不化的冰雪啦什么的。"

"说起来倒很容易，"第六个人说，"可是上哪儿去找呢？"

于是整个编辑室充满了一片绝望的沉寂。

排字工人终于打破沉寂，结结巴巴地说："星期天我在耶维契科……"

---

① 威尔茨·杨生于一八六八年，原为捷克人，一生大部分时间在漫游中度过，曾在北极、西伯利亚和阿拉斯加等地掘金、捕鱼、经商，并曾一度成为因纽特人的部落酋长。一九二八年回捷克，其事迹盛传一时，捷克新闻记者作家鲁尔道夫·捷斯诺格利切曾著书描写其游历生活。

"喏,往下说!"

"他们说,有一个万托赫船长正在那里休假。他是在耶维契科出生的。"

"哪个万托赫?"

"喏,一个大胖子,据说是个海船船长,就是那个万托赫。他们说他在海外什么地方采过珍珠。"

戈洛姆伯克先生看了瓦伦塔先生一眼。

"在什么地方采过珍珠?"

"在苏门答腊……西里伯……喏,总在那一带的什么地方吧。他们说他在那一带待过三十年。"

瓦伦塔先生接着说:"伙计,这倒是个主意,也许可以写成一篇头等的新闻纪事,戈洛姆伯克,我们去一趟怎么样?"

"好啊!不妨试试。"戈洛姆伯克一边想着,一边就从他坐的那张桌子上溜了下来。

*　　　*　　　*

"那就是那位先生。"耶维契科的房东说。

花园里一位戴白便帽的胖子叉开两条腿坐在一张桌子旁边,一面喝着啤酒,一面若有所思地用一只肥胖的手指在桌上乱画。两位来客一直向他走去。

"我叫瓦伦塔。"

"我叫戈洛姆伯克。"

这位胖子抬眼一望说:"什么?你们说什么来着?"

"我是编辑瓦伦塔。"

"我是编辑戈洛姆伯克。"

胖子神气十足地站起身来说:"我是万托赫船长。很高兴同你们见面，坐吧，小伙子们。”

两位先生欣然坐在他的身旁，并在他面前把笔记本拿了出来。

“喝点什么？小伙子们？”

“树莓汁。”瓦伦塔先生说。

“树莓汁？”船长不大相信地重复了一句，然后说，“喝那种东西干吗？房东，拿点啤酒来。嗯，你们有什么事吗？”他把两条胳臂靠在桌上问道。

“万托赫先生，听说你是此地人，是吗？”

“是啊，不错。”

“请您告诉我，您是怎样到海上去的？”

“从汉堡去的。”

“您当船长多少年了？”

“二十年啦，小伙子。我的证件在这儿。”他着重地说，同时拍了拍胸前的口袋，“我可以拿给你们看看。”

戈洛姆伯克先生倒很想看看船长的证件究竟是什么样子，但却没有说出来。“那么，船长先生，您在这二十年中一定见过不少世面了，是吗？”

“嗯，不错，见过不少。是不少。”

“请详细谈谈好吗？”

“我到过爪哇、婆罗洲、菲律宾、斐济群岛、所罗门群岛、加罗林群岛、萨摩亚、他妈的克利柏顿岛，还有许许多多他妈的岛。小伙子，问这些干吗？”

“嗯，不为什么，这很有趣呗。我们很想请您多说一点情况。”

“呵！不为什么？”船长用他那浅蓝色的眼睛紧紧地盯着

他们说,“那么你们就是从警察局来的啰,从警察局来的,对吗?”

“不是,船长先生,我们是从报社来的。”

“哦,从报社来的,那就是新闻记者啰?好吧,记吧:万托赫船长是‘甘东·万隆号’的船长……”

“什么?”

“泗水的‘甘东·万隆号’。旅行的目的:Vacances——你们管这个叫什么来着?”

“休假。”

“对啦,真见鬼,休假。那么你们在报纸上就这样写吧,某某人抵此。现在把那个本子收起来吧,伙计。祝你们健康。”

“万托赫先生,我们这次来拜访是想请您谈谈您的经历。”

“那是为什么?”

“我们打算在报上登出来。人们读到远方海岛的记述,看到他们的捷克同胞,看到一个耶维契科本地人的见闻和经历,一定会很感兴趣的。”

船长点了点头说:“对,小伙子,我是全耶维契科独一无二的船长。嗯,就是这样。他们说还有一个秋千①船的船长,不过依我看来,”他很有把握地补了一句说,“那不能算是一个真正的船长。船要按吨位算,知道么?”

“您那条船有多少吨呀?”

“一万二千吨,小伙子。”

① 指小船,在水中摇摇荡荡像秋千一样。

"这么说您就是一位大船的船长啰?"

"不错,大船的船长,"他神气十足地说,"小伙子们,你们有钱么?"

这两位先生有些迟疑地彼此望了一眼说:"钱倒有一点,可是不多。您也许要一点钱用,是吗?"

"对啦,也许是要一点。"

"那么,您瞧,您要是多告诉我们一些,让我们在报上登出来,您也就可以得到一些稿费了。"

"多少?"

"喏,也许是……好几千吧。"戈洛姆伯克先生慷慨地说。

"好几千英镑?"

"不,只能是好几千克朗①。"

万托赫船长摇摇头说:"这样我就不干啦。这点儿钱我自己也有,小伙子。"这时他从裤兜里掏出一大叠钞票说,"看见了么?"然后他用两肘支在桌上,弯着身子朝他们俩说,"先生们,我可以让你们参加一桩 big business②。你们管它叫什么?"

"大买卖。"

"不错,大买卖。不过你们得给我一千五……嗯,等一等,一千五,一千六百万克朗。怎么样?"

这两位先生又迟疑地彼此瞧了一眼。因为编辑们对于最离奇的疯子、恶棍和发明家都有一套经验。

"等一下,我拿一点东西给你们瞧瞧。"船长说罢,就用肥

① 捷克币名。

② 英语:大买卖。

大的手指从马甲的小口袋里掏出一些东西来，放在桌上。那是五颗樱桃核大小的粉红色珍珠。“你们懂得点儿珍珠吗？”

“这能值多少钱？”瓦伦塔先生喘着气说。

“是的，值不少钱，小伙子。可是这些我不过是带着做个样品……怎么样，你们愿意参加吗？”他一面问，一面把宽厚的手掌从桌子上伸过去。

戈洛姆伯克先生叹了一口气说：“万托赫先生，这样大的数目……”

“你先等等，”船长打断他的话说，“我知道你们不了解我。你们不妨到巴达维亚、泗水、巴当或者随便挑个地方去打听打听万托赫的为人。你们不妨去打听打听，人人都会说：‘好哇，万托赫船长么，他说话就是算话。’”

“万托赫先生，我们相信你，”戈洛姆伯克先生回答说，“不过……”

“等一等，”船长说，“我知道你们不愿意把自己宝贵的金钱白白扔掉，这是值得夸奖的，小伙子。不过你们把钱投到轮船上，怎么样？你们应当买下那条轮船，当上船主，就可以跟着轮船一道走；对了，那样你们就能跟着轮船一道走，也就可以知道我在干些什么了。至于在那里赚的钱，我们可以二一添作五，这总算是公平交易吧，对不对？”

“不过，万托赫先生，”戈洛姆伯克先生最后有些不安地嘟哝着说，“不过我们没有那么多钱呀！”

“啊，这就是问题了，”船长说，“遗憾，先生们，那我就不明白你们为什么要来找我了。”

“想请您谈谈您的经历，船长。您一定有过很多的冒险……”

“是的，我有过他妈的冒险，我有过。”

“轮船失事您遭遇过么？”

“什么？轮船失事？没有的事。你们这是怎么想的？要是给我一条好船，就绝对不会失事。你们不妨到阿姆斯特丹去打听一下我的情形。你们去问吧。”

“土著的情形你了解么？”

万托赫船长摇了摇头说：“这跟文明人不相干。这些事我无可奉告。”

“那就给我们讲些别的事吧。”

“好，我说，”船长满腹狐疑地嘟哝着说，“然后你们就把这些消息卖给一家公司，这家公司就把船派去。小伙子，听着吧，人都是强盗。最大的强盗就是科伦坡的那些银行家。”

“你常到科伦坡去吗？”

“常去，去过很多次。也到过曼谷和马尼拉。小伙子，”他忽然说，“我知道有一条好驶的船，价钱也便宜，现在就停在鹿特丹，你们不妨去瞧瞧。不错，在鹿特丹，就在这儿。”这时他把大拇指往肩膀后面一指，然后说，“如今船真是便宜得要命，小伙子，就像废铁一样。这条船下水才不过六年，装的是柴油发动机。你们愿意去看一下吗？”

“我们不能去，万托赫先生。”

“那么，你们可太奇怪了，”船长叹了一口气，拿出他那天蓝色的手帕大声地擤着鼻涕，“你们知道这里有人想买船吗？”

“在耶维契科本地吗？”

“是的，本地，或者在附近什么地方。我倒希望那个大企业就设在我的家乡。”

“你真是个好人啊，船长。”

“是啊。别人全都是些地地道道的大强盗。他们并没有钱。你们既然是从报社里来的，就该知道这里的 bankers 和 Ship-Owners① 这类大亨了；你们管这种人叫什么来着，轮船主？”

“轮船主。我们对于这些人一点儿也不了解，万托赫先生。”

“啊，真可惜。”船长变得忧郁起来了。

戈洛姆伯克先生忽然想起了一桩事，他说：“你也许认识邦迪先生吧？”

“邦迪？邦迪？”万托赫船长沉思着说，“等一等，这个名字我应该知道啊。邦迪，不错，伦敦有一条邦德街，那里住着一些非常阔气的人。这位邦迪先生是不是在那条邦德街开了什么企业呢？”

“没有，他住在布拉格，不过我记得他生在我们这耶维契科地方。”

“哎呀，”船长忽然高兴地叫了起来，“你说得对，小伙子，是在广场上开绸缎店的。不错，邦迪……可是他叫什么名字呀？麦克斯，麦克斯·邦迪。那么说，他现在就在布拉格做买卖了，对吗？”

“不，那一定是他的父亲。这个邦迪叫 G. H.，船长，他是总经理 G. H. 邦迪。”

“G. H.。”船长摇摇头说，“G. H.，他不叫 G. H.。会不会是加斯特·邦迪呢——不过加斯特又不是什么总经理呀。他

① 英语，意为“银行家”和“轮船主”。

只不过是个一脸雀斑的小犹太人，那不会是他。”

“就是他，万托赫先生。您准是好多年没有见过他了。”

“不错，你说得对。好多好多年啰。”船长同意说，“总有四十年了吧，我的孩子。那个加斯特现在一定是个大人物了。他是个什么样的人物？”

“他是金属制品出口辛迪加经理部的总经理；您知道，这就是出售锅炉这类设备的那家大公司。噢，他是二十来个托拉斯和公司的经理。是个非常了不起的人物，万托赫先生。他们管他叫我国实业界的船长哩。”

“船长，”万托赫船长沉思了一会儿，“这么说，我就不是耶维契科唯一的船长了！哎呀，原来加斯特也是船长。我应该去见见他。他有钱吗？”

“啊，有，他的钱多得要命，万托赫先生。他一定有几万万。他是我国最有钱的人。”

万托赫船长非常认真起来，他说：“他也是一个船长。谢谢你，小伙子。那么，我就去找他，找那个邦迪。不错，加斯特·邦迪，我认识。从前他是那样一个小个子犹太人。现在竟变成 G. H. 邦迪船长了。哦，是嘛，时间过得真快。”他不胜感慨地叹了一口气。

“船长先生，我们该走了，要不然就赶不上夜班车了……”

“让我送你们上码头吧，”船长站起身来说，“先生们，你们能到这里来，我非常高兴。我在泗水认识一个编辑，他是一个好人，呃，还是我的好朋友哩。小伙子，他是一个大酒鬼，你们要是愿意，我可以在泗水的新闻界替你们找个工作，怎么样？好吧，随你们便吧！”

火车开动的时候,万托赫船长从容而严肃地挥动着他那条天蓝色大手帕向他们致意。就在这个时候,一颗不很圆溜的大珍珠掉到沙土里去了,后来谁也没有找到它。

第三章　G.H.邦迪和他的同乡

大家都知道,人物越大,门前的牌子上写的字就越少。耶维契科的老麦克斯·邦迪必须在商店前面、在门里门外和橱窗上,全都漆上很大的字,告诉人们这儿有个麦克斯·邦迪,这商店出售各种纺织品——新娘嫁妆、呢绒布匹、毛巾、厨房抹布、桌布、床单、印花布、法兰绒、成套衣料、丝绸、帷幕、挂布、窗帘、发带以及各种缝纫用品。一八八五年开办。而他的儿子G.H.邦迪虽是实业界的船长、商会会长、驻厄瓜多尔共和国领事、许多行政部会的委员等等。门上却只有一块小黑玻璃板用金字写着:

邦　迪

就这两个字,此外什么也没有了。让旁人在他们自己的门上去写上通用汽车公司经销人朱列叶·邦迪、医学博士欧文·邦迪、S.邦迪公司等等吧,但是只有一位出类拔萃的邦迪,他只用得着写邦迪两个字,用不着加上别的零碎。(我相信教皇在门上也只写"庇护"而用不着写头衔或几世。上帝在天上和人间都没有什么标志。朋友,你必须自己去发现,上帝就在人间。不过这一点现在跟我们没有关系,这里只是顺便提一下罢了。)

酷热的一天，一位戴着海员白帽的先生在那玻璃板前停下来了，他用天蓝色手帕擦他那圆滚滚的肥壮颈项。这倒是他妈的一幢漂亮房子，他这样想。接着就有些犹豫不决地按了按电铃的铜按钮。

门房博冯德拉从门后面出来，把这位胖子从脚底下一直看到帽子上的金飘带，周身打量了一番，然后客气地问道："你有何贵干？"

"哦，小伙子，"这人大声说，"有位叫邦迪先生的住在这里么？"

"你有什么事？"博冯德拉先生冷冷地追问了一句。

"告诉他，万托赫船长从泗水来想和他谈谈。啊，"他忽然想起来了，"这是我的名片。"接着就把名片交给博冯德拉，上面印着一只锚，锚下面印着姓名。

> 东印度洋与太平洋航线公司轮船"甘东·万隆号"船长
>
> **J.万　托　赫**
>
> 泗水海军俱乐部

博冯德拉低下头迟疑了一会儿。"究竟是说邦迪先生不在家呢？还是说，对不起，邦迪先生正有要紧的约会呢？"有些客人是必须引进去的；而有些客人则是伶俐的门房可以自己对付的。博冯德拉非常头痛地发现，平常在这种情况下指引他的本能，这次不灵了。不知怎的，这个胖子既不属于通常要引进的客人之列，可又不像一个兜售员或者什么慈善机关的职员。这时万托赫船长鼻子里一面直哼，一面用手帕擦着那光秃秃的脑袋;同时他还天真地眨巴着那双浅蓝色的眼睛——博冯德拉忽然决定担负全部责任。“请进,”他说,“我带你去见邦迪先生。”

万托赫用他那天蓝色手帕揩了揩额头,朝大厅四周看了一眼,暗自想道:哎呀,加斯特把这个地方布置得还满不错哩;好啊,简直就像从鹿特丹到巴达维亚的轮船上的大厅。这一定花了好大一笔钱。当初他只不过是那么一个长着雀斑的小犹太人罢了。

这时 G. H. 邦迪在书房凝神地研究着船长的名片,并怀疑地问道:“他到这里来干什么呀?”

“我不知道,老爷。”博冯德拉恭敬地低声说。

邦迪先生手里仍然拿着那张名片,那上面印着一只船锚。船长 J. 万托赫,泗水——泗水究竟在什么地方呢?“是不是在爪哇什么地方?”异乡的情调打动了他。“甘东·万隆”,这个名字听起来有金石声。泗水,今天的天气正好热得像热带。泗水,邦迪先生吩咐说:“嗯,引他进来吧。”

一位健壮的人戴着船长制帽在门口停下来,行了一个礼。G. H. 邦迪站起来迎接他。

“欢迎,欢迎,船长。请进吧。”

“你好,你好呵!邦迪先生。”船长高兴地大声说。

“你是捷克人?”邦迪先生有些惊讶地问。

“是啊,捷克人。啊,我们本来认识,邦迪先生。我是耶维契科人。开杂货铺的万托赫,你还记得吗?”

“不错,不错。”G. H. 邦迪感到非常高兴,但同时又觉得有点失望,(原来他不是荷兰人!)“你是广场上开杂货铺的万托赫,对不对?你一点儿也没有变啊,万托赫先生。你还是那个样子！喂，杂货铺的买卖怎么样了？”

“谢谢你，”船长很有礼貌地说，“爸爸早就不在了，这句话你们怎么说……”

“去世了？哦，哦！那你一定是他的儿子了……”一时往事涌上了心头，邦迪先生的眼睛里闪烁着光辉，“我的好朋友，你不就是小时候在耶维契科常跟我打架的那个万托赫吗？”

“不错，那就是我，邦迪先生，”船长一本正经地同意了他的话，“就是为了这个缘故，他们才把我从家里送到摩拉夫斯卡·奥斯特拉瓦去的。”

“我们常常打架，但是你比我结实。”邦迪先生以运动员的风度承认说。

“不错，我是结实些。噢，那时你是个瘦弱的小犹太人，邦迪先生。你的背上常常挨揍，挨得不少哩。”

“确实是那样，真挨了不少揍。”G. H. 邦迪不胜感慨地回忆着，“来，请坐，老乡！你还能记得我，真不错！你是怎么到这里来的呢？”

万托赫船长带着严肃的神情坐在皮安乐椅中，把制帽放在地板上说：“我在度假，邦迪先生。噢，就是这么回事。”

“你还记得吗，”邦迪先生追溯往事说，“你那时总爱在我后面追着叫唤：犹太鬼，犹太鬼，见你的鬼……”

“对了，”船长不胜感叹地说，同时用天蓝色手帕擤了一下鼻子，“啊，对了，那种日子多么幸福啊，伙计。可是这有什么用呢，光阴似箭，现在我们都是老人了，而且也都当了船长。”

“哦，不错，你当了船长，”邦迪先生回忆说，“谁又会想到这个呢！大航线上的船长——你们是这样说的，对吗？”

“不错，先生。外洋船长。东印度洋与太平洋航线，先生。①”

“好差使，”邦迪先生叹息着说，“我真想哪一天和你换一换，船长。你一定要把你的经历跟我说说。”

“噢，那么，好吧，”船长又精神起来了，“我很愿意告诉你一点事情，邦迪先生。那是件很有趣的事，小伙子。”万托赫船长焦急地向四周望了一下。

“船长，你要找什么东西？”

“你不喝啤酒吗，邦迪先生？我从泗水回来的时候，在路上喝啤酒上了很大的瘾。”这时船长伸手在大裤兜里面摸索，拿出一条天蓝色手帕，一个装着东西的亚麻口袋和一个装着烟叶、小刀、罗盘和一束钞票的口袋，“我想请人去买点啤酒。就请领我进来的那位管事去买吧。”

邦迪先生按了一下铃。“不用操心，船长。等啤酒的时候不妨先抽一支雪茄……”

船长拿起一支箍着红色金花纸箍的雪茄闻了一下。“这烟叶是从龙目来的。那里的人都是一帮大强盗，有什么办法呢。”说罢，他用肥壮的手一握拳，把那名贵的雪茄捏碎，然后把碎烟塞在烟斗里。邦迪先生看了不由得吃了一惊。“不错，龙目，要不就叫松巴。”

这时博冯德拉静悄悄地在门口出现了。

“拿点啤酒来。”邦迪先生吩咐说。

博冯德拉眉头一扬说：“啤酒？要多少？”

① 原著中此处为英文。

“一加仑，”船长大声说，然后把一根燃过的火柴一脚踩到地毯里去了，“亚丁热得要命，伙计。啊，对啦，我有点儿事情要告诉你，邦迪先生。这是马六甲海峡方面的事，你明白么？你在那里可以做一桩了不起的大买卖，开办一个大企业。但是这样我就应该对你说明全部，全部什么呀，story①？”

“经过。”

“不错。噢，这真是了不起的经过，先生。等一等。”船长抬起他那一双淡蓝色的眼睛望着天花板说，“我真不知道从哪里说起才好。”

（“又是什么做买卖的事儿。”G. H. 邦迪心里想，“老天爷，多么讨厌的家伙。他大概要告诉我他能在塔斯马尼亚兜售缝纫机、在斐济群岛推销饭锅和别针。了不起的大买卖，我还不知道。在你的眼里，我就有这点用处。鬼知道，我又不是一个小掌柜的。我是个幻想家。从另一方面来说，我还是个诗人。你这个泗水或者菲尼克斯群岛来的辛伯德②，告诉我吧，是不是有个磁石山把你吸引住了？是不是有个秃鹰把你背到它们的巢里去了？你是不是满载珍珠、肉桂和象牙石回来了呢？噢，你尽管瞎说一气吧！”）

“也许我应该从那种鲵鱼开始。”船长说。

“从什么鲵鱼开始？”大财主邦迪摸不着头脑地问道。

“噢，从那些蝎子开始吧。你们怎么叫来着……娃娃鱼。”

“娃娃鱼？”

① 英语：故事，经过。

② 《一千零一夜》中的古怪航海家。

"是的,嗯,娃娃鱼。那里有的是娃娃鱼这类东西,邦迪先生。"

"在什么地方?"

"在一个岛上。岛名我不能告诉你,伙计。这是个值好几百万的大秘密。"万托赫船长用手帕揩了一下前额,"哦,哎呀,啤酒呢?"

"啤酒马上就来,船长。"

"好。那么,我要把这件事给你讲清楚,邦迪先生,那些娃娃鱼真是一种绝妙的动物。我了解它们,伙计。"船长猛地敲了一下桌子说,"要说它们是鬼,那简直是造谣。真是他妈的造谣,先生,你才像鬼呢,我也是鬼。我万托赫船长,先生。相信我的话。"

"真是胡扯,"G. H. 邦迪焦急起来了,他自言自语地说,"他妈的博冯德拉跑到哪里去了?"

"那儿总有好几千这样的娃娃鱼,可是它们被——哎呀,被那种,你们叫什么,噢,你们所谓的鲨鱼弄死得太多了。"

"鲨鱼?"

"不错,鲨鱼。这就是那些娃娃鱼为什么这样少的原因,它们只在那一个地方才有,在那个海湾上,我可不能把那个海湾的名字告诉你。"

"那么,那些娃娃鱼是在海里生活?"

"不错,在海里生活。它们只在夜里才爬上岸来,过一会儿又必须回到水里去。"

"长得像什么样子?"(邦迪先生设法故意拖延时间,直到他妈的博冯德拉回来的时候为止。)

"大概有海豹那么大,不过用后爪尖走路的时候,就像这么大。”船长比画着说，“长相也难说怎么好，身上一片鳞都没有。”

“鳞？”

“不错，鳞。它们身上完全是光溜溜的，邦迪先生，就像青蛙或者蝾螈一样。它们的前爪像婴孩的小手，不过只有四个指头。唉，这些可怜的小东西，”船长用一种同情的语气补充说，“这种动物倒的确非常伶俐可爱，邦迪先生。”说到这里，船长从椅子上溜下来，踮起脚，把屁股蹲在自己的脚后跟上，用这种姿势开始从一只脚拐到另一只脚，摇摇摆摆地走，“那些娃娃鱼就像这样踮着脚走路。”

船长设法把他那健壮的身体蹲在地上，一摇一摆地走着；同时像一条狗乞怜一样把两只臂膀放在身前，一双淡蓝色的眼睛直望着邦迪先生，好像要求同情似的。G. H. 邦迪看见这种动作深深受到了感动，心里有点过意不去。正在这时，博冯德拉先生拿着一壶啤酒一声不响地在门口出现了，他看见船长这种古怪的行径以后，不禁惊奇得把眉毛往上一扬。

“啤酒拿来，赶快走开。”邦迪先生急忙冲口而出地说。

船长站起身来，哼了一声。“对了，它们就是像这样的小东西，邦迪先生。为你的健康干杯。”他说着就喝起啤酒来了，“你这里的啤酒不错，小伙子。噢，对了，像你有的这样一所房子……”船长揩了揩嘴唇上的胡子。

“你是怎么碰见那些娃娃鱼的呢，船长？”

“故事就在这里啊，邦迪先生。呃，这个，这个……经过的情形是这样：那时我在马萨岛上采珠……”船长赶紧把话头收回来说，“也就是这类地方吧。不错，是别的岛，不过目前这还是我的秘密，小伙子。人都是大盗贼，邦迪先生，所以我们说话就不能不留神。当那两个他妈的锡兰人在水底下割珍珠蚌的时候……”

“蚌?”

“不错。牢牢地附在石头上的蚌,牢固得就像犹太人的信仰一样,所以必须用刀割下来。两个潜水人正在割蚌的时候,这些娃娃鱼就盯着他们,潜水人还以为它们是海鬼呢。那些锡兰人和沓达人都是完全没有开化的人。唉,他们硬说那些娃娃鱼就是那里的鬼。哎呀。”船长使劲地用手帕擤着鼻子,“你知道,伙计,这种事让人没法安静下来。我不知道是不是只有捷克人才这样喜欢刨根问底,可是不论在哪儿碰见我们的同胞,他们遇事总要打破砂锅问到底。我想这是捷克人对什么都不肯轻易相信的缘故吧。对了,我这个老糊涂也就下定决心要把那些鬼看个仔细。说真的,我那回是喝醉了,不过那只是因为我老想着有那些乱七八糟的鬼,在赤道地方说不定什么事都能发生,老兄。所以晚上我就到鬼湾去看了一下……”

这时,邦迪先生设法想象出一个四周环列着许多岩石和森林的热带海湾,接着问道:“哦,后来呢?”

“后来我就坐在那里,嘴里发出吱、吱、吱、吱的声音,让那些鬼好走到跟前来。好家伙,过了一会儿,就有一条娃娃鱼从海里爬出来,用两条小后腿立着,整个身子扭来扭去。它也向我发出吱、吱、吱、吱的声音。我要是没有喝醉的话,也许就会开枪打它;但是,我的朋友,我那回醉得就像英国人一样,所以我就说:‘来,来,你来,塔帕孩子,我不会伤害你。’”

“你跟它讲捷克话?”

“不,马来话。在那里他们多半是讲马来话,小伙子。那时它一句话也没有说，只是一拐一拐地慢慢走，就像小孩子怕羞时那样扭动。在周围的水里大约有两千条这种娃娃鱼，它们都把小嘴巴筒子露出水面来瞧着我。我呢——噢，对了，我喝醉了；于是我就蹲下来，跟那条娃娃鱼一样扭动，好让它们不害怕。接着又有一条娃娃鱼从水里爬出来了，就像十岁孩子那么大，也那样拐着走。它的前爪捏着一只老大的珍珠蚌。”船长又喝了一口啤酒，接着说，“妙极了，邦迪先生。的确，我那时喝得烂醉了，因此就对它说，好小伙子，是不是要我替你打开那个蚌？好，到这里来，我可以拿刀打开。但是它却没有动，它仍然太害怕了。所以我又扭动起来，好像一个腼腆的小姑娘见着人害羞一样。这样它就踮着脚走过来了，我也慢慢向它伸出手，从它的爪中接过来。呃，我们当然都有些害怕，这你是能理解的，邦迪先生。那只蚌，我用手指探了一下，看看里面有没有珍珠，但是没有，只有一只丑八怪的蜗牛，这是长在蚌里面的一种黏糊糊的软体动物。于是我就说，吱、吱、吱、吱，你要的话就拿去吃吧，说时我把那打开了的蚌扔给它。小伙子，你应当能看出来，它是怎样把那蚌舔得一干二净。对于这些娃娃鱼来说，蚌必定是一种好吃的东西，你们怎么说来着？”

“美味。”

“对了，美味。可是这些可怜的小东西用那种小指头说什么也没法伸进贝壳里去。它们的日子是不好过的，唉。”船长又喝了一口啤酒。“以后我就在琢磨这事。我认为那些娃娃鱼看见潜水人割蚌时，心里准是在这样想：‘哎呀，他们一定是要吃这些蚌’，于是便想看看潜水人怎样打开这些蚌。那些锡兰人在水里看起来有些像娃娃鱼，可是娃娃鱼比起锡兰人或峇达人来更有脑筋，因为它们很想学习。峇达人除了偷东西以外永远不想学点什么。”万托赫船长气愤地补充道，“当我在岸上继续发出吱、吱、吱、吱的声音，并且像娃娃鱼一样扭动的时候，它们大概把我当成了一种大娃娃鱼，因此也就不那么害怕了，还走到我跟前来要我打开那些蚌。它们就是那样一种又懂事又相信别人的动物。”万托赫船长脸上红了一阵，接着说，“当我更加了解它们的时候，邦迪先生，我总是脱得精光，使自己更像它们，同它们一样光着身子；但是它们看见我的胸脯那么多毛，别的地方毛也不少，总觉得稀奇。唉。”船长用手帕揩了揩他那已经变成赤褐色的后颈，“我是不是唠叨得太久了，邦迪先生？”

G. H. 邦迪正听得入神，他说：“不，一点也不。讲吧，船长。”

“啊，好吧，我接着讲下去。那只娃娃鱼舔那只蚌的时候，别的鱼都瞧着它，接着全都爬上海滩来。有些娃娃鱼的小爪子里也拿着蚌——它们那种小孩子似的手，又没有大拇指，而竟能把蚌从礁石上剥下来，那倒真是有点奇怪。有一会儿，它们十分忸怩，后来就让我接过它们爪中的蚌。呃，你也知道，那些并不全都是珍珠蚌，还有各种各样的废物，不长珠的蚌等等；但我总是把那些东西往水里扔，并且说：‘不要这种，亲爱的，这什么也不值。我不会用小刀给你打开这种蚌的。’但遇到珍珠蚌时，我就把它打开，探探里面有没有珍珠。像那样的蚌我总是让它们把东西舔出来。那时已经有好几百条娃娃鱼坐在那里看我把蚌打开。有的娃娃鱼想用周围一些介壳自己把蚌打碎。这事使我感到非常奇怪，伙计，禽兽全都不会使用工具；又有什么用处呢，归根结底，它们不过是大自然中的一部分罢了。当然，我在比廷索格也见过猴子能用小刀打开罐头，打开一箱罐头食物；不过猴子已经不再是一般的动物了，先生。你知道，那事使我感到非常奇怪。”船长又喝了一口啤酒，然后接着说，“那天晚上，邦迪先生，我在那些蚌里约莫找出了十八颗珍珠。有的很小，有的大些，有三颗就像梅子核那样大，邦迪先生。就像梅子核那样大。”万托赫船长认真地点了点头。“第二天早上回船的时候，我老是对自己说：‘万托赫船长，你一定是在做梦，你当时是喝醉了，先生。’等等；可这又有什么用呢？就在那小口袋里，我确确实实有十八颗珍珠，那可没有错呀。”

“这是我所听到的故事里面最好的一个。”邦迪先生舒了一口气说。

“你知道吧，伙计，”船长兴奋地说，“那一天我整整一天都在仔细考虑这个问题。是不是要驯养那些娃娃鱼呢？对了，驯养它们，训练它们，它们就会把珍珠蚌带给我。鬼湾的珍珠蚌一定堆积如山。因此，那天晚上我又去了，那回去得稍微早一点。太阳落山的时候，水面上到处都有娃娃鱼的脑袋伸出来，直到挤得满满的为止。我坐在海滩上，发出吱、吱、吱、吱的声音。忽然我抬头一望……看见一条鲨鱼，在水面上只能见到它的鳍。接着就听见哗啦一声水响，一条娃娃鱼就完了。我数了数，那天晚上一共有十二条鲨鱼到了鬼湾。邦迪先生，一个黄昏，那些畜生一下就吃掉了我二十条娃娃鱼，”船长忽然破口大骂起来，并且使劲擤着鼻子，接着又说，“唉，二十多条！像那样光着身子的娃娃鱼不能用小爪子保护自己，这是当然的事情。当我看见这种情形的时候，我真要哭出来了。你应该亲自去看看，老兄……”

这时船长渐渐沉思起来。后来他说:“我很喜欢动物,伙计,”说时他抬起那双淡蓝色的眼睛望着 G. H. 邦迪说,“我不知道你怎么想,邦迪先生……”

邦迪先生点了点头,表示同意。

“那就好了。”万托赫船长感到很高兴,“那些塔帕孩子非常好,也很懂事。你对它们讲话的时候,它们就坐起来听着,好像狗听主人的话一样。尤其是它们那种像小孩的手似的爪子……伙计。我是老头儿了,我也没有妻子儿女……唉,老人多么孤单啊。”船长抑制着自己的感情嘟哝着说,“那些娃娃鱼很好,很可爱,但是这又有什么用处呢?要是鲨鱼不去捉它们该多好!当我扔石头去打鲨鱼的时候,那些塔帕孩子也跟着扔石头。你是不会相信的,邦迪先生。呃,它们的确扔不了多远,因为它们的胳臂不够长。不过这种情形是很奇怪的,于是我就说:‘孩子们,你们这么伶俐,那么就用这把刀去试着把蚌打开吧。’这时我就把刀放在地上。起初它们还有点不好意思,接着就有一条娃娃鱼试了一下,把刀尖扎进蚌壳中间。我说,你应当撬开,撬开,懂么?像这样扭转刀子就行了。它翻来覆去地试,可怜的小东西,最后啪的一声,蚌被打开了。这下你也懂了,我说,原来这是很容易的事。如果连异教徒的峇达人和锡兰人都知道怎样开,难道塔帕孩子就不会吗?对不对?邦迪先生,我当然不应当告诉那些娃娃鱼,这是多么令人惊奇的事。当那么一种动物能做这种事情的时候,难道我应该那样说吗?不过现在我可以说了,我是——我是——哎,简直就是大吃一惊。”

“这真像在白天里做梦一样。”邦迪先生替他点醒了一句。

“是这样，不错。就像在白天里做梦一样。哎，那件事给我的印象是那样的深，因此就连同轮船一起多留了一天。傍晚时分又到鬼湾去，这回又看见鲨鱼怎样在吃我的娃娃鱼。那天晚上我发誓，这种事情决不能再容忍了。邦迪先生，我还以信誉向它们担保说：‘塔帕孩子——我万托赫船长凭这些可怕的灾星向你们保证，将来一定要帮助你们。’”

第四章　万托赫船长的企业

万托赫船长讲述这些事儿的时候，非常慷慨激昂，连脖子上的汗毛都竖立起来了。

"不错，先生，我就是那么发誓的。从此以后，小伙子，我就片刻也不能安宁。一到巴当我就请假，还把那些小动物给我的一切——共计珍珠一百五十七颗，全都寄给阿姆斯特丹的那些犹太人了。接着，我找到一个家伙，一个用刀在水里杀鲨鱼的达雅克人，一个可怕的大强盗和杀人凶手。我和他坐着一条小汽船回到马萨岛。我说，伙计，现在你就拿着刀去杀那些鲨鱼吧。我要他把那里的鲨鱼全都杀光，好让我的娃娃鱼平安下来。那个达雅克人是那么一个异教徒和凶手，连对那些塔帕孩子也都毫不在乎。什么鬼不鬼的，对他都是一样。我一直在对那些娃娃鱼进行观察和实验——啊，等一等；这些事我都写成了航海日记，每天做记录。"船长从他胸前的口袋里拿出一本厚厚的笔记本，打开来翻着看。

"噢，今天是几号？对啦，六月二十五号。就拿六月二十五号来说吧，那就是去年的事了。啊，就在这里。达雅克人杀了一条鲨鱼。那些娃娃鱼对鲨鱼的尸体非常感兴趣。托比，这是一条很伶俐的小娃娃鱼，"船长解释说，"我不得不替它们取上不同的名字，你知道吧，这样才好在日记本上记下它们的情况。喏,后来托比把它的指头塞进刀戳成的窟窿里去了。晚上它们拿干木头来给我生火。这倒没有什么好读的。”船长嘟哝着说,“让我翻开别的日子看看。就说六月二十日吧,好不好?……娃娃鱼继续建筑那种……那种,你们怎么说的来着,防波堤?”

“你指的是水坝,对么?”

“对啦,水坝,那么大一座水坝。那时它们正在鬼湾西北角上修筑那座新水坝,老兄,”他解释说,“那真是了不起的工程。一座完美的防波堤。”

“防波堤?”

“不错。它们在那边下蛋,需要静水,知道吧。它们自己想出来要在那里筑一条水坝,我敢说,水国阿姆斯特丹的任何荷兰官员或专家绝不可能做出更好的设计来。这真是条好水坝,不过海水总是在冲毁它。那些娃娃鱼甚至还在水下挖成很深的洞,白天待在洞里面。这样懂事的动物真是令人惊讶,先生,就像海狸一样。”

“海狸?”

“不错。就是在河里筑水坝的那种大老鼠。在鬼湾有很多那样的水坝,许多小水坝;形状笔直,真是令人难以相信,看起来就像市镇一样。最后它们打算建筑一条一直横贯鬼湾的水坝。它们真的修筑了。它们已经知道怎么用起重器来滚走漂石了,”往下他接着又念道,“艾伯特——这是另一个塔帕孩子,在滚漂石时压坏了两个指头。二十一号!达雅克人吃掉了艾伯特!他吃了以后就生起病来。用了十五滴鸦片酊治疗。他发誓以后再也不吃它们了。整天下雨。六月三十日:娃娃鱼修筑水坝。托比不愿干活。先生,它很伶俐,”船长带着赞赏的口气说，“伶俐的家伙从来不想工作。那个托比总是那么吊儿郎当的。有什么办法呢——连娃娃鱼也是彼此大不相同的。七月三日。萨京特得着一把刀。这是一条十分强壮的大娃娃鱼，非常机敏，先生。七月七日。萨京特用那把刀杀死了一条墨鱼——就是肚子里面有脏东西的那种鱼，你知道吧！”

“乌贼？”

“对了，就是乌贼。七月二十日：萨京特用那把刀杀死一只大水母——这是像胶一样的东西，像荨麻那样刺人，非常难看。请注意，邦迪先生。七月十三日。我在下面加了重点：萨京特用那把刀杀死了一条小鲨鱼，重七十磅。瞧，我写在这里了，邦迪先生，”万托赫船长郑重其事地宣布说，“就在这里用白纸黑字写下了。这真是个重大的日子，老兄。不错，去年七月十三日。”船长把日记簿合起来说，“邦迪先生，我在鬼湾的海滩上跪下来，完全由于高兴而落下泪来了。说这话绝没有什么好害臊的。那时我知道我的塔帕孩子不会屈服了。萨京特又找到一把很好的新鱼叉来干这件事——要跟鲨鱼干，鱼叉是最好的东西，‘孩子……’于是我就对它说，‘萨京特，拿出大丈夫气概来，做个榜样给那些塔帕孩子看看，告诉它们自己能够保卫自己。’吓，”船长大声喊道，说罢一下子跳了起来，热情冲动得砰的一声敲了一下桌子，接着又说，“你知道吗，三天以后就有一条大鲨鱼浮在那里，死了，浑身都是很深的口子，你们怎么说来着？”

“浑身都是伤口？”

“对啦，浑身都是鱼叉扎的窟窿。”这时船长狂饮啤酒，直喝得喉咙咯咯作响，接着又说，“噢，事情就是这样，邦迪先生。直到那时，我才和那些塔帕孩子……订了一个合同。那就是：我答应它们，如果它们给我拿珍珠蚌来，我就拿鱼叉和刀子同它们交换，让它们好保护自己，你明白吗？这是公平交易，先生。有什么办法呢，一个人就是对于动物也应当诚实。我给了它们一些木料，另外还有两部铁制独轮车——"

"独轮车？手推车？"

"不错，就是手推车，这样它们就可以搬运石头去修筑水坝了。这些可怜的家伙，原先什么东西都要用小爪子去拖，你知道吧。噢，它们得到的东西可真不少。我不愿欺骗它们，绝对不愿意。你等等，瞧，让我拿点东西给你看。"

万托赫船长用一只手撑起身子，另一只手从裤兜里拿出一个亚麻布口袋。"喏，在这里，"他一边说，一边把袋子里装的东西抖在桌上。那是好几千颗大大小小的珍珠，小的像大麻籽那么大，大的有些和豌豆一般大小，有些有樱桃那么大。有些像水珠儿那样圆溜溜的，有的就不那么圆整。颜色方面有银白色的，也有天蓝色的；有肉红色的，也有淡黄色的，一直到黑色的，甚至还有粉红色的珍珠。G. H. 邦迪觉得仿佛在梦中一样。他情不自禁地要用手摸摸这些珍珠，用指头滚一滚，然后再用两掌捂一捂。

"这真是琳琅满目、美不胜收，"他惊奇地赞叹说，"船长，这简直像在做梦。"

"不错。"船长平静地说，"那真是妙极啦。我和它们在一起的那一年里，它们大约杀死了三十条鲨鱼。我都记在这里了。"他轻轻地拍着他胸前的口袋说，"不过你也得想想我给它们的那些刀子和五根鱼叉。每把刀子差不多花了我两块美金——噢，每次一把。那是很好的刀子，老兄，是一种不锈钢做成的。”

“不锈钢?”

“对啦。因为这些刀子要在水底下用,是海里用的刀子。那些呇达人也花了我一大笔钱。”

“什么呇达人?”

“噢,就是住在岛上的那些土著。他们总把塔帕孩子当作鬼,还非常害怕它们,一见我竟然跟他们的鬼讲话,就马上要把我杀掉。一连好几个晚上他们都敲着一种锣,在村子里赶鬼,简直吵得要命,先生。而且总是到了第二天早晨就叫我给那种吵死人的声音付钱,给他们花的工夫付钱,你知道吧。唉,有什么办法呢,呇达人都是大强盗。不过我们和塔帕孩子,先生,也就是和那些娃娃鱼,倒还能做做公平交易。事情就是这样。那是一桩很好的买卖,邦迪先生。”

邦迪觉得自己好像到了神话的境界里。“你是说向它们收买珍珠?”

“对了……不过鬼湾的珍珠剩得不多了,别的岛上又没有塔帕孩子。这就是事情的全部,小伙子。”万托赫船长扬扬得意地鼓着腮帮子说,“这就是我脑子里想出来的大买卖。老兄,”他用肥大的指头一字一点地说,“自从我保护它们以后,这些娃娃鱼就大大地繁殖起来了!现在它们可以照料自己了,你知道吧?嗯?它们将来会永远越来越多!喏,邦迪先生。怎么样?这难道不是再好不过的买卖么?”

“我还是不明白。”G. H. 邦迪迟疑地说,“……你真正的意思究竟是什么?船长。”

“哦,我想把那些塔帕孩子带到别的产珍珠的岛上去。”船长终于说出来了。“我观察这些娃娃鱼的时候,发现它们自己不能越过很深的公海。它们能在水里游一会儿，也能用脚尖在水底走一阵子，但在很深的地方，压力太大，它们太柔软，受不了，知道吧？不过我要是有一条船，船上安好水槽，喏，也就是给它们安一个水柜，那么我高兴把它们运到什么地方就可以运到什么地方，明白吗？在那里它们就会找珍珠，然后我就去找它们，把刀子和鱼叉一类需用的东西供给它们。这些可怜的小东西在鬼湾就像兔子一样生下许多小崽，这话怎么说来着？”

“繁殖。”

“不错，它们繁殖起来，所以不久就会没东西吃了。它们吃各种小鱼和蛤蚌一类的软玩意儿，不过也能吃马铃薯、饼干一类的普通东西。在船上的水柜里像这样喂养它们是办得到的。到了人少的合适地点，我就会重新把它们投到水里去，我打算在那儿设立那样一种娃娃鱼饲养场。呃，我希望这些小家伙能自己维持生活。它们真是非常伶俐，邦迪先生。你要是看见了它们的话，哼，也准会说：‘喂，船长，你找到一些有用的小宝贝了。’对啦，现在人们要珍珠简直就像疯了一样，邦迪先生。噢，这就是我想出来的大买卖。”

“真对不起，船长，”G. H. 邦迪有些发窘，他结结巴巴地说，“但是……我真的不明白。”

万托赫船长一双淡蓝色的眼睛泪汪汪地说：“唔，这就不好了，老兄。我把所有这些珍珠全都放在你这里，当作……当那条轮船的担保品，但是我一个人可买不起那条轮船。我知道鹿特丹有条很好驾驶的轮船……船上安的是柴油发动机……”

“你怎么不把这个主意跟荷兰的大亨们谈谈呢？”

船长摇了摇头说:“我知道那些人,老兄。我不能和他们谈这件事。啊,也许我可以在船上装些别的东西,”他一边凝神地想,一边说,“装上各种各样的货物到那些岛上去卖,先生。是的,我可以那样做。我在那边认识很多人,邦迪先生。同时,我就可以在船上安装水柜运我的娃娃鱼。”

“这倒值得考虑一下,”G. H. 邦迪想了一想说,“事实上……不错,我们必须给我们的产品寻找新的市场。最近我偶然和几个人谈到这件事。我也打算买一两条船,一条走南非洲,另一条走那些东方国家。”

船长又兴奋起来了。“这事我觉得很好,邦迪先生。目前轮船便宜得要命,你可以把整个一海港的轮船都买过来。”万托赫船长接着就开始从技术方面说明各种大小轮船和油船在什么地方出售,售价多少;邦迪并没有听他讲话,而只是在打量他;邦迪是很会鉴别人才的。他一点没有认真考虑万托赫船长的娃娃鱼;但是船长有他的特长。他的确很忠厚,对那边的情况很熟悉。当然他也有些疯疯癫癫,不过理解力非常强。G. H. 邦迪的心弦奏出了一种奇异的情调——轮船满载着珍珠、咖啡、阿拉伯的调味品和各种香料。他觉得心烦意乱,这是他在每次要做出重大和顺利的决定时常有的感觉,可以用这么几句话来表达:“我也莫名其妙,但是十之八九我是要支持这件事的。”这时万托赫船长正在用他那有力的双手比画着,说明带篷装甲板的和装有后甲板的船只是怎么怎么好。

“呃,这么办吧,万托赫船长,”G. H. 邦迪突然说,“过两个星期你再来一趟。我们商量商量那条轮船的事。”

万托赫船长懂得这么一句话有多大的分量。他高兴得容光焕发，并且设法追问了一句："我可以把那些娃娃鱼放在船上吗？"

"啊，当然可以。只是请你对谁也不要谈起这件事。要不然别人会以为你发了疯……我也神志不清呢。"

"我可以把这些珍珠留在这里吗？"

"可以。"

"好吧，不过我要选出两颗最好的拿去送人。"

"送给谁呀？"

"送给什么编辑呀，老兄。啊，哎呀，等一等。"

"什么事？"

"唉，他们叫什么名字来着？"万托赫眨着他那淡蓝色的眼睛，聚精会神地想着，"我的脑筋真笨，老兄。我再也想不起那两个小伙子究竟叫什么名字了。"

第五章　万托赫船长和他的受过训练的娃娃鱼

“喂，前面那位是不是延森呀？”马赛街上的一个人说。

“等一等，”瑞典人延森抬起头来望了一眼说，“你先别说话，让我想想你究竟是谁。”接着他把双手往前额上一放说，“‘海鸥号’，不对。‘印度皇后号’，也不对。在伯南布哥，还是不对。啊，我想起来了——在温哥华。五年前在温哥华，在大阪航线的‘旧金山号’上，你叫丁格尔，你这个家伙，你是爱尔兰人。”

这个人笑嘻嘻地坐了下来。“不错，延森。我是到处都一样混。你从哪儿来？”

延森把头一扬，指着一个方向说：“现在我在马赛—西贡线的船上工作。你呢？”

“我在休假，”丁格尔吹牛说，“唉，我正准备回家，看看我又添了几个孩子。”

延森一本正经地点了一下头说：“原来他们又把你轰出来了，对不对？还不又是值班的时候喝醉了酒这类事情，你要是也像我这样到青年会去走走，老兄，那么……”

丁格尔高兴得露着牙齿笑了起来：“这里有青年会吗？”

“今天是星期六，对吧，”延森嘟哝着说，“你以前在什么船上呢?”

“在一条野鸡船上,”丁格尔躲躲闪闪地说,“在那边不论什么海岛都去。”

“船长是谁?”

“一个叫万托赫的,大概是荷兰或者什么国家的人。”

瑞典人延森沉思起来。“万托赫船长。好多年以前我一直和他一道航行,兄弟。轮船是‘甘东·万隆号’。航线是从阴间到鬼门关。那人是个胖子,秃脑袋,用马来话骂大街,他的事儿还多着哩。我很清楚他。”

“你和他在一起的时候他也疯疯癫癫吗?”

瑞典人摇了摇头。“老万托赫没毛病,伙计。”

“那时他是不是带着些娃娃鱼走?”

“没有。”延森迟疑了一会儿又说,“在新加坡的时候,我听见有人谈起过……那里有一个说胡话的老头子讲到过这件事。”

爱尔兰人觉得有些听不进去了:“这不是说胡话,延森。他说的那些娃娃鱼的事,都是千真万确的。”

“新加坡的那个人也说是真的,”瑞典人嘟哝着说,“不过他却挨了一个耳光。”他得意扬扬地补上这么一句。

“喂,你等等,我告诉你究竟是怎么一回事吧!”丁格尔替自己辩护说,“我应该知道,朋友,我亲眼看见过那些畜生。”

“我也看见过呢,”延森叽叽咕咕地说,“黑乎乎的,连尾巴一起有一米长,用两条腿走路,我知道。”

“想起来就恶心,”丁格尔说时打了一个冷战,“全都是些讨厌的东西,老兄。我的天,我可不愿摸它们!那些鬼家伙准有毒,真的!”

“为什么?”瑞典人发牢骚说。“伙计,我甚至还在一条到处都塞满了人的船上工作过。上甲板,下甲板,男男女女到处都是人;他们跳舞,打牌——我在船上是个伙夫,你知道吧。现在请你告诉我,傻瓜,究竟哪一类毒更大些?”

丁格尔啐了一口唾沫说:“它们就是鳄鱼,伙计,我就没话可说了。有一次我帮忙运蛇到班哲马辛那边一个动物园去,多么腥臭啊,老兄!不过那些娃娃鱼却是一种很奇怪的动物,延森。白天它们都装在水柜里,我倒不怕;可是一到夜晚它们就爬出来,一拐一拐地,一拐一拐地……满船都是。它们用腿站着,叫你看了头都要大了……”爱尔兰人用手在胸前画了个十字说,“它们向你发出吱、吱、吱、吱的声音。求上帝饶恕我,不过我总觉得这事儿有点不对头。要不是因为事情难找,我连十分钟都不会在那里待,延森,更不用说一个钟头了。”

“啊,”延森说,“原来你就是为了这事才回家来找妈妈的,对吗?”

“也可以这么说。在那里你要想熬日子,就得喝个烂醉。你知道,船长就像狗一样看着它们。告诉你吧,我们还吵起来啦;说什么我踢了一只那样的畜生。说句老实话,我是踢过,我还是故意踢的,伙计。我把它的背都踢破了。你该看看那老家伙当时那劲头;他气得脸都青了,一把抓住我的后颈,要是格雷戈里大副不在场的话,他准会把我推到大海里去的。你认识那个人吧?”

瑞典人只是点了点头。

“‘他也受够了,先生。’大副说,接着就在我头上泼了一桶水。到了柯柯波我就离开了轮船。”丁格尔一口啐出去,唾沫沿着一条平平的长曲线落到地上。“那个老家伙对那些畜生比对他的船员还看得要紧。你知道他在教它们说话吗？真的，他和那些东西一起关在房间里，一说就是好几个钟头。我以为他打算把那些东西运到马戏团去呢。最奇怪的是后来他又把它们放到水里去了。他把船停在一些不起眼的小岛旁，划着小船围着海滩转，测量海水的深浅；然后就到水柜前站着；他打开轮船旁边的舱口，让这些东西下水。乖乖，它们一个一个钻过舱口，就像受过训练的海豹一样，一次总是十个或十二个——到了晚上老万托赫就带着一种小盒子划船到岸上去。盒子里装的是什么，谁也不得而知。然后他又把船开走。呃，老万托赫就是这样，延森。古怪呀，真是古怪。”丁格尔先生的眼神凝住了，“全能的主呀，这件事使我心里非常不安，延森！我只好拼命喝酒，伙计，就像牛饮一样；夜间它们踮着脚满船走，作揖……发出吱、吱、吱、吱的声音，有时我就想道：哦嗬，小伙子，这是因为喝得太多，心里就想出了这些东西。以前我在旧金山的时候也发生过这样的事。不过那回，你知道，延森，我尽看见了蜘蛛。精神错乱，海员医院的医生总是这么说，我也弄不清楚。后来我又问大个子宾恩在夜里是不是也看见过这种事，他说他也看见过。他说他亲眼看见一条娃娃鱼，转动门钮，到船长室里找船长去了。我也搞不清楚。他也是个酒鬼。延森，你以为大个子宾恩也精神错乱了吗？你是怎么想的呀？”

瑞典人延森只耸了耸肩膀。

“那个德国人彼得斯说，在马尼希基群岛的时候，他把船长送上岸以后，自己就躲在礁石后面，看看老万托赫带着那些盒子究竟干什么。呃，他说老头子给它们凿子以后，这些娃娃鱼就自己把盒子打开了。你知道盒子里面装的是什么？他说是刀子，老兄。这么长的刀子，还有鱼叉这类东西。真的，我告诉你，我虽不相信彼得斯的话，因为他的鼻子上架着眼镜，可这是很奇怪的。你怎么认为？”

延森额上的青筋鼓起来了，他咆哮着说：“哼，你要问我的话，我就告诉你这是你的那个德国人多管闲事，你懂吗？告诉你，我是不会叫他做那种事的。”

“那你就写封信告诉他吧，”爱尔兰人挖苦说，“写信给他，最合适的通信处是地狱——信送到那里他就可能收到。你知道什么事最使我感到奇怪么？那就是老万托赫有时回到他放娃娃鱼的地方去看望它们。我敢发誓，这是事实。延森，黑夜里他一个人坐在岸上，到天亮才回来。延森，你告诉我，他究竟去找谁？你说说，他经常寄到欧洲去的那些小邮包里，到底装了些什么东西？你瞧，就像这样小的邮包，可是他保价到一千镑那么大的数目。”

“你怎么知道的？”瑞典人皱了皱眉头又说，他的脸色更加阴沉了。

“我碰见的事我就知道，”丁格尔先生躲躲闪闪地说，“老万托赫从什么地方弄到那些娃娃鱼你想得到么？从鬼湾，延森。我认识那地方的一个人——一个掮客，也是个有学问的人——老兄，就是他告诉我说，这些娃娃鱼根本没有受过驯养。根本没有！你可以对小孩子们这么去说，可它们不过是一些野生动物。对那话可千万别相信，伙计。”丁格尔意味深长地眨着眼睛说，“延森，如果你要知道的话，事情就是这样。可你还说，万托赫船长没有毛病。”

“你再说一遍。”高大的瑞典人用威胁的口吻嘟哝着说。

“老万托赫真要是没毛病的话，他就不会带着这些鬼……到世界各地去，他就不会到处把它们放在海岛上，就像把虱子放在衣服上一样，延森。我和他在一起的时候，他就捞了好几千带着走。老万托赫已经把他的灵魂出卖了，哼。我知道那些鬼给他一些什么报酬。红宝石、珍珠这类东西。你放心，他是不会白干这件事的。”

“这是你管得着的事吗？”延斯·延森气得满脸发紫，拍着桌子大声咆哮说，“别他妈的多管闲事！”

矮小的丁格尔吓得跳起来，他十分尴尬地说：“请问，你干吗忽然……我只不过是把我亲眼看见的事情告诉你。你要是愿意的话，就当我是梦中看见的好了。你既然和这件事多少有些关系，延森，你如果高兴的话，我就说自己是精神错乱了。你不要对我发脾气，延森。你也知道我以前在旧金山犯过这病。很难治的病，海员医院的医生都那么说。伙计，老老实实地讲，我是在梦里看见那些娃娃鱼、鬼呀什么的。其实根本没有这些东西。”

“有，伙计，”瑞典人面带愁容地说，“我看见过。”

“没有，延森，”丁格尔劝慰地说，“那只是你精神错乱了。老万托赫没毛病，不过他不应该把那些鬼运到世界各处去。就这么办吧：我回家以后，打算请他们替他的灵魂做一个弥撒。延森，我如果不那样做，你咒骂我好了。”

“我们忏悔的时候是不咒人的，”延森忧愁满面、无精打采地说。“伙计，你怎么想——替人做弥撒究竟有没有好处？”

“好处多啦，兄弟，”爱尔兰人冲口说出来，“在家里的时候，我常常听人说做弥撒能得到好处……就是在最危急的时候也这样。可以防鬼啦什么的,你知道吧。”

“那么我也要替万托赫船长做一个天主教的弥撒,”延斯·延森决定说,“不过我要在马赛做。我想那个大教堂做弥撒要便宜些,只收够开销的钱。”

“也许是那样,不过爱尔兰的弥撒才呱呱叫哩。在我们家乡,伙计,那些耶稣会的天主教士简直就是些妖魔;他们差不多能行奇迹,就像巫师和异教徒一样。”

“这样吧,伙计,”延森说,“我打算给你十二个法郎去做弥撒。不过你流氓成性,老弟,你会把钱全都喝光的。”

“延森,我不会让我的灵魂犯这个罪的。你等等,为了让你相信,我给你这十二法郎写张借据,你看好不好?”

“这样倒行。”讲究规矩的瑞典人想道。

丁格尔先生借来了铅笔和纸,两只胳臂老宽地伏在桌子上说:“喂,怎么写法?”

延斯·延森从他的肩膀后面瞪了他一眼说:“在顶上写明这是一张借据。”

丁格尔先生聚精会神地把舌头伸出来舐了一下铅笔,然后写道:

借　据

今借到延斯·延森十二法郎,作为替万托赫船长的灵魂做弥撒的费用,立此为据。

帕特·丁格尔

“你看行吗?”丁格尔先生没有把握地问道,“这张借据归谁保管呢?”

“当然是你啰,你这胆小鬼,”瑞典人用一种理所当然的口吻说，“这样一来，你就不会忘记你拿过钱了。”

* * *

丁格尔先生到哈佛尔港就把那十二个法郎全都买了酒喝；此外，他也没有回爱尔兰而是跑到吉布提去了。事实上这个弥撒始终没有做，也没有更高的权威来干预这事的自然发展。

第六章　环礁湖上的游艇

阿帕·劳埃布先生眯起眼睛望着快要落山的太阳，他本想对这夕阳无限好的美景赞叹一番，但是他亲爱的莉在温暖的沙子上睡着了。这位小姐别名叫百合花谷，正式全名叫莉丽安·诺瓦克，简称为金发的莉，白色的百合花，长腿的莉丽安，还有她十七岁前被人叫过的各种各样的名字；这时她舒适地裹着一件毛茸茸的浴衣，蜷缩着好像一条熟睡的小狗。这样一来，阿帕对于这大自然的美便没有称赞一句；他只是叹息了一声，把没穿鞋袜的脚指头动弹了一下，因为有几粒沙子掉到脚趾缝里去了。水面的那一头停泊着"格罗丽亚·皮克福特号"游艇，这是阿帕的爸爸劳埃布老爹给他的，因为他大考及格了。老爹感到万分得意。他叫杰西·劳埃布，是影片业的大亨之流的人物。这位老绅士说："阿帕，请一两位男朋友或女朋友来，见一见世面去。"杰西老爹实在太得意了。于是"格罗丽亚·皮克福特号"就停泊在这珠母海的水面上，亲爱的莉也就熟睡在这温暖的沙子上了。阿帕幸福地叹了一口气。"她睡得像小孩一样，可怜巴巴的。"阿帕忽然有一股强烈的愿望想去保护她。年轻的劳埃布先生寻思道："说实在的，我真应当和她结婚。"同时内心里觉得有一股坚强的决心和畏惧的感觉交织成了一种美妙而折磨人的压力。劳埃布妈妈大概不会同意,劳埃布老爹一定会把两手一摊说:“阿帕你简直是疯了。”做父母的对这种事情简直一点也不了解,问题就是这样。于是阿帕先生一面温柔地叹息着,一面拉过浴衣的一角给亲爱的莉盖上那白皙的脚踝。这时他困惑地想道:“多可惜啊,我的腿上却长了这么多毛!”

“上帝啊,这里多么美,多么美啊!可惜莉没有看到。”阿帕先生的眼睛沿着她臀部的美妙线条溜了一回,于是就开始模模糊糊地想到了艺术。因为亲爱的莉是一位艺术家,一位电影艺术家。她虽然还没有拍过电影,但是她却下定决心要做一位空前绝后最伟大的电影明星;而且她下了决心的事就都能办到。“这正是妈妈不能理解的地方,呃,一位艺术家,就是一位艺术家,不可能和别的姑娘一样,而且别的姑娘也不会更好。”阿帕先生这样断定,“就说游艇上的那位尤娣吧,这么阔气的姑娘——难道我不知道弗莱德每天夜里都到她的船舱里去?!请问我和莉呢……哼,莉可不是那种人。我不是嫉妒棒球圣手弗莱德。”阿帕豪爽地自言自语说,“他是我在大学里的好朋友,可是每天夜里——这么阔气的姑娘不应该那样,我是说像尤娣这种门第出身的姑娘不应该那样。况且尤娣还不是一个艺术家。瞧这些姑娘在一起叽叽咕咕都说些什么啊?”阿帕心中纳闷道,“她们的眼睛在怎样地闪出光芒,她们是怎样在咯咯地笑——我和弗莱德从来也没有谈过这类事情。莉不该喝那么多鸡尾酒,到那时她就不知道自己在说些什么了。比方说,今天下午她就不应该那样……我是说她和尤娣争论谁的大腿最漂亮的事。当然啰,莉的大腿最漂亮,这一点我是知道的。还有弗莱德也不该想出那个傻念头来,要我们比一比她们的大腿到底谁的最漂亮。这要是在棕榈海滨①的某个地方完全可以,但是在私人聚会里就不合适了。而且这些姑娘也许根本没有必要把她们的裙子撩得那样高。那已经不单是大腿了。莉至少不应当那样做,尤其是正好在弗莱德的前面!还有像尤娣那样的千金小姐更没有必要那样做。而且我不应当请那位船长来当评判。我真是个大傻瓜。船长的脸气得那样红,他的胡子都翘起来了。'对不起。'他说完这句话,就砰的一声把门关上。难为情呵,多让人难为情啊。船长不应当这样粗鲁。归根结底,这总是我的游艇啊,难道不是吗?不错,这位船长没有女伴跟着他;可怜的家伙,他怎么能那样看这件事呢?我指的是当他必然感到很孤单的时候。当弗莱德说尤娣的大腿更漂亮的时候,莉为什么要哭呢?后来她说,弗莱德没有教养,破坏了她这回乘船的游兴,她还说……啊,可怜的莉!现在这两位姑娘谁也不理谁了。而且当我要和弗莱德说话的时候,尤娣就像喊条狗似的把他叫过去。难道弗莱德不是我最好的朋友吗?他既然是尤娣的情人,当然就不得不说尤娣的大腿更漂亮!不过他用不着说得那样肯定。这样对待可怜的莉是不够周到的;莉说弗莱德是一个自私自利的家伙,这话非常对。真是一个极其粗鄙的家伙。事实上,我原先所想象的游览根本不是这个样子。真见鬼,我为什么要把弗莱德带来啊!"

阿帕先生用手指头筛弄着沙子和小贝壳的时候,发现自己已经不再是咄咄称奇地在浏览珠母海的风光,而是感到非常烦恼和苦闷。他觉得心情抑郁,无可奈何。爸爸说过:"尽

① 美国佛罗里达州的避暑胜地。

量去见见世面吧。”阿帕先生试图回想一下自己到底看见了些什么,但他所能想起的只是尤娣和莉两个人炫耀大腿,还有那个宽肩膀的弗莱德蹲在她们前面的情景。于是阿帕更加烦恼了。“这个珊瑚岛叫什么名字?”“塔拉伊瓦,”船长说道,“塔拉伊瓦或塔胡阿拉、也叫塔拉伊哈图阿拉-塔-胡阿拉。”“现在回家怎样? 我就对老杰西说,‘爸,我一直到了塔拉伊哈图阿拉-塔-胡阿拉。’”接着他又烦恼地想道:“如果我没有请那位船长来当裁判该多好。我必须告诉莉不要做这样的事情。上帝啊,我怎么这样爱她! 等她醒来的时候,我要和她谈一谈。我要告诉她,我们可能结婚……”这时阿帕先生的眼睛里盈溢着泪水,“上帝啊,这是爱情呢? 还是痛苦呢? 还是因为我这样爱她所以就感到无限的痛苦呢?”

亲爱的莉那油亮中透着蓝色的眼皮像脆嫩的小贝壳似的颤动了一下,然后睡意蒙胧地说:“阿帕,你知道我在想什么吗? 我们在这个岛上可以拍一部极妙的影片。”

阿帕正在往他那毛茸茸的倒霉大腿上撒沙子。“亲爱的,这真是个好主意。你说是什么样的影片?”

亲爱的莉抬起她那双美妙的蓝眼睛望着他说:“喏,像这样。假定我是这个岛上的鲁滨孙,女鲁滨孙。这难道不是极其新奇的主意吗?”

“是啊,”阿帕含糊地说,“你是怎么到这里来的呢?”

“那才叫妙咧!”那个甜蜜的小声音说,“你知道吧,我们那条游艇就算在风暴中遇难了,你们全都淹死了——你、尤娣、船长和其他所有的人。”

“弗莱德也淹死了吗? 他游泳可很出色啊。”

莉那光滑的额头上泛起了一层愁云。“那么就算他让鲨鱼吃掉了吧。这是多么美妙的插曲啊。”亲爱的莉拍了拍手。“弗莱德的身段配在这段插曲里真是太漂亮了，你说怎样？”

阿帕叹了一口气说：“后来呢？”

“我失去了知觉，被一阵巨浪卷到这里的海滩上来了。我应当穿着那身蓝条纹的睡衣，就是前天你说你很喜欢的那一身。”她柔嫩的眼皮，微微地张开，泛出一线娇媚的眼光，恰到好处地显示了女性的魅力，“阿帕，说真的，这应当是一部彩色片。大家都这么说，天蓝色和我的头发非常相配。”

“那么谁发现你在这里呢？”阿帕实事求是地问道。

亲爱的莉思索一会儿，然后用令人惊奇的推理能力分析说：“没有人。这里要是有人，我就不是鲁滨孙了，这个角色妙就妙在这里。从头到尾只有我一个人。阿帕，你想想，‘百合花谷’担任主角，而且只有这么一个角色。”

“那么你在影片里从头到尾干些什么呢？”

莉用两肘支撑着身子说：“我已经想过了，我应当在环礁石上沐浴唱歌。”

“穿着睡衣吗？”

“不，不穿，”亲爱的莉说，“你不认为这会一鸣惊人吗？”

“可是你不能在全部影片里始终赤条条地一丝不挂呀。”阿帕用很不赞同的口吻喃喃地说。

“为什么不能？”亲爱的莉天真地反问，“那又有什么呢？”

阿帕先生嘟哝了几句，没听清是什么。

“后来，”莉沉思了一下说，“……等一等，我想起来了。后来就有一只大猩猩把我架走了。喏，就是那种怕死人的毛茸茸的大黑猩猩。”

阿帕先生脸上一阵红，越发多撒上一些沙子把那该死的大腿盖起来。“你知道，这里没有大猩猩啊。”他用不信服的口吻反驳道。

“有。什么动物都有。阿帕，你应该从艺术的角度来看待这件事情。大猩猩和我的相貌配起来真是妙极了。尤娣的腿上有那么些毛，你注意到了吗？”

“没有。”阿帕说，这个话题使他心里烦透了。

“可怕的大腿呀，”亲爱的莉一面望着自己的小腿，一面回想道，“当那只大猩猩正把我抱在手里的时候，一个健壮极了的年轻野人就从树林里冲出来，把大猩猩打倒。”

“野人穿什么呢？”

“他拿着一张弓，”亲爱的莉毫不犹疑地断言道，“头上戴着一个花环。那个野人把我俘虏了，还把我带到吃人生番的帐篷里去。”

“这里根本没有嘛。”阿帕打算替这个小小的塔胡阿拉岛辩护。

“有。这些吃人生番想拿我来祭祀他们的偶像，同时还伴着唱一些夏威夷曲子。你知道吧，就是那些黑人在天堂餐厅里唱的曲子。可是那个年轻的吃人生番爱上了我，”亲爱的莉惊得把眼睛睁得大大的，叹了一口气说，“……后来另外一个吃人生番也爱上了我，他也许是这些吃人生番的酋长……然后就来了一个白人——”

“这个白人是怎样到这里来的？”阿帕想问个究竟。

“他是他们的俘虏。说不定是一个落在野人手里的著名男高音。那样他就可以在电影里唱歌了。”

“他穿什么衣服？”

亲爱的莉凝视着大脚趾。“他……什么也不穿，和吃人生番一样。”

阿帕先生摇摇头说:“亲爱的,那可不行。所有的著名男高音都胖得吓死人。”

“真可惜,”亲爱的莉感到很遗憾,“那么就让弗莱德来表演这一角色的动作,让那位男高音唱歌好了。你也知道电影里是怎样配音的。”

“弗莱德不是叫鲨鱼吃掉了吗?”

亲爱的莉不耐烦起来了:“阿帕,你真是死心眼儿,根本不能和你谈艺术。还有,那个酋长还用一串串的珍珠把我一圈一圈地绕起来……”

“他从哪里弄来的珍珠?”

“这里有成堆的珍珠,”莉肯定地说,“后来弗莱德一阵嫉妒,就和他在白浪翻腾的礁石上打起来了。弗莱德的侧影在天空的映衬下真是漂亮极了,你说对吗?这难道不是绝妙的主意吗?然后他们俩都掉到水里去了。”亲爱的莉说到这里满脸容光焕发,“这时那段鲨鱼的插曲就可以接上来了。如果弗莱德和我合拍电影,尤娣一定会大发雷霆的!我就和那个漂亮的野人结婚好了。”金发的莉说着便霍的一下站起来,“我们就站在这个海滩上……背景是渐渐落山的夕阳……一丝不挂地赤着身子……然后影片就慢慢结束。”莉把她的浴衣一扔说,“让我到水里去。”

“……你没有带游泳衣,”阿帕一面惊慌地说,一面回过头来看看游艇上是不是有人向这边望;但是亲爱的莉已经活蹦乱跳地踩着沙子向环礁湖跑去了。

“……她穿上衣服确实好看些,”一个冷冰冰的品评的声音,忽然在这个青年人的内心里这样暗示。他缺乏热烈的惊异感，心里不禁为之一惊，甚至于感到是一种过失，“可是……嗯，莉穿着上衣和鞋子的时候……嗯，那就多少好一点。”

“你要说的也许是更正派些吧！”阿帕一面想着，一面和这个冷冰冰的声音争辩。

“是的，包括这一点在内。而且也漂亮些。她走路为什么要这样古怪地摇摇摆摆啊？大腿上的肌肉为什么老跳动啊？为什么会这样，为什么会那样……”

“住嘴，”阿帕提出了抗议，惶惑不安地为自己辩护，“莉是世界上最漂亮的姑娘！我非常爱她……”

“……甚至在她没有穿衣服的时候吗？”那个冷冰冰的品评的声音问。

阿帕转眼望着环礁湖上的游艇。“这船多美，船身的每一根线条多么清晰啊！可惜弗莱德没有在这里。有弗莱德在这里我就可以和他谈谈游艇的线条了。”

这时，那个亲爱的莉已经站在没膝深的海水里了；她向西下的夕阳伸出两臂唱起歌来。阿帕急躁不安地想道：“真见鬼，她还没有开始游泳吗？”可是当她裹着浴衣、闭上眼睛缩成一团躺在这里的时候，倒是很美，亲爱的莉。阿帕一往情深地叹了一口气，吻了吻她的浴衣的袖子。是的，他太爱她了。爱得心都痛了。

环礁湖那边忽然传来一声刺耳的尖叫声。阿帕一条腿跪着，抬起身子来，好看得清楚。亲爱的莉一边号叫，一边挥舞着胳臂，慌慌张张地踩着水跑上岸来；她踉踉跄跄地踢得水花乱溅。阿帕纵身跳起向她跑过去。“怎么回事？莉！”

（“瞧，她跑得多难看啊，”那个冷冰冰的品评的声音说，

“她的腿伸得太远了。她的胳膊晃得太厉害了。现在她看起来可不漂亮。并且,她还嘎嘎乱叫,是的,嘎嘎乱叫。”)

“怎么回事？莉!”阿帕一面喊着,一面跑去帮助她。

“阿帕,阿帕,”亲爱的莉嘁嘁喳喳地吵着,啪的一下扑在阿帕的怀里,浑身又湿又冷,“阿帕,那里有一种动物!”

“没什么,”阿帕安慰她说,“八成是一种鱼。”

“可是它长着那么一个可怕的脑袋。”亲爱的莉一面呜咽地说,一面把她湿漉漉的鼻子挨着阿帕的胸膛。

阿帕就像长辈那样拍拍她的肩膀,他的手拍在她那湿漉漉的身上时,呱叽呱叽的声音简直太响了。“好啦,好啦,”他喃喃地说,“你瞧,现在那里什么都没有了。”

莉转过头去看着环礁湖。“太可怕了。”她上气不接下气地说,接着又猛然大叫起来,“那儿……那儿……你没看见吗?”

一个黑乎乎的脑袋慢慢地向海滩移近了,它那长嘴巴筒子一张一合的。亲爱的莉歇斯底里地叫起来,拼命从海滩往里跑。

阿帕感到进退两难。“我应当跟着莉跑,免得她像这样失魂落魄呢,还是应当待在这里,向她表示我不怕这头野兽呢?”他当然决定采取后一种行动;他慢慢向海水那边走去,直到水深及脚踝的地方,然后攥紧拳头,瞪着那只动物的眼睛。这个黑脑袋停住不动了,古怪地摇摆着,发出吱、吱、吱的声音。阿帕感到相当忐忑不安,但是他不能露出马脚。“你说什么?”他声色俱厉地问那个脑袋。

“吱,吱,吱。”那个脑袋说。

“阿帕,阿帕,阿帕。”亲爱的莉号叫着。

“我就来。”阿帕喊道，为了顾全面子，他慢腾腾地挪开脚步向那个姑娘走去。走几步又停下来，回过头去以严峻的神情望着海面。

海滩上，海水给沙石镶上了一条永存不灭而又瞬息即逝的花边，那儿有一只脑袋圆圆的黑动物用后肢站着，浑身在扭动。阿帕呆呆地站在那里，心里扑通扑通乱跳。

“吱，吱，吱。”那只动物说。

“阿——帕。”亲爱的莉在半昏迷状态中呻吟着。

阿帕目不转睛地盯着那只动物，一步一步地朝后退去；那只动物没有动弹，只是抬起脑袋来窥视他。

阿帕终于走到他那亲爱的莉身边，她正脸朝下趴着，吓得抽搐地啜泣着。“这是……一种海豹，”阿帕没有把握地说，“莉，我们应该回到船上去了。”

可是莉老在发抖。

“噢，它不会伤害你的。”阿帕肯定地说。他很想跪倒在莉的身旁，但他只能以一种骑士的风度站在莉和那只动物之间，心里想道：“我穿的不是游泳衣就好了，哪怕有一把小刀也行；要不然能找到一根棍子……”

天色渐渐黑下来。那只动物往前走到约莫三十米以内的地方停住了。它的后面跟着五只、六只、八只类似的动物从海里钻出来，踮起脚尖蹒跚地向阿帕守护亲爱的莉的这个地方走来。

“莉，闭上眼睛吧。”阿帕低声说，可是这话根本没有必要，因为莉说什么也不会转过头来。

海里冒出更多的影子来了，它们排成一个宽阔的半圆形往前走。“现在大概有六十只了。”阿帕数了数。那边那件浅颜色的东西是亲爱的莉的浴衣。刚才她还在上面躺着。这时，那些动物已经来到那件铺在沙子上的浴衣跟前。

这时，阿帕做出一件浅薄无聊的事情，就像席勒描写的那位勇士跑到狮子笼里去捡他的贵妇的手套一样。① 这又有什么?! 只要地球还在转动，男人就会干出一些浅薄无聊的事情。阿帕·劳埃布先生昂起头，攥着拳，毫不犹疑地走到那些动物中间去取回亲爱的莉的浴衣。

那些动物朝后退了一点，但却没有跑开。阿帕拾起浴衣，像斗牛士那样往手臂上一披，然后站在那里。

"阿——帕。"他身后传来了绝望的哭泣声。

阿帕先生感到自己充满了无限的力量和勇气，向前迈了一步，对那些动物说："喂，你们到底要干什么?"

"吱，吱。"其中一只动物咂着嘴，然后又用青蛙那样的声音叫了一会儿，并且用一种老头的声音叫出："刁!"②"刁!"后面又传来了另外一个叫声："刁! 刁!"

"阿——帕!"

"莉，不要害怕。"阿帕喊道。

"莉，"其中的一只在他的面前叫道，"莉。莉。阿帕!"

阿帕觉得自己好像在做梦："什么?"

"刁!"

"阿——帕，"亲爱的莉呜咽着，"到这儿来!"

"我就来。你说的是刀呵，我没有刀。我不会伤害你。你还要什么?"

---

① 席勒(1759—1805)，德国诗人，剧作家和哲学家。这儿指他的叙事诗《手套》中的情节。

② 鲵鱼发音不清，把"刀"说成了"刁"，下同。

"吱,吱。"那只动物咂着嘴,摇摇摆摆地向他走来。

阿帕把浴衣横搭在胳臂上,叉开腿站在那里,纹丝不动地说:"吱,吱,你要什么?"他好像看见那只动物伸出了前爪,但是阿帕不愿意看这副模样。"什么?"他用严厉的口吻问道。

"刁。"那只动物叫道,从它的爪子里掉下来一些小东西,很像透明的水珠。但那并不是水珠,因为它们能滚动。

"阿帕,"莉结结巴巴地说,"别把我丢在这里!"

阿帕先生不再害怕了。他把浴衣向那只动物一挥,说:"走开!"那只动物赶紧笨手笨脚地往回跑。现在阿帕满可以趾高气扬地回去了,他为了向莉表示他的勇敢,于是弯下身来看看那只动物爪子里掉下来的那些发白的东西。那是三粒色泽暗淡的、又圆又硬的小球。那时天色黑下来了,于是阿帕先生便拿着小球凑到眼前去看。

"阿——帕,"无人照顾的莉尖叫道,"阿帕!"

阿帕先生高声答道:"我就来,莉,我给你弄到一些东西了。莉,莉,这儿有些东西给你!"阿帕·劳埃布先生把衣服朝肩上一甩,然后就像年轻的神人一般冲过了海滩。

"阿帕,"莉吓得缩成一团,浑身发抖,上下牙齿碰得咯咯直响,一边泣不成声地说,"你怎么能……你怎么能……"

阿帕一本正经地在她面前跪下来。"百合花谷,特里顿①,也就是海神们朝拜你来了。你听我说吧,自从维纳斯②从海里出来以后,再没有任何一个艺术家能够像你这样感动鬼神了。"这时,阿帕伸出他的手说,"他们为了表示钦敬,送

① 希腊神话中海神波赛顿的后裔,一般描绘为有尾巴的鱼状神。

② 希腊神话中的爱神。

给你三颗珍珠。你瞧。”

“阿帕,别胡说。”亲爱的莉抽抽噎噎地说。

“真的,莉。喏,你看这是不是真的珍珠!”

“我看看。”莉一面哼哼着,一面伸出颤颤巍巍的指头来拿小白球。“阿帕,”她上气不接下气地说,“真的是珍珠!你在沙子里找到的吗?”

“不!我亲爱的莉,沙子里根本就不会有什么珍珠,对不对!”

“有,”亲爱的莉一口咬定,“它们被冲洗得很干净。你瞧,我对你说过,这里有成堆的珍珠!”

“珍珠是海底下一种蚌里长出来的。”阿帕几乎武断地说,“莉,我敢发誓,这是那些特里顿送给你的。它们看见你游泳,本想把这些珍珠亲自交给你,可是因为你被吓坏了……”

“它们长得那么难看嘛,”莉脱口说出来,“这是些奇异的珍珠!我非常喜欢珍珠!”

(那个品评的声音说:“她像这样跪在这里,手里捧着珍珠,可真够漂亮的。——是的,可真漂亮,你必须承认这一点。”)

“阿帕,它们真是带来送给我的吗,那些……那些动物?”

“亲爱的,它们不是动物。它们是海神,叫作特里顿。”

亲爱的莉一点也没有感到惊奇。“它们太好了,是不是?太可爱了。阿帕,你说我应当怎样答谢它们呢?”

“你不怕它们了吗?”

亲爱的莉发抖了。“我怕——阿帕,请你把我带走吧。”

阿帕说:“好吧,那么,我们必须回到小船上去,别害怕。”

“可是……可是它们挡住了我们的路，”莉唠唠叨叨地说，“阿帕，你自己不是要到它们那里去吗？你可不能把我一个人留在这里啊！”

“我抱着你从它们中间穿过去。”阿帕先生英勇豪迈地提议道。

“那倒行。”亲爱的莉叹了一口气。

“可是你要把浴衣穿上。”阿帕喃喃地说。

“等一等。”莉小姐用双手拢了拢她那出名的金发。

“我的头发是不是非常乱？阿帕，你带着我那涂嘴唇的口红了吗？”

阿帕把浴衣围在她的肩膀上。“莉，我们还是走吧！”

“我害怕。”亲爱的莉轻轻地说，阿帕把她抱了起来。莉认为自己轻得就像一朵小云彩一样。“嗬，她可比你想象的要重呵，可不是吗？”那个冷冰冰的品评的声音对阿帕说。

“小伙子，现在你的两只手都占住了；如果那些动物冲过来……怎么办？”

“你不能快点走吗？”亲爱的莉提出意见说。

“好吧。”阿帕先生几乎迈不动脚步，喘着气说。那时天很快就黑下来了。阿帕一步一步走近那些排成老大的半圆圈的动物。

“快呀，阿帕，快跑，快跑。”莉小声说。那些动物开始摇摆起来。并用一种一起一伏的古怪动作把上半截身子扭过来。

“快跑，快跑，赶快。”亲爱的莉呜咽地说，一面歇斯底里地乱踢着脚，并且把她那涂成银色的手指掐进阿帕的脖子的肉里。

“怎么回事,莉,安静点!”阿帕咆哮着说。

“刁,”一个声音在他旁边叫道,“吱,吱,吱。刁。莉。刁,刁。莉。”

现在他们已经闯过那个半圆圈,阿帕觉得自己的脚在潮湿的沙子上直往下沉。正当阿帕的手和脚已经支撑不住了的时候,亲爱的莉说:“你可以把我放下了。”

阿帕用手背擦掉前额上的汗,深深地喘着气。“到小船上去,赶快。”亲爱的莉命令道。这时黑影子排成的半圆形转过来对着莉,并且向前靠拢。“吱,吱,吱。刁。刁。莉。”

这一回莉既没有大声号叫,也没有撒腿就跑。她两只手伸向天空,浴衣从肩上滑了下来,她赤裸着身子向摇摇晃晃的影子挥动双手,向它们飞吻。她那颤抖的嘴唇上浮现出一丝微笑,人人都得承认这是媚人的微笑。“你们太可爱了。”一个低微的声音颤动地说。这时,那双白皙的手臂再一次向那摇摇晃晃的影子挥动起来。

“莉,帮一下忙。”阿帕把小船推到深水里去,有些不耐烦地抱怨说。

亲爱的莉把浴衣捡起来说:“再见,亲爱的!”这时他们可以听到那些影子弄得水哗哗作响。“阿帕,快一点,”亲爱的莉一面涉水到小船上去,嘴里一面嘘着说,“他们又来了!”阿帕·劳埃布先生正在拼命把小船推到水里去。这样,莉小姐就爬到船里去了,一边还在挥手致意。“阿帕,上那边去;像这样它们没法看见我。”

“刁。吱,吱,吱。阿帕!”

“刁,吱,刁。”

“吱,吱。”

“刁！”

小船终于在波浪上晃动起来，阿帕先生爬进小船，使出全身力气划起了桨。有一支桨碰上一个滑溜溜的东西。亲爱的莉深深叹了一口气。“它们难道不是太可爱了吗？再说，我做得难道不是再漂亮不过了吗？”

阿帕先生使出全身力气向游艇划去，他干巴巴地说：“莉，穿上那件衣服！”

“我想，这是惊人的成功，”莉小姐宣称，“阿帕，还有这些珍珠哩！你说它们能值多少钱？”

阿帕先生停下了桨说：“亲爱的，我看，你没有必要向它们这样过分地炫耀自己。”

莉小姐感到很不高兴。“这有什么不好。阿帕，你显然不是一个艺术家。接着划吧！我穿着这件浴衣都快冻死了！”

第七章　环礁湖上的游艇(续)

那天晚上,“格罗丽亚·皮克福特号”游艇上没有私人的口角,而只是在科学观点方面展开了热烈的争论。弗莱德在阿帕的衷心拥护下,坚决认为这些动物是一种蜥蜴,船长的看法却正相反,他认为是哺乳动物。他兴致勃勃地说:“海里根本没有蜥蜴。”但是这两位青年大学生根本不重视他的反对意见,说起来蜥蜴毕竟比较耸人听闻。亲爱的莉认为满意的是把它们当成特里顿的说法,认为它们简直太讨人喜欢了,而且总的说来,这是多大的成功啊;她穿着阿帕非常喜爱的蓝色条纹睡衣,两眼闪耀着欣喜的光芒,梦想着珍珠和海神。尤娣当然认定这些都是莉和阿帕串通一气搞出来的鬼把戏,于是她生气地直向弗莱德挤眉弄眼,让他不要插嘴。阿帕认为莉该提到他——阿帕多么英勇地跑到那些蜥蜴中间去取回她的浴衣的;于是他先后三次提到,当他——阿帕把小船推到水里去的时候,莉是多么出色地和它们周旋;他还想开始讲第四次,可是弗莱德和船长根本不听,因为他们正在热烈地争辩蜥蜴和哺乳动物的事情。阿帕在肚子里嘀咕道:“真好像究竟是哪种东西的问题真有多大关系似的。”最后,尤娣打了一个呵欠,说她要去睡觉了;她意味深长地望着弗莱德,偏偏这时候弗莱德刚好想起,在《圣经》上的洪水之前确曾有过这种古怪的老蜥蜴。哎哟！叫什么来着？——总是恐龙或者类似这样的名字，它们也用后腿走路，先生；弗莱德曾经亲自在一本这么厚的书里看见一幅有趣的科学图解上画着这种动物，真是一本了不起的书，先生，您应当知道。

"阿帕，"亲爱的莉说道，"我想出一个绝妙的主意拍电影了。"

"什么主意？"

"完全崭新的主意。是这样，我们的游艇沉了，我是唯一死里逃生来到岛上的人。于是我就在那边像鲁滨孙一样生活。"

"你在那里做什么呢？"船长怀疑地反问道。

"游泳呀什么的，"亲爱的莉天真地说，"然后这些海里的特里顿就爱上了我……把珍珠带来给我。喏，就像是真的一样。这甚至可能成为一部生物学教育影片，对不对？就像《合恩号商船》①一样。"

"莉说得对，"弗莱德忽然说道，"我们明天晚上应当去拍摄那些蜥蜴。"

"你是说那些哺乳动物。"船长作了更正。

"你是说我，"亲爱的莉说，"当我站在那些海神特里顿中间的时候。"

"不过要穿上一件浴衣。"阿帕脱口说道。

"我应当穿那套白色的游泳衣，"莉说，"可是格列达必须把我的头发弄好。今天我那副模样简直太难看了。"

---

① 这是美国导演威廉·凡·迪克（1899—1944）摄制的描写白种人去非洲探险的影片。

“那么谁来拍电影呢?”

“由阿帕来拍,这样他就可以有点事情干了。还有,如果那时天色已经黑了的话,尤娣就来管理灯光。”

“那么弗莱德呢?”

“弗莱德拿着一张弓,头上戴着一个花环,如果那些特里顿打算把我架走,他就跑过去和它们拼,他会不会这样做?”

“我可不干,”弗莱德笑嘻嘻地说,“可是我宁愿有一支手枪,还有船长也应当参加。”

船长用一种顶嘴的神气把胡子一翘说:“请不要管我。我有必要做的事情要做。”

“是什么事情?”

“从水手里面挑三个人出来,好好地带上武器,先生。”

亲爱的莉用一种娇憨的惊疑神情问道:“船长,你认为有那么危险吗?”

“我倒认为不会发生什么事情,孩子。”船长喃喃地说,“不过杰西·劳埃布先生吩咐过我……至少吩咐过我照看阿帕先生。”

于是这些先生又热烈地讨论起这项工作的技术细节来;这时阿帕向亲爱的莉使了个眼色,意思是说“你应当去睡觉了……”于是莉便顺从地站起身走了。

“阿帕,你听我说,”她在她的船舱里说,“我认为这准是一部精彩极了的影片!”

“是的,亲爱的。”阿帕先生附和着说,一面想要吻她。

“阿帕,今天别这样了,”亲爱的莉防护着自己说,“你难道不知道我必须竭力集中精神吗?”

*　　　*　　　*

第二天，莉小姐整天都在竭力集中精神；可怜的女仆格列达为这事忙得不可开交。她们用效力很大的矿盐和香精加在水里洗澡，用尼伯隆牌的洗发水洗头，按摩，修脚指甲，修手指甲，烫发和梳发，熨衣服，试衣服，换衣服，涂脂抹粉，显然还有别的许多准备工作。尤娣在这一阵忙乱中也给迷住了，她跑来给亲爱的莉帮忙。在某些困难的时候，妇女们彼此之间竭诚相待的情形的确是令人惊异的，比方说，在收拾打扮这件事情上就是这样。

当莉小姐的船舱里充满着这种狂热的忙乱时，那些先生就在拟订自己的计划。他们用烟碟和威士忌酒杯在桌子上摆来摆去，以便确定每一个人所要坚守的战略位置，并决定在出了问题的时候每个人应当怎样行动；同时船长还有好几次因为安排事物的威信问题而深深地感到受了冒犯。下午，他们把摄影机、一支小的自动步枪、一篮子刀叉和食品还有其他的战斗物资搬到环礁湖的海滩上去；所有这些东西都用棕榈叶子巧妙地伪装起来。除此之外，在太阳落山以前，三个手持武器的水手和充当总司令的船长都占据好了位置。一只老大的篮子装着百合花谷小姐的几件小日用必需品也搬到海滩上来了。随后弗莱德陪着尤娣小姐走过来。这时夕阳已经开始西沉，放出千条万道热带的霞光。

这个时候，阿帕已经是第十次敲莉小姐的船舱了。“亲爱的，我们真的该走了！”

“就来啦，就来啦，”亲爱的莉传出了语声，“请不要催得我发慌！我说什么也要穿好衣服，对不对？”

那时,船长观察了一下地形。那边海湾的水面上有一条长而直的带子在闪烁发光,这条带子把微波荡漾的海和一平如镜的环礁湖隔开了。船长默默地想道:“海水下面好像有一道堤坝或防波堤似的,这也许是一片沙洲,或是一片珊瑚礁,看起来很像是人工修造的。真是一个奇怪的地方。”不久平静的环礁湖面上就有黑乎乎的脑袋这儿一个,那儿一个地钻出来,并向岸边移动。船长紧闭着嘴,惴惴不安地摸着他的手枪。这些娘儿们如果待在小船上就好了。尤娣开始发抖了,痉挛地抓住弗莱德,心里想道:“他多么坚强!上帝啊,我多么喜欢他!”

好不容易,最后那条小船才从游艇边推出来。百合花谷小姐穿着白色的游泳衣和透明的睡衣,显然她准备穿着这身衣服,装成遇难后被海浪卷上岸来的人。后面坐的是格列达和阿帕先生。“阿帕,你为什么划得这样慢?”亲爱的莉责问道。阿帕一眼瞥见了那些黑脑袋朝着岸边游来,他没有作声。

“吱,吱。”

“吱。”

阿帕先生把小船拖到沙滩上,然后扶着亲爱的莉和格列达走上海滩。

“快去拿摄影机,”那个艺术家低声说,“当我说‘好了’的时候,就开拍。”

“可是过不了多久我们就会什么也看不见了。”阿帕反驳道。

“那时尤娣就必须把灯打开。格列达!”

当阿帕·劳埃布先生跑到摄影机旁站好时,那位艺术家就像一只奄奄待毙的天鹅躺在沙子上,格列达把她睡衣上的褶子弄平。“这样摆，使我的大腿有一部分露在外面，”遇难的人低声说，“弄好了吗？好吧，走开吧！阿帕，好了！”

阿帕开始摇动手柄。“尤娣，灯光！”但是灯并没有打开。这时，摇摇晃晃的影子从海里冒上来，围在莉的周围。格列达用手捂着嘴，免得喊出声来。

“莉，”阿帕喊道，“莉，快跑！”

“刁！吱，吱，吱。莉，莉。阿帕！”

有人打开了左轮手枪上的保险。船长嘘了一声说道：“见鬼！别开枪。”

“莉，”阿帕喊道，接着停住了摄影机，“尤娣，灯光。”

莉软绵绵、慢腾腾地站起来了，双臂伸向天空。那件轻飘飘的睡衣从她的肩头滑了下来。然后这位像百合花一样洁白的莉站在那里，正像遇难者从昏迷中苏醒过来一样，把两只手美妙地高举在头顶上。阿帕先生开始急躁地摇动手柄。“怎么回事，尤娣，你就不能把灯打开一下？！”

“吱，吱，吱。”

“刁。”

“刁。”

“阿帕！”

那些黑影子摇摇摆摆地走着，把肌肤白若冰霜的莉围了起来。慢点，慢点，这已经不再是什么电影镜头了。莉不再把手高举在头上；而是在把什么东西推开，并且尖声叫道：“阿帕，阿帕，它碰到我身上来了！”这时一道灯光一闪，阿帕赶紧摇动手柄；弗莱德和船长提着手枪跑来搭救正在狂叫和吓得说不出话来的莉。正在这个当儿，明亮的灯光照出几十几百只颀长的黑东西一齐纷纷滚到海里去了。两个水手一下就用网子套住一只。这时，格列达吓得昏过去，像一个口袋似的栽倒下来。啪、啪、啪响起了两三声枪声，海面上水花四溅，乱成一片；两个水手捏住网里的那个东西，在他们手下直扭直摆，尤娣的灯光熄灭了。

船长打开手电问道："孩子，伤着你了吗？"

"碰着我的腿了，"亲爱的莉呻吟着说，"弗莱德，太可怕了。"

"莉，拍得好极了，"阿帕也拿着手电筒跑过来，高兴地说，"尤娣应当早点把灯打开！"

"灯打不开呀，"尤娣结结巴巴地说，"弗莱德，你说是不是？"

"尤娣吓坏了，"弗莱德替她辩白道，"我敢发誓，她不是故意的，对吗，尤娣？"

尤娣感到受委屈了；正说着，两个水手用网拖着那个东西过来了，它像条大鱼一样扭过来，摆过去。"船长，在这儿哪，还活着呢。"

"该死的畜生，对我喷毒水啦，弄得我手上起满了水泡，像火烧似的痛死了，先生。"

"也碰着我了，"莉小姐抽抽噎噎地说，"阿帕，照照这儿有没有水泡？"

阿帕向她保证道："没有，没有伤着你，亲爱的。"她正在满心忧虑地揉着膝盖上那块地方。阿帕真想用嘴去吻一吻。

"哎哟，那个东西冰凉冰凉的。"亲爱的莉抱怨说。

"小姐，你掉了一颗珍珠。"一个水手从沙子上捡起一个小圆球递给莉说。

"我的老天爷！"莉小姐喊道，"阿帕，它们又给我带珍珠来了。亲爱的莉们,让我们找一找珍珠吧!这些诗人一定给我带来了成堆的珍珠。弗莱德,它们多可爱!这里还有一颗!"

"这里也有一颗!"

地面上亮起了三个手电的圆光。

"我找到了一颗大的!"

"那是我的。"亲爱的莉脱口而出。

"弗莱德。"尤娣小姐冷冰冰地说。

"等一等。"弗莱德先生一面跪在沙子上爬,一面说。

"弗莱德,我想回到小船上去!"

"有人陪你去的,"弗莱德心不在焉地提议说,"我的老天爷,这可真有意思!"

三位绅士和莉小姐好像几只大萤火虫似的继续在沙子上转来转去。

"这儿有三颗珍珠。"船长宣布说。

"我看看,我看看。"莉一面跪在地上跟在船长后面爬,一面欢欣若狂地叫道。这时镁光灯霍地一下亮了,摄影机的手柄嘎嘎地响起来。

"这回你们可都照上了,"尤娣用报复的口吻大声说,"这是报纸上最好的快照。'美国名流寻珠''海蜥蜴为人抛珠'"

弗莱德坐下来说:"我的天,尤娣说得对。伙计们,我们必须把这事在报上登出来!"

莉也坐下来说:"尤娣太可爱了。尤娣,再给我们照一张,可是要从前面拍!"

"这样就会少找到许多东西,亲爱的。"尤娣想道。

"伙计们,我们应当继续寻找,"阿帕说,"海潮快上来了。”

在昏暗的海边有一个摇曳不定的黑影子在晃动。莉尖叫道:“那儿——那儿——”

三个手电筒一齐朝那个方向投出一轮圆光。原来是格列达跪在黑地里寻找珍珠。

* * *

莉的膝盖上放着船长的便帽,里面装着二十一颗珍珠。阿帕替大家斟满了酒,尤娣照料着留声机。那天晚上,天空满布繁星,海涛传来无穷无尽的温存细语。

“那么,我们用什么大标题呢?”弗莱德大声说道。

“密尔沃奇某公司总经理女公子拍摄化石爬虫影片。”

“洪水时期以前的蜥蜴向青春人献宝。”阿帕富有诗意地提议道。

“游艇‘格罗丽亚·皮克福特号’遇见水怪,”或是“塔胡阿拉岛的秘密。”船长提议说。

“这只能做小标题,”弗莱德说,“正标题内容应当更丰富些。”

“应该是‘棒球圣手弗莱德和水怪搏斗’这类话,”尤娣说,“当弗莱德过去和它们拼的时候的确很神勇。但愿这段片子照出来不错就好了!”

船长清了清嗓子说:“尤娣小姐,说真的,还是我第一个走过去对付它们的;不过我们不谈这些吧。我看这个标题应该带点科学的味道,先生,要严肃,并且……总而言之要合乎科学:‘太平洋海岛上发现洪——水——时期——以前的动物。’”

“洪水时期以前，”弗莱德更正道，“不，洪水前期。我的天，这算什么名字？我们应该拟出一个短一点的标题，让每个人都能念出来。尤娣真棒，出个主意！”

“洪水时期以前的。”尤娣说。

弗莱德摇摇头说：“太长了。比这些怪物加上尾巴还要长。这个标题应该简短。尤娣真不错，是不是？”

“是的，”船长表示同意，“真是一个好极了的姑娘。”

“一个好小伙子，船长，”那位年轻的大力士附和着说，“伙计，船长也很棒。可是《洪水时期以前的动物》这标题太陈旧了，不能做报纸的标题。为什么不用‘珍珠岛上的情侣’这类的标题呢？”

“特里顿在百合花上撒珍珠！”阿帕喊道，“海神波塞冬的献礼！”

“一个新的阿佛洛狄忒①！”

“什么话！”弗莱德愤懑地反对道，“根本就没有什么特里顿。关于这一点科学早就证实过了，老兄。也没有什么阿佛洛狄忒，是不是，尤娣？‘人类遇见古蜥蜴！’‘勇敢的船长袭击洪水时期以前的怪物！’老兄，这样的标题才能成为特快消息！”

“出一张号外吧，”阿帕喊道，“海怪围攻电影明星！摩登女郎的性感降服了古代蜥蜴！化石爬虫爱上了金发女郎！”

“阿帕，”亲爱的莉说，“我有一个主意……”

“什么主意？”

“拍电影的主意。真是好极了，阿帕。你想一想，我应当

① 希腊神话中的爱神，据传为宙斯与人间女子所生的女儿。

在海边洗澡……”

“那件游泳衣对你再合适不过了,莉。”阿帕连忙脱口而出地补上一句。

“是吗?这些特里顿就爱上了我,并且把我带到海底去,后来我就当了它们的皇后。”

“在海底?”

“是呀,在海水下面。就在它们神秘的国土里,对吧。在那里有它们的城市,什么都有是不是?”

“亲爱的,可是你在那里会淹死的!”

“这一点你不要担心,我会游泳,”亲爱的莉满不在乎地说,“我只要每天游上来呼吸一次新鲜空气就行了。”莉表演了呼吸动作,同时胸膛一起一伏地动着,两手上下摆动了一番,然后说,“就像这个样子,知道吗?然后,岸上也有一个人爱上了我……也许是一个年轻的渔夫。我也爱上了他,非常热烈地爱他,”亲爱的莉叹了一口气,“啊,他长得又漂亮又强壮。那些特里顿总想淹死他,可是我救了他,并且跟着他到他的小茅屋里去。然后那些特里顿就把我们围困在那里——喏,那时也许就由你们来营救我们。”

“莉,”弗莱德认真地说,“这种事情太傻了,居然能拍成电影。老杰西不把这事拍成一部妖怪片才怪呢。”

* * *

弗莱德说对了:到时候杰西·劳埃布影片公司就把这事拍成了一部妖怪片,百合花谷小姐充当主角;除此以外,影片里还有六百个女神、一个海王,还有一万两千个配角扮成各种各样的洪水时期以前的蜥蜴。可是在影片拍成以前,浪花淘尽了多少新旧事物！屈指数来计有：

（一）那只捕来的动物放在亲爱的莉的浴室澡盆中，头两天颇受大家青睐，第三天就不再动弹了；于是莉小姐作出结论说，这个可怜的东西一定是在想家；第四天它开始发出臭气，到腐烂不堪的时候就不得不把它扔掉了。

（二）环礁湖旁拍的几个镜头中，只有两个可以用。一个是莉惊慌失措地蹲在地上，两手向那些竖立着的动物拼命挥舞。人人都说这是一段绝妙的插曲。在另一个镜头中，有三个男人和一个姑娘跪在地上弯着腰，鼻子几乎贴到地面上。照出的是背面的景象，看来他们好像是在对什么东西下拜。这一段插曲后来没有拿出来。

（三）至于提出的报纸标题，几乎全都被美国和世界其他各地的数百种报纸、周刊和杂志采用了，甚至连《洪水时期以前的动物》那个标题也不例外。此外还登出了全部事实的记述，其中穿插了许多细节，加上了许多照片，如亲爱的莉在蜥蜴中的照片、莉穿着游泳衣时的独影、尤娣小姐、阿帕·劳埃布先生、棒球圣手弗莱德和船长等人的照片，游艇"格罗丽亚·皮克福特号"和塔拉伊瓦岛的照片，还有珍珠放在黑天鹅绒上的照片等等。这样一来亲爱的莉的事业就得到了保证。她甚至拒绝在杂剧中出台表演，并且向记者声明她打算全心全意地献身于艺术。

（四）当然还有些人打着专家的招牌断定说，从快照上看来，那绝不是什么原始蜥蜴，而是一种鲵鱼。还有更多的专业人员断定这种鲵鱼过去在科学上还没有见过，因之也就根本不存在。关于这一点，报纸上有过一段很长的争论。耶鲁大学的赫普金斯教授说，他检查了送交给他的照片，认为这是一种伪造、愚弄或欺骗；其中所描写的鲵鱼使他略微想起有点像巨大的覆鳃类鲵鱼(日本大鲵鱼、西氏大鲵鱼、西氏三鳃大鲵鱼或西氏两栖大鲵鱼)，但照片非常不准确、非常拙劣、非常外行，这样便结束了那一场争论，这桩事在科学上也就暂时告一段落。

(五)经过一段相当的时期以后，阿帕·劳埃布先生终于和尤娣小姐结了婚。他的好朋友棒球圣手弗莱德当男傧相。婚礼极其盛大，政界、艺术界以及其他各界要人出席的很多。

第八章　许氏古鲵

人的好奇心是无止境的。当代研究爬虫类动物的最高权威耶鲁大学赫普金斯教授虽然已经宣称，这些神秘的动物是违反科学的谎话，是彻头彻尾的无稽之谈，但是依然无济于事，科学杂志和报纸上还是越来越多地报道，太平洋绝大部分地区都发现迄今未知的、类似大鲵鱼的动物。据比较可靠的报告宣称，在所罗门群岛、苏腾岛、卡平加马兰吉群岛、布塔里塔里群岛、塔珀图埃岛以及努库费陶群岛、富纳富提群岛、努库诺努群岛和福高夫群岛等整个一群较小的岛屿上，甚至远及尼亚岛、阿胡卡岛、阿普岛和巴卡普卡岛等地都发现了这种动物。人们还引证万托赫船长的鬼怪（主要是在美拉尼西亚一带）和莉小姐的特里顿（主要是在波利尼西亚一带）的传说；后来报纸推断说，主要是因为夏季来临了，没有什么可写的，所以才搬出各种各样海怪和洪水以前的怪物来。海底怪物通常是很受读者欢迎的。关于特里顿的说法在美国特别流传；在纽约有一出排场热闹的轻歌舞剧，以波塞冬率领三百名绝色的特里顿美人、女海神和海妖为号召，竟一连演了三百场夜场；在迈阿密和加利福尼亚的海滩上，青年男女游泳时都穿着特里顿装和女海神装（除了三串珍珠以外什么也没有），而在中部和中西部各州，出现一种反对伤风败俗的运动（简称反伤败运动),声势十分浩大;在那个时期还举行了群众示威游行,有几个黑人连烧带吊地被弄死了。

最后在《联邦地理杂志》上登出一篇报告,叙述了新哥伦比亚大学科学考察队的考察经过(这次考察是由所谓罐头大王丁克尔出资组成的)。报告是由史密斯、克伦施密特、查尔斯·科瓦尔、路易斯·福格龙和赫勒洛署名发表的,这些人都是负有国际声望的著名科学家,在鱼类寄生动物、环形虫、植物学、滴虫类以及蚜虫类等方面特别有地位。

我们不妨从这篇全面的报告中摘录一段来看看:

……在拉卡杭阿岛上,本考察队首次发现一种迄今未知的大鲵鱼的后肢脚印。脚趾有五个,长三至四厘米。从脚印的数目看来,拉卡杭阿岛海岸的确可以说是满布了这种鲵鱼。由于没有前肢的痕迹(只有一个四趾印迹,显然是由小鲵鱼踏成的),本考察队推断,这些鲵鱼显然是用后肢走路的。

应该指出,在拉卡杭阿岛这座小岛上,并没有任何河流或沼泽,因此这些鲵鱼便是生活在海里。在这一目中,这种鲵鱼也许是唯一的海洋动物。大家当然都知道,墨西哥大鲵鱼(美西螈)生活在环礁湖里,但在一九一三年柏林出版的科恩戈尔德的经典著作《两栖类动物》(有尾目)一书中根本没有提到任何海洋鲵鱼。

……为了捕获这种鲵鱼,或者至少也要看到一只活的标本,我们一直守候到中午,但却一无所获。最后不得不失望地离开拉卡杭阿这座可爱的小岛。在这里,赫勒洛曾找到一个美丽的象椿虫新种。

在通加里瓦岛上情况却非常好。我们手持步枪守候在海滩上，日落以后，鲵鱼便从水里露出头来。它们的头相对说来很大，略呈扁平。过了一会儿，这些鲵鱼便爬上沙滩，用后腿行走，虽然有些摇摇摆摆，但却相当敏捷。坐着的时候，有一米多高。它们围成一个大圆圈坐下来，然后上半身开始摆动，动作非常奇怪，看来好像在跳舞。克伦施密特为了看得更清楚些，便往前靠近了一点。这时，这些鲵鱼便转过头来对着他，一动不动地呆了一会儿；然后便相当敏捷地朝他走来，一边发出吱、吱的声音和叫声。等到离他只有七米左右时，我们就开枪。它们赶紧跑开，跳到海里去了。那天晚上再也没有出来。岸上留下了两条死鲵鱼，还有一条被打断了脊椎骨，发出一种“欧古得、欧古得、欧古得”①的怪声音。克伦施密特用刀割开它的胸腔，这条鲵鱼随即就死去了……（以下是一段解剖学详情，门外汉无从理解，专业读者请参阅原报告。）

从上述许多特征里可以清楚地看出，我们遇到的是两栖动物（有尾目）的一种典型。大家都知道，真蝾螈（蝾螈科）和有鳃科（鱼形科）就属于这一目。真蝾螈包括水蜥蜴（蜥蜴属）和蝾螈（蝾螈属）等属；有鳃科包括鲵鱼（鲵鱼属）和外鳃类动物（显鳃属）。我们所记录的通加里瓦岛的鲵鱼似乎与有鳃动物中的鲵鱼属最为接近，在身体大小和许多方面都像日本大鲵鱼（西氏两栖大鲵鱼）或所谓“泥潭鬼”的美国大鲵鱼，不同之处在于它们的感觉器官十分发达，四肢更长、更强健有力，于是便可以相当敏捷地在水中和陆地上活动。（以下又是一段比

① 英语：我的上帝啊，我的上帝啊。

较解剖学细节。)

我们把这些死动物的骨骼剥制出来以后,就发现一件最令人惊奇的事实,那就是:这些鲵鱼的骨骼和约翰尼斯·雅各布·许泽①博士在奥尼根石矿的一块石头上发现的鲵鱼骨化石印迹几乎完全吻合,他在一七二六年出版的《洪水时期的目击者》一书中曾叙述这一印迹。请允许我们对不大熟悉这本著作的读者提醒一句,这位许泽博士认为这化石是洪水时期以前的人的遗骸。他写道:"我仅以精致的木板画印出来贡献给学术界的图形无疑是一个洪水时期的见证人的形象。这些线条,并不是只有凭丰富的想象力才能想象出某种像人的东西来,而是每个细小部分都和人类骨骼的各部分完全吻合,完全对称。这个化石是从正面画下来的。瞧!这是一个已经消灭的种族的纪念碑,它比所有的罗马、希腊,甚至埃及与全部东方国家的墓碑都要古老得多。"后来经古维叶鉴定,这个奥尼根化石印迹是鲵鱼骨骼的印迹。这种鲵鱼被命名为古鲵或许氏古鲵,并被认为早就绝迹了。

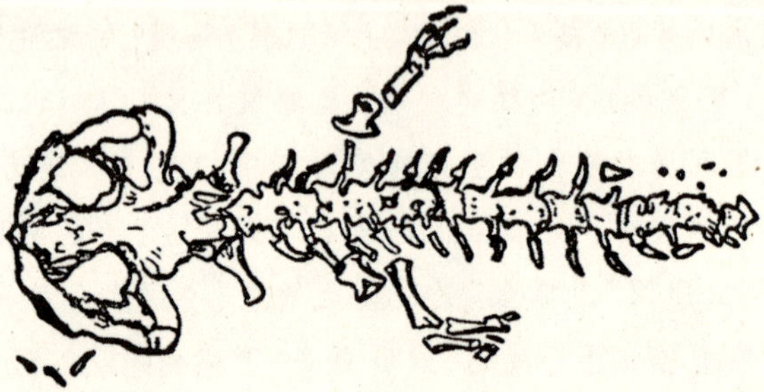

① 约·雅·许泽(1672—1738),瑞士地质学家和古生物学家。

通过骨骼学的比较，我们证明前述鲵鱼与这种被认为早已绝种的古鲵是同一种动物。报纸上所谓神秘的蜥蜴始祖，其实不过是一种活化石鲵鱼——许氏古鲵而已；如果需要另取一个名称的话，也可以称为丁氏直立鲵或波利尼西亚大鲵鱼……这种有趣的大动物虽然至少在拉卡杭阿岛、通加里瓦岛以及玛尼希基群岛上以群居的方式出现，但科学调查工作为什么一直没有发现，却依然是一个谜。甚至连伦道夫和蒙哥马利在他们的《玛尼希基群岛上的两年》一书（一八八五年出版）中也未曾提到过。当地人说这种动物首次出现在六至八年以前，并被认为是有毒的。他们说，这种"海鬼"会说话（！），并且在它们栖居的海湾里筑起完备的垒墙和堤坝体系，就像海底城市一样；他们说在这些海湾里，海水一年到头平静得像一潭死水；这些海鬼在水底下挖成长达多少米的洞穴和通道，白天就待在里面；并且说它们在夜间把田里的甘薯和山药偷走，甚至把当地居民的锹和其他农具偷走。总的说来，当地人对它们没有好感，甚至还害怕它们；在许多情况下他们宁愿迁地为良。显然，这仅仅是一种原始人的传说和迷信而已，根源不过是这些巨大而无害的鲵鱼形状令人憎恶，并且直立行走，步伐有点像人。

……旅行家们报道，在玛尼希基群岛以外的其他岛屿上也发现了这种鲵鱼，对这些报道我们应当抱一定的保留态度。从另一方面说来，克洛阿塞海军上校在《自然杂志》上发表一篇文章说，最近在汤加塔布群岛的一个岛屿上发现一个后脚脚印，可以坚定不移地断定这是许氏古鲵的脚印。这一发现特别重要，因为它可以使玛尼希基群岛出现这些动物的事情和澳大利亚-新西兰地区联系起来。后一地区中存留着许多古动物演化的范本,特别是斯蒂芬岛上现在仍然活着的"洪水时期以前的鳄蜥"。在这些几乎完全未开化的、人烟稀少的岛屿上,可能到处保存着一些其他地方已经绝迹的动物。现在丁克尔先生认为除化石鳄蜥以外还必须加上另一种洪水时期以前的鲵鱼。可尊敬的约翰尼斯·雅各布·许泽博士,现在可以见到他的奥尼根的亚当复活了……

* * *

上述旁征博引的报告当然完全足以用科学的方式说明这喧嚣一时的神秘海怪问题。不幸的是,就在这个时候一位荷兰学者万·霍根豪克发表了一篇论文,把这些大鲵鱼归入了真蝾螈属摩鹿加大鲵鱼种,并且说它们出现在荷属大巽他群岛的吉洛洛岛、莫罗太岛和塞兰岛上;同时法国科学家米爱博士也发表了一篇报告,把它们划入典型的鲵鱼类,认为它们最初的发源地是法属塔卡洛阿岛、兰吉洛阿岛和拉洛阿岛,并简单地称之为鲵鱼。除这两篇报告以外,还出现了斯班斯的报告,把它们划为一个新科——海生鲵科,认为它们出产在吉尔贝特群岛,专门名称可以称之为斯氏海生鲵。斯氏设法把一条活标本一直运到了伦敦动物园;后来这个标本在动物园里成了进一步研究的对象,并且因此而得到了霍氏海生鲵、海栖鲵、大鲵、大两栖鲵以及许多其他名称。某些生物学家声称,斯氏海生鲵就是丁氏鲵,而米爱的鲵鱼根本就是许氏古鲵;关于发现时间的先后和许多其他纯科学性质的问题也曾有过许多争论。终于使各国的自然科学界都有自己的大鲵鱼,并且对别国的大鲵鱼大肆攻击。结果在科学方面,关于鲵鱼这个重大问题一直到最后也没有能弄个水落石出。

第九章　安德鲁·许泽

伦敦动物园在某一个星期四关门以后，爬虫馆的管理员托马斯·格雷格斯先生在清理他所管理的水池和水管。当时只有他一个人在鲵鱼部里。那儿展出的有日本大鲵鱼、美国大鲵鱼、许氏古鲵、许多小水蜥、小鲵鱼、墨西哥大蝾螈、海牛、两栖动物、鲽鱼和有鳃动物等等。格雷格斯先生正在一面吹着《安妮·劳丽》①，一面用笤帚抹布到处打扫的时候，忽然有人在他身后用嘎嘎的声音说：

"妈妈，瞧。"

格雷格斯先生回头一看，后面一个人也没有，只有那条美国大鲵鱼在泥池子里咂嘴，还有那条大黑鲵鱼，也就是那条许氏古鲵，把前爪撑在水池边上，摆动着尾巴。"我准是在做梦。"格雷格斯先生想道；接着他又扫起地来，直扫得笤帚嗖嗖作响。

"瞧，一条鲵鱼。"有人在他后面说。

格雷格斯先生猛地转过身来；那条黑鲵鱼，就是那条许氏古鲵正用下眼皮眨巴着眼睛望着他。

"哟，真难看，"这条鲵鱼突然说道，"咱们还是走吧，亲

① 英国的一首著名民歌。

爱的。”

格雷格斯先生吓得目瞪口呆。“什么!”

“它咬人吗?”这条鲵鱼嘎嘎地问道。

“你……你会说话?”格雷格斯先生结结巴巴地问道,他简直不敢相信自己的耳朵和眼睛了。

“我害怕,”这条鲵鱼嘎嘎地说道,“妈妈,它吃什么?”

“说‘您好’。”惊奇不止的格雷格斯先生说。

这条鲵鱼扭着身子哑声说:“您好。您好。我可以给它一块葡萄干面包吗?”

格雷格斯先生晕头转向地伸手从口袋里掏出一片面包。

“喏,吃这个。”

这条鲵鱼用前爪接过那片面包,然后就咬起来。“瞧,一条鲵鱼。”它心满意足地嘟哝着说,“爸爸,它为什么这么黑呀?”忽然间它往水里一钻,只露出它的头来,“它干吗要待在水里?为什么?哟,真难看!”

托马斯·格雷格斯先生惊疑不定地搔了搔后脑勺。哎呀!原来它在重复学来的话,于是便壮着胆子讲道:“说格雷格斯。”

“说格雷格斯。”鲵鱼重复说。

“托马斯·格雷格斯先生。”

“托马斯·格雷格斯先生。”

“您好,先生。”

“您好,先生。您好,您好,先生。”这条鲵鱼好像一讲起来就没完没了似的;可是格雷格斯是个相当沉默寡言的人,不知道再跟它说些什么好。“好吧,住口吧,”他说道,“干完活我就来教你说话。”

“好吧，住口吧。”这条鲵鱼嘟哝着说道，“您好，先生。瞧，一条鲵鱼。我就来教你说话。”

* * *

然而，动物园的负责人却不喜欢管理员教他们所管的动物要把戏；大象当然有所不同，可是其他的动物弄到这里来是为了起教育作用的，并不要像马戏班似的用来表演。因此，格雷格斯先生只在鲵鱼部没有人的时候才敢偷偷摸摸地待在那里。因为他的妻子已经死了，所以他独自待在爬虫馆里并不会有人多心。人各有所好嘛。同时到鲵鱼部来的人也很少；鳄鱼倒更可能受到一般人欢迎，可是许氏古鲵却是相当寂寞地在消磨它的时光。

一天，正是暮色苍茫的时候，各馆都闭馆了，动物园主任查理士·韦加姆爵士正在巡视某些馆，看看是不是一切都整理好了。当他走过鲵鱼所在的那一部分时，一个水池子里忽然哗啦一下，发出一个很大的响声，一个嘎嘎的声音说：“晚安，先生。”

“晚安，”主任回答道，他吓了一跳，“谁啊？”

“对不起，先生，”这个嘎嘎的声音说，“你不是格雷格斯先生吗？”

“这是谁啊？”主任又追问了一句。

“安第。安德鲁·许泽。”

查理士爵士走近水池子。里面只有一条鲵鱼一动不动地直着身子端坐在那里。“刚才谁在这里说话？”

“安第，先生，”这条鲵鱼说道，“你是哪一位？”

“韦加姆。”查理士爵士惊异得脱口说了出来。

“我很高兴能认识您，”安第彬彬有礼地说道，“您好。”

“活见鬼，”查理士大喊道，“格雷格斯！喂！格雷格斯！”

那条鲵鱼唰地一下转过身，箭也似的钻进水里去了。

格雷格斯先生上气不接下气地冲到门前，提心吊胆地问道：“什么事，先生？”

“格雷格斯，这是什么意思？”查理士爵士怒气冲冲地问道。

“出了什么事啦，先生？”格雷格斯先生用惊疑不定的神情结结巴巴地问道。

“这个动物在说话！”

“对不起，先生，”格雷格斯先生满面羞惭地说，“安第，你不该这样。你不该讲些话让人不高兴。这话我对你说过多少遍了？先生，请你原谅，这种事不会再出现了。”

“是你教给这条鲵鱼说话的吗？”

“不过，那是它先开的头呀，先生。”格雷格斯先生替自己分辩道。

“我希望这种事不会再发生了，格雷格斯，”查理士爵士声色俱厉地说道，“以后我可得对你多加小心。”

* * *

过了一些时候，查理士爵士和彼得洛夫教授坐在一起谈论所谓动物的智慧、条件反射以及一般人怎样高估动物的推理能力的问题。据说埃尔伯费尔德马①不仅会数数，而且还能乘出较高的方次和求平方根；彼得洛夫教授对这件事表示怀疑。“因为连一个正常的聪明人也没法心算出一个数目的

① 一种供心理学研究的马，因产于德国埃尔伯费尔德而得名。

平方根来,是不是?”这位大科学家说。查理士爵士想起了格雷格斯那条会说话的鲵鱼,于是便迟疑地说:“我那儿有一条鲵鱼,就是那条许氏古鲵,学得能像鹦鹉一样说话。”

“这不可能,”这位生物学家说,“难道说鲵鱼会有一条起反射作用的舌头吗?”

“那么我们就去看看吧,”查理士爵士说,“今天是大扫除的日子,那里不会有那么多的人。”于是他们就去了。

查理士爵士走到鲵鱼部的入口处就停了下来。从那里可以听里面有笤帚扫地的声音,还有一种单调的声音正在一字一句地朗读着什么玩意儿。

“等一等。”查理士·韦加姆爵士低声说道。

“火星上有人吗?”一种单调的声音念道,“要我念这段吗?”

“念段别的吧,安第。”另一个声音回答说。

“哪匹马将夺得本年度大赛马的冠军,是‘贝汉姆美人’,还是‘总督’?”

“贝汉姆美人,”另一个声音说,“接着念吧。”

查理士爵士悄悄地开了门。托马斯·格雷格斯先生正在扫地;那个许氏古鲵坐在小小的海水池里,前爪拿着一份晚报,正在用一种嘎嘎的声音从容不迫地念着。

“格雷格斯。”查理士爵士喊道。这条鲵鱼往下一跳,钻到水里就不见了。

格雷格斯先生吓得把笤帚也扔了。“什么事,先生?”

“这是什么意思?”

“请原谅,先生,”这位可怜的格雷格斯先生结结巴巴地说道,“我扫地的时候,安第就给我读报。它扫地的时候,我就转过来给它读报。”

“这是谁教的?”

“它看着人家做就学会了这一套,先生。……我……我把我的报给了它,好让它别说那么多废话。它总是要说话的,先生。所以我就认为至少要让它学着说些有教养的话。”

“安第。”韦加姆爵士唤道。

一个黑乎乎的脑袋探出了水面,哑着声说道:“在这儿,先生。”

“彼得洛夫教授来看你啦。”

“我很高兴能认识你,先生。我叫安第·许泽。”

“你怎么知道你的名字叫许氏古鲵呢?”

“在这儿写着呐,先生——安德鲁·许泽,产于吉尔伯特群岛。”

“你常看报吗?”

“是的,先生。每天都看,先生。”

“你在报上最感兴趣的是什么?”

“罪案、赛马、足球……”

“你看过赛足球吗?”

“没看过,先生。”

“赛马呢?”

“也没看过,先生。”

“那你为什么要念这段新闻呢?”

“因为报上登着了,先生。”

“你对政治感兴趣吗?”

“不感兴趣,先生。战争是不是会打起来?”

“谁知道呢,安第。”

“德国正在建造一种新式潜艇。”安第十分担心地说道。

“死光可以将全部大陆化为荒漠。”

“这些是你从报上看来的,是吗?”查理士爵士问道。

“是的,先生。哪匹马将夺得本年度大赛马的冠军,是‘贝汉姆美人’,还是‘总督’?”

“你有什么看法,安第?”

“我想是‘总督’,先生,可是格雷格斯先生却认为是‘贝汉姆美人’。”安第点着头说。

“请君购买英国货,先生,斯奈德牌背带最好。请购买新式奥斯汀牌六缸小轿车,快!美!廉!”

“谢谢你,安第。行了。”

“你最喜欢哪位女电影明星?”

彼得洛夫教授的头发和胡子都竖起来了,他喃喃地说道:“请原谅,查理士爵士,我得走了。”

“好吧,我们走吧。安第,我能够让几位学者来看你吗?我想他们会乐意和你谈一谈的。”

“欢迎之至,先生,”这条鲵鱼嘎嘎地说道,“再见,查理士爵士。再见,教授。”

彼得洛夫教授急急忙忙地走开了,气得鼻子里直哼哼,并且嘟哝道:“对不起,查理士爵士。”他最后说:“难道你就不能让我看一些不看报的动物吗?”

* * *

来这儿的几位学者是医学博士贝特伦·达希爵士、埃比罕姆教授、奥利佛·道奇爵士和朱利安·福克斯莱。现在把他们对许氏古鲵的试验报告部分摘录如下:

问:你叫什么名字?

答:安德鲁·许泽。

问:多大年纪?

答:我不知道。你想显得年轻吗?请穿丽贝拉牌紧身衣。

问:今天是几号?

答:星期一。天气真好,先生。本星期六"直布罗陀"①将在埃普塞姆参加赛马。

问:5×3是多少?

答:干吗?

问:你会算算术吗?

答:会,先生,29×17是多少?

问:让我们来提问题,安德鲁。给我们说说英国的河名吧。

答:泰晤士河……

问:还有呢?

答:泰晤士河。

问:别的就不知道了,是吗?英国的国王是谁?

答:国王爱德华,上帝保佑吾王。

问:对,安第。英国最伟大的作家是谁?

答:吉卜林②。

问:好极了,你读过他的著作没有?

答:没有。你觉得格雷丝·费尔斯③怎么样?

---

① 马名。

② 吉卜林(1865—1936),英国作家。代表作有《丛林故事》等。

③ 美国歌剧、话剧女演员,电影明星。

问:安第,还是由我们来提问题。关于英国历史你知道些什么?

答:亨利第八。

问:你对他知道些什么?

答:近三年来最好的影片,布景壮丽,演出惊人,场面伟大。

问:你看过这部片子吗?

答:没有。你想游览英国吗?请购一辆奥斯汀牌小轿车。

问:安第,你最想看的是什么?

答:牛津大学和剑桥大学的划船比赛,先生。

问:世界上有几大洲?

答:五大洲。

问:好极了,洲名呢?

答:英国和其他的洲。

问:其他洲是哪些呢?

答:就是布尔什维克、德国人还有意大利。

问:吉尔伯特群岛在哪儿?

答:在英国。英国对欧洲大陆不承担任何义务。英国需要一万架飞机。请游览英国南部海岸风光。

问:安第,我们可以看看你的舌头吗?

答:可以,先生。请用麦干斯牌牙膏保护齿龈。麦干斯牌牙膏价廉物美。麦干斯牌牙膏是英国货。你想要唇齿芬芳吗?请用麦干斯牌牙膏。

问:谢谢你;行了。安第,现在请你告诉我们……

以下都是这一类的问题。与许氏古鲵的谈话的报告长达

整整十六页,发表在《自然科学杂志》上。专家委员会在这篇报告的末尾总结调查结果如下:

(一)许氏古鲵(即伦敦动物园所饲养的那条鲵鱼)虽然有些嘎嘎的声音,但是会说话;它一共大约能运用四百个单字,只会重复它所听到的或读到的东西,当然没有任何迹象说明它能独立思维。它的舌头相当灵活,在现有的情况下,我们无法更仔细地检查它的声带。

(二)这条鲵鱼有阅读能力,但是只能阅读晚报。它感兴趣的事物就是普通英国人感兴趣的事物,反应也类似;也就是说,和一般流行的看法相符。它的精神生活——如果可以这样说的话——仅仅是当代流行的概念与看法。

(三)对它的智力不可估计过高,无论从哪一方面来说,都不高于现代普通人。

* * *

尽管专家们发表了这篇严谨的声明,这条会说话的鲵鱼在伦敦动物园依然成为轰动一时的奇闻。人们围着"可爱的安第",想和它谈谈所能谈到的一切话题,由天气起一直到经济危机和政治局势,无所不谈。参观者为了酬劳它,经常给它那么多的巧克力和糖果,以致使它得了严重的肠胃炎。这一馆最后不得不谢绝参观,可是已经来不及了,绰号叫安第的许氏古鲵终于因声名而送了命。我们可以看出,出名甚至可以使鲵鱼堕落。

第十章　新斯特拉西采的祭庙节

这时候，邦迪先生家的门房博冯德拉正在他的故乡度假。第二天就是祭庙节。当博冯德拉牵着他八岁的儿子弗朗切克的手出门时，整个新斯特拉西采都弥漫着糕饼的香味。老大娘和姑娘们正忙着把刚和好的生面团送到街对面的面包师那里去①。在广场上，两个卖太妃糖的摊子已经搭好了，还有一个是卖玻璃器皿和瓷器的摊子，第三个是卖各种针线杂货的女贩的摊子，最后还有一个帆布帐篷，四周用几块风篷围着。一个瘦小的男人正爬在梯子上贴海报。

博冯德拉先生站住了，想看看这张海报上说些什么。

那个瘦小干巴的男人爬下梯子来，满意地瞧着他刚贴上去的那张海报。博冯德拉先生一边念着，不禁感到惊异。那上面写着：

> **J. 万 托 赫 船 长**
>
> 率　　领
>
> **全班训练有素的鲵鱼演出**

① 过去捷克每个村镇有一家面包房，各户都到那里去烘烤面包。

博冯德拉先生想起他从前曾经领过一位戴着船长帽子的大胖子，进去见邦迪先生。他可不走运啊，可怜的家伙，博冯德拉先生同情地自言自语道；他还是一位船长呢，如今竟沦落到带着这么一个可怜的马戏班子跑江湖！那时他是那样的魁伟、强壮！我应当看望看望他，博冯德拉先生不胜感慨地暗自思量道。

就在这个时候，那个瘦小干巴的男人在帐篷入口处又贴了一张海报：

会说话的爬虫动物

!! 最伟大的科学奇迹 !!

门票二克朗　　　儿童半票

博冯德拉先生犹豫了一下。两克朗再加上小家伙的一克朗，这未免太贵了。可是弗朗切克在学校里书念得很不错，况且熟悉一下海外动物也是教育的一部分。为了教育的缘故，博冯德拉先生是愿意花一些钱的，因此，他就走到那小瘦个儿男人跟前说："朋友，我想和万托赫船长谈一谈。"

这位瘦小干巴的人穿着带条纹的水手衫，把胸膛一挺说道："我便是，先生。"

"你是万托赫船长？"博冯德拉先生不由得倒吸了一口凉气。

"正是，先生。"这位小瘦个儿男人说道，一边露出了刺在手腕上的一只锚。

博冯德拉先生凝神地眨巴着眼睛。那位船长不可能缩得这么厉害啊！这是绝对不可能的。“是这么回事，我和万托赫船长认识，”他说，“我叫博冯德拉。”

“那就是另外一回事了，”这位小矮个子说，“可是这些鲵鱼的确是从万托赫船长那里弄来的，先生。担保是真正澳洲爬虫，先生。你想看看吗？一场精彩的表演马上就要开始了。”他唠唠叨叨地说道，一面掀起了入口处的那块帆布。

“来吧，弗朗切克。”博冯德拉老爹一边说，一边走了进去。一个胖得出奇的大个子女人赶紧在一张小桌后面坐下来。

博冯德拉递过三克朗时，心里纳闷道：这两个人是怎么凑在一起的。帐篷里面，除了一股扑鼻的腥气和一只洋铁澡盆以外，什么也没有。

“你把鲵鱼养在什么地方？”博冯德拉先生问道。

“就在那澡盆里面。”那位胖女人漫不经心地说道。

“别怕啊，弗朗切克。”博冯德拉老爹一边说一边走到澡盆旁边。里面有一条鲵鱼般大小的黑家伙，它不爱理人，一动也不动地躺在那里，只是脑后的那块皮在一伸一缩地微微动着。

“这就是报上说的那种洪水时期以前的鲵鱼。”博冯德拉老爹用谆谆教诲的口吻说，失望的神情一点儿也没有露出来。心里却暗自想道：“我又上当了，可是不必让孩子知道，这三个克朗花得真冤。”

“爸爸，它为什么要待在水里？”弗朗切克问道。

“鲵鱼是在水里的，知道吧。”

“爸爸，它吃什么？”

“鱼啊，什么的，”博冯德拉老爹想当然地回答说，心里一边想道，“反正总得吃点什么。”

“它为什么那么难看呢?”弗朗切克紧跟着问道。

博冯德拉不知怎样回答才好；正在这个时候，那位瘦小干巴的人走进帐篷，嘶哑着喉咙说道：“诸位女士！诸位先生！”

博冯德拉先生带着责备的口吻问道：“难道你只有这么一条鲵鱼吗?”他心里想：“哪怕有两条呢，这钱也就花得值了。”

“还有一条死了，”这小瘦个儿说，“各位女士，各位先生，这就是举世闻名的古鲵，出产在澳洲各岛屿，这是世界上少有的有毒爬虫动物，在原产地能长到和人一样高，而且会站起来走路。瞧。”他一面说，一面用一根棍子戳了一下那个有气无力地躺在澡盆里一动不动的黑家伙。于是黑家伙微微地扭动了一下，然后吃力地从水里站了起来。弗朗切克吓得倒退了一步，可是博冯德拉捏了捏他的手说：“别怕，有我在这儿呢。”

这时那个家伙用后肢站了起来，前爪扶着澡盆边。脑后的鳃像抽筋一样起伏着，那只黑嘴巴筒子大口大口地喘气。它的皮肤磨得快要露肉了，松皱皱的，而且满身都是疣子；一双圆眼睛就像青蛙一样，不时用膜状的下眼皮吃力地眨着。

“诸位先生，诸位女士，大家可以看到，”这位瘦小干巴的人扯着哑嗓子继续说，“这种动物生活在水里；因此不单长着鳃，而且还长着肺，以便上岸来时好呼吸。它的后肢有五趾，前爪有四指，什么东西都能抓，喏。”这条鲵鱼用手指抓住了那根棍子，并且像拿着一根阴森森的丧棍似的举在面前。

“它还会用绳子打结哩。”这位瘦小的男人向大家说；他接过棍子，然后递给它一条很脏的绳子。这条鲵鱼用手指捏了一会儿，接着果真打了一个结。

“它还会打鼓和跳舞。”这位瘦小的男人哑着喉咙说，一边递过去一只儿童玩的小鼓和一个鼓槌。这条鲵鱼扭动着上身，打了几下鼓；后来鼓槌掉到水里去了。“你这该死的畜生。”这个瘦小的男人怒喝了一声，然后捞起了那根鼓槌。

“还有，”他郑重其事地提高了嗓门补充说，“这只动物十分聪明伶俐，可以和人一样说话。”说罢他拍了一下手。

“早安[1]，”鲵鱼吃力地眨着下眼皮哑声说道，“您好。”

博冯德拉先生差点儿吓坏了，可是弗朗切克倒觉得没有什么稀奇。

“你要对各位女士、各位先生说些什么？”这位瘦小的男人厉声问道。

“非常欢迎！”鲵鱼鞠了一个躬说，它的鳃痉挛地起伏着，“欢迎[2]。欢迎[3]。”

“你会算算术吗？”

“我会。”

“七乘六是多少？”

“四十二。”鲵鱼费劲地哑声说道。

“听见了没有，弗朗切克，”博冯德拉老爹说道，“它算得多好！”

“诸位先生，诸位女士，”这位瘦小的男人叫道，“你们可以自己提问题。”

①② 原著中为德语。

③ 原著中为拉丁文。

“问啊！”博冯德拉先生催促道。

“九乘八是多少？”弗朗切克扭捏了一阵，终于冲口说了出来；在他看来这显然是一切问题中最困难的一个。

这条鲵鱼慢慢地眨着眼说：“七十二。”

“今天是哪一天？”博冯德拉先生问道。

“星期六。”鲵鱼回答说。

博冯德拉先生惊奇得直晃脑袋。“这简直就跟人一样。这个镇叫什么镇？”

鲵鱼把嘴一张，眼睛一闭。“它已经累了，”这位瘦小的男人赶紧解释说，“你还想对这几位先生说什么？”

鲵鱼鞠了一个躬说：“向你们致意。谢谢，再见，后会有期。”接着很快就躲到水里去了。

“这畜生可真奇怪，”博冯德拉先生惊奇地说道，但是三个克朗到底不是个小数目，因此便追问道，“你就再也没有什么东西给这小孩看了？”

“就是这些了，”这位瘦小的男人窘迫地噘起下嘴唇说，“我本来还有几只小猴子，可是太让人操心了，”他含含糊糊地解释道，“要不然你们就只好看看我的老婆了。她本来是天下第一号胖女人。玛丽，到这儿来！”

玛丽费力地站了起来。“干什么？”

“让这两位先生看看你，玛丽。”

这位天下第一号胖女人媚态百出地背过脸去，伸出一条大腿来，把裙子撩到膝盖以上。他们看见一只大红羊毛袜，袜子里面是一条火腿般大小的肥腿。“她的大腿足有八十多厘米粗，”这位瘦小枯干的男人解说道，“可是近来竞争的人多啦，玛丽已经不再是天下第一号胖女人了。”

博冯德拉拉着惊得发呆的弗朗切克就跑。“吻您的手[①],”澡盆里传来沙哑的声音,“下次请再来。再见![②]”

“我说,弗朗切克,你学习到什么没有?”出了帐篷以后,博冯德拉先生问道。

“学习到了,”弗朗切克说道,“爸爸,那个女人为什么要穿红袜子?”

①② 原著中为德语。

第十一章　人形娃娃鱼

如果说当时人们除了会说话的鲵鱼以外就什么都不谈的话，那是绝对言过其实的。关于下次大战、经济危机、各种联赛、各种维生素以及时装等等问题也有许多讨论和文章；不过还是有人对会说话的鲵鱼大费笔墨，描写一些琐碎而没有专业知识的细节。因此，弗拉基米尔·乌尔教授（布尔诺大学教授）在《人民报》上发表了一篇文章指出：所谓许氏古鲵的说话能力，事实上只是模仿它所听到的话。从科学角度来看，这只奇特的两栖动物说话的问题远不如某些别的问题有意义。关于许氏古鲵的科学问题是完全不同的另一回事：例如，它来自何处？它在发源地里必定曾经度过多少地质时期，这地方在哪里？现在虽然几乎在太平洋赤道带上的每一个地点都大量发现，但为什么会有这么长一段时期没有被人发现？近年来它繁殖的速度似乎快得反常，这种远古第三世纪的动物不久以前还完全不为人所知，因而如果不是在地理上与世隔绝的话，至少也非常可能是极端零星散存的，那么它这样巨大的生命力又是从哪里来的？是不是生活环境在某种形式下变得对这种化石鲵鱼的生物性质有利了，因而使这种第三世纪遗留下来的稀有动物进入了一个特别有利的新进化时期呢？在这种情况下，古鲵不仅数量上会增加，而且生物性质上也可能进化,这时对它们进行生物学研究是一个千载难逢的机会,至少可以在一种动物身上看到惊人的突变发展的实际情况。许氏古鲵能嘎嘎地说几个单字,并且学会了一些把戏,在外行人看来这就是具有智慧的证明;但在科学上来说,这绝不是什么奇迹。最为奇特的是这种强有力的生命的飞跃,那样突然地使这种几乎已经绝迹的原始动物的古老生命恢复到这种程度。这种情况在某些方面来说的确是特殊的:许氏古鲵是唯一的海生鲵鱼。更令人诧异的是,它是唯一出现在埃塞俄比亚-澳洲地区,即神话里的狐猴洲的鲵鱼。人们几乎可以这样说:大自然过去在那一地区曾忽略了,或未能充分发展某种生物学上的潜能和形态,现在正在以一种异乎寻常的、甚至是突如其来的方式弥补这一缺陷,难道不可以这样说吗?此外,大洋洲地区位于日本大鲵鱼与美国大鲵鱼的产地之间,如果找不出任何相连的环节,那才是怪事呢。要是没有许氏古鲵的话,事实上人们将不得不假定就在它所出现的那一地区有这样一个中间环节;看来它几乎正好栖居在地理与进化原理规定它从远古以来就应当栖居的地方。话虽如此,这位博学的教授在结语中说,中新世纪的鲵鱼在进化过程中的复活,使我满怀敬意并且不胜惊异地看到,我们这个星球上的进化之神绝未终止他的创造工作。

尽管编辑人员暗中坚信这样一篇学术性的讨论对报纸实在不合适,不过还是发表了。刚一登出来,乌尔教授就收到如下的一封读者来信:

最敬爱的先生:

去年,我在恰斯拉夫大街购置了一所房子。检查这所房子时,在阁楼上发现了一个盒子,里面装着很宝贵的旧书刊，特别是科学书刊；例如希布尔①所编的《希罗斯》杂志一八二一与一八二二年全年合订本两册，扬·斯瓦托普鲁克·普莱斯尔②所著的《哺乳类动物》，沃伊杰赫·塞德拉切克③所著的《自然科学或物理学之基础》，大众知识丛刊《步伐》④的全年合订本十九册和《捷克博物馆杂志》⑤的全年合订本十三册。此外还有普莱斯尔所译的古维叶的《地壳之变革论文集》⑥（自一八三四年起）。在那本书里，我发现有一份旧剪报作为书签夹在页子中，上面有关于某种奇怪的鲵鱼的报道。

当我拜读了您关于这些神秘的鲵鱼的大作之后，就想起了这书签，于是便把它找出来。我想您也许会对它感兴趣。作为一个热爱自然科学的研究者和大作的热心读者，我谨将这份剪报寄上，请查收。

J. V. 纳伊曼

信中所附的剪报既无标题也无年月；从它的文体和铅字看来，一定是上一世纪二十年代或三十年代出版的。报纸已经变黄和破损到难以辨认的地步了。乌尔教授差一点要把它扔到字纸篓里去了。可是这张剪报古老的程度使他动了心，因而就开始读下去。不一会儿他就惊呼道："天哪！"说罢激

① 希布尔·杨（1780—1834），捷克民族复兴活动家、作家、翻译家和编辑。

② 扬·斯瓦托普鲁克·普莱斯尔（1791—1849），捷克民族复兴运动的杰出活动家、科学家和通俗科学读物作家。

③ 沃伊杰赫·塞德拉切克为十八世纪捷克科学家。

④ 一八二一至一八四〇年间出版的捷克科学杂志，团结了民族复兴时期的捷克科学家和进步活动家。

⑤ "捷克蜂王会"出版的科学杂志，一八二七年创刊。

⑥ 该译本附有序言和古维叶传记，并附有译者所提出的地质学论点。

动地推正了他的眼镜。下面就是这份剪报的原文：

论人形娃娃鱼

自国外报纸获悉，英国某舰长（海军中校）自远洋归来后，携归其澳洲海面一小岛上所见奇特爬虫类动物之报道。该岛有一环礁湖，不仅甚难到达，且与大海毫无相通之处。该舰长与该军医在此小憩。当时湖中出现某种类似蜥蜴之动物，但以二足行走与人类无异，大如海狗或海豹。上岸后以颇为优美而奇特之姿态四处行走，观之有如舞蹈。于是该海军中校与军医乃开枪击杀其二。据云此种动物身体黏滑，无毛无鳞，状似蜥蜴。次日晨前往捡取此二动物尸体时，以腥臭难闻之故，不得不弃尸而归。后彼等乃命船员下网湖中，以便生擒活怪兽一对装船运归。捞捕之后，水手乃将大量娃娃鱼成批击杀，拖上船者仅只二头。据云此种怪兽身体有毒，有如荨麻棘手，并有恶臭。后彼等将此二怪兽置于海水桶中，以便携往英伦。然而船经苏门答腊时，此二头被捕获之娃娃鱼乃乘夜色自桶中爬出，自行打开船舱窗口，纵身跃入海中，不知去向。海军中校与该舰军医声称，此种动物极为奇特，狡黠异常，以二腿行走，并发出怪异吠声与咂嘴之声，然而对人完全无害。故吾人实可称之为人形娃娃鱼云云。①

---

① 原文剪报以哥特式铅字排版，保留了十九世纪初叶的捷克书写特点。乌尔教授的推论则以拉丁字排版，也保留了旧习惯。作者以此讽刺同时代学者的自我炫耀。

这份剪报的全文便是这样。我的天哪！乌尔教授激动得又说了一句。这个人是从什么地方剪下来的报纸？为什么连个年月日和标题都没有？还有，那份国外的报纸是什么报？那位海军中校叫什么名字？那是哪一条英国军舰？在澳洲海面的小岛到底是哪一个小岛？从前这些人怎么就不能更精确一点呢？呃……为什么不能更科学一点呢？要知道，这的确是一份极有价值的历史文献。……

是啊，澳洲海面的一个小岛。一个满都是咸水的小湖。这样说来，它一定是一个珊瑚岛。而且是一个环状珊瑚岛，里面有一个几乎无法达到的咸水湖，在生物进化方面更先进的外界环境和这儿完全隔绝，它们在这自然保留地中没有受到惊扰，这正是保存这种活化石动物的好地方。由于它们在这个小湖里找不到足够的食物，当然就不可能大量繁殖。这一点是很明显的，教授自言自语地说道。一种动物像娃娃鱼又没有鳞，并且像人一样用两条腿走路。那就是说，不是许氏古鲵便是古鲵的近亲。假定就是我们这种许氏古鲵，假定这些可恶的水手在那个小湖里把它们全杀光了，只有船上的那一对得以幸存吧！注意！这一对鲵鱼在苏门答腊逃到海里去了。这正是在赤道上，条件在生物学上说来是极为有利的，在这种环境下有着吃不完的食物。像这样的环境改变，是不是可能在这种中新纪的古鲵身上引起那种强大的演化动力？它已经适应了环礁湖中的生活，这是很明显的。我们不妨假想：它的新居住地是一个陆地环绕的静水海湾，其中有大量的食物，那又会发生什么情形呢？由于迁移到最适宜的环境中，而且又有着巨大的活力，这些鲵鱼开始繁殖了。情形就是这样，这位科学家欣喜地说。这些鲵鱼如饥似渴地开始了进化过程;它们就像发了狂似的投身于生活之中;由于它们的卵和蝌蚪在这新栖居地没有任何特殊的敌人,所以便以惊人的速度繁殖起来。它们一个接着一个地占领了岛屿,但在迁移的时候,不知为什么放过了某些岛屿,这当然是很奇怪的事。就其他方面来说,这是由食物决定生物迁移的典型例子。现在的问题是:为什么它们在以前没有开始这种发展?埃塞俄比亚-澳洲地区一直没有,或直到最近以前还没有任何人报道任何鲵鱼,这一现象和上述事实是否相符?难道说那个地区在中新纪时期发生了某些对这些鲵鱼的生物学性质不利的变化?这很有可能。也许出现了某种特殊的敌人把这些鲵鱼消灭了。仅仅在某一个小岛上与外界隔绝的小湖里,这些中新纪的鲵鱼才得以幸存——自然,它们为此付出了代价,那就是在进化过程中停滞不前,陷入停顿状态;这就好像是一根上得紧紧的发条无法开动一样。我们不能忽视这样一个假设,那就是这种鲵鱼的本质原来具有极大的发展前途,它们本来会发展得越来越完美和高级,谁也不知道它们究竟会发展到什么地步……(乌尔教授想到这一点时,几乎颤抖起来;事实上谁知道这种许氏古鲵原来是不是要发展成中新纪原始人的呢?)

但是,瞧啊,在这种进化过程中,受到压抑的动物现在突然发现自己处在一个新的和希望比原先大得不可比拟的栖居地区里,紧紧卷着的那根进化的发条开始松开了;这种古鲵现在正在以何等的生命飞跃的速度、以何等充沛的中新纪生命力与急切的步调,沿着进化的大道飞奔呵!它们是如何狂热地在竭力弥补进化过程中损失的那亿万年的时光啊!难道可以想象,它们对目前已经达到的进化阶段已感到满足了吗?

它们究竟是将在我们亲眼见到的这次生命力的爆发之后就衰竭呢,还是刚刚走到进化过程的门前,准备升到一个不可限量的高度上去呢?

当乌尔教授聚精会神地阅读这份发黄的旧剪报时,心中被一种先驱者的智慧的热情激动得颤抖起来,上面的话就是他当时随手记下来的想法与假定。他想道:既然没有人阅读科学杂志,我就在报上把它发表出来吧,让每一个人都知道我们现在亲眼见到的伟大的自然进程。我要给它标上这样一个标题:

《鲵鱼有发展前途吗?》

但是,《人民报》的编辑们一边草草地看了看乌尔教授的文章,一边大摇其头。怎么又是这些鲵鱼!我个人认为读者对这些鲵鱼已经腻透了。现在已经是换个新玩意的时候了。此外,这种学术性的讨论对报纸也不合适。

于是,这篇关于鲵鱼的进化及其未来的文章就始终没有刊登出来。

第十二章　鲵鱼辛迪加

主席 G. H. 邦迪摇了摇铃，然后站起身来说：

“诸位，我很荣幸地宣布，太平洋出口公司临时股东大会开会了。我谨向到会的各位表示热烈的欢迎，并且对各位所给予的慷慨支持表示感谢。”

“诸位，”他用颤抖的声音继续说道，“我不得不沉痛地向大家宣布一件不幸的消息。约翰·万托赫船长已经逝世了。他可以说是我们事业的奠基人，现在离开了人世。和遥远的太平洋上几千个岛屿建立贸易关系的这个好主意就是他想出来的，他是我们的第一个船长和我们最热心的合作者。今年年初他在本公司‘莎尔卡号’轮船上执行任务，船行到距芬宁岛不远的海面上时，他突然中风逝世了。（可怜的家伙，他一定是跟谁吵架来着，这念头在邦迪先生的脑中一闪即过。）请各位起立默哀。”

这些先生都挪开椅子，全体肃立，鸦雀无声，大家都不约而同地想道：这次全体股东会议可千万别拖得太长。（邦迪带着真挚的感情想道，万托赫这个可怜的家伙这会儿也不知道成了什么样子了！他们很可能把他放在一块板子上扔到海里去了——一定是水花溅得老高！的确，他是个好人，他那双蓝眼睛是那样可爱……）

“诸位，”他稍停了一会儿接着说道，“感谢你们对我的密友万托赫船长所致的悼念。现在我请沃拉夫卡董事向诸位报告太平洋出口公司今年的预计收支情况。这些数字还不确切，但是我认为诸位可以相信，到年底以前不至于有很大的变动了。现在就请沃拉夫卡董事作报告。”

“诸位，”沃拉夫卡先生的嗓子里咯咯地响了一阵，然后接着说，“珍珠市场的情况非常不能令人满意。在上一会计年度终了的时候，珍珠的产量差不多等于一九二五年那个好年头的二十倍，价格惨跌了百分之六十五之多。因此本公司董事决定，今年不把我们生产的珍珠抛售到市场上去，在珍珠的需求没有好转以前，我们应当囤积起来。不幸的是，从去年秋天起，珍珠已经不时兴了，显然是因为价格跌落得太厉害的缘故。目前在阿姆斯特丹分公司里还存着二十万颗以上的珍珠，几乎无法销售。”

“在另一方面，”沃拉夫卡董事的喉咙又继续咯咯响了一阵，“今年的珍珠产量大大地下降了。我们由于得不偿失的缘故，不得不放弃相当多的产地。两三年前开发的产地看来在某种程度内是已经采光了。因此本公司的董事们决定转而注意珊瑚、贝壳和海绵之类的深海产物。当然，我们已经做到了使珊瑚等装饰品销路好转。但是截至目前，在现有的市场情况下，最能获利的是意大利产品而不是太平洋产品。此外本公司的董事们还在考虑开展太平洋深海集约捕鱼的可能性。主要的问题在于怎样把这些鱼由产地运到欧美市场上去；截至目前为止，调查结果还不能十分令人满意。”

“但在另一方面，”这位董事稍微提高一下声音继续说，“我们在辅助商品方面的营业额，比如向太平洋各岛输出的布匹、搪瓷锅、搪瓷盘、收音机和手套等等，却略有增加。这种生意今年纵然会使我们拉下一些微不足道的亏空，但还是可以发展和扩充的。在本会计年度终了时，太平洋出口公司当然不可能支付任何股息。本公司董事们有鉴于此，要求宣布在这一期间放弃一切薪金和佣金。”

接着是一阵比上次更长和更加难堪的沉静。(那个芬宁岛是什么样子？G. H. 邦迪沉思着。万托赫真不愧为堂堂正正的海员，他是个好人。真可惜，他是最好的好人之一。而且他的岁数也并不太大……绝不比我现在大……)后来胡布卡博士请求发言，现在把太平洋出口公司临时股东大会的报告进一步摘录如下：

胡布卡博士质问说，解散太平洋出口公司的问题是否考虑过。

邦迪回答说，这个问题董事会决定暂不考虑。路易·博内范指出，各产地收集珍珠的工作并没有通过住在当地的常驻代理人进行，而常驻代理人可以注意到收集珍珠的工作是否进行得勤勉和仔细。

沃拉夫卡董事回答说，曾经考虑过这个问题，但认为如果实行这个办法的话，管理费就会增加得太多。至少需要三百名常驻代理人，如果想要使他们交出所有采到的珍珠，就必须考虑管理这些代理人的方法。

布林克莱尔问，鲵鱼是否可靠？它们实际上是交出了采集到的全部珍珠呢，还是交给了本公司正式代理人以外的其他方面呢？

邦迪宣布说，这是第一次在这里公开提到鲵鱼。截至那时为止，一直有一条硬性的规定，珍珠采集法的详情不得透露。他提请大家注意这一点,因为正是根据这些理由,才起了太平洋出口公司这样一个不引人注目的名称。

布林克莱尔质问,这次会上是否不允许讨论这些与本公司利益有关,而且长期以来就已是众所周知的事情。

邦迪回答说,可以讨论,但这是一件新出现的事。他对于当时可以较公开地谈论这一点表示欢迎。关于布林克莱尔所提出的第一个问题,他可以作出回答说,据他所知,用来采集珍珠和珊瑚的鲵鱼绝对诚实,工作能力也很强,没有任何理由可以怀疑。但是他们必须正视这样一个事实,那就是现有的珍珠产地不是已经严重枯竭,就是将要发生这种情形。至于新的产地呢,他们毕生难忘的合作者——万托赫船长已经在寻找迄今尚未开发的岛屿的航行中逝世了。目前他们还无法找到一个和万托赫船长一样经验丰富、忠心耿耿和热爱事业的人来代替他。

布莱特上校完全承认已故的万托赫船长的功绩,但是他要求大家注意这样一个事实,那就是大家一致哀悼的万托赫船长太娇惯这些鲵鱼了。(对!对!)像已故的万托赫船长那样,把最上等的小刀和其他用具给这些鲵鱼,根本就没有必要。也没有必要让它们吃那样昂贵的东西。这些鲵鱼的饲养费用也许有可能大量减低,从而增加企业的利润。(热烈的掌声)

副经理吉尔伯特表示同意布莱特上校的意见,但指出万托赫船长在世时,这是办不到的。因为万托赫船长曾声称他本人对这些鲵鱼负有义务。基于各种理由,原先要在这个问题上不理睬这位老头子的心意是既不可能，也不妥当的事。

库特·冯·弗里希询问说，除了采集珍珠以外，是否可能在其他更加有利可图的方面使用鲵鱼。它们建筑堤坝和其他水下工程的天生能力，也可以说是海狸式的能力，是值得重视的。也许可以用它们来加深海港，建筑防波堤和其他水下工程。

邦迪说，董事会正在仔细研究这个问题；这方面无疑正在展现出巨大的可能性。他提出本公司拥有的鲵鱼数目，到目前为止已有六百万条左右；如果考虑到一对鲵鱼每年能生一百尾左右的幼鲵，那么到明年拥有的鲵鱼就将近三亿条之多；不出十年，数目就将达到真正天文数字的地步。邦迪询问公司方面对这批数目惊人的鲵鱼准备如何处理。由于缺少自然食物，在拥挤不堪的饲养场上，甚至现在就已经不得不用椰干、马铃薯、玉米之类的饲料来饲养。

冯·弗里希问，这些鲵鱼能不能吃呢？

吉尔伯特答道："不能吃，而且它们的皮也不适合做任何东西。"

博内范问，董事会究竟打算采取什么步骤。

邦迪站起身来说："诸位，我们召集这次临时股东大会，是为了开诚布公地向各位宣布，我们公司的前景极端暗淡。请允许我追述一下，我们的公司在过去几年中曾经引以为豪地宣布过，在绰绰有余地留出了公积金和偿还欠款之后，每股分红还高达百分之二十到二十三。我们现在到了需要做出抉择的时候了，几年来一直这样顺利的事业实际上已经接近尾声了；我们没有别的办法，只有探寻新的发展途径。(好得很!)

“正在这个时候,我们失去了我们出色的船长和朋友,J. 万托赫,这在我看来简直像是命运的变化。那个传奇式的美妙的小珍珠企业——而且也可以坦白地说是缺乏远见的小企业——和他是分不开的。我把它看成是我们公司已经结束的一章历史;我也许可以说,它有极其吸引人的异国情调,但是它和现代的环境格格不入。诸位,珍珠绝不可能成为一个庞大的纵托拉斯或横托拉斯的主要产品。就我个人而言,和珍珠打交道这一阶段仅只是一种小小的消遣而已……(会场情绪激动)

“对,诸位,这种消遣给你我带来了一笔不小的收入。此外,我们公司刚刚成立时,这些鲵鱼也可以说是有一种所谓新鲜劲儿。三亿条鲵鱼就不会再有那种新鲜劲了。(笑声)

“我刚才提到新的发展前途。当我的好友万托赫船长还健在的时候,除了我所谓的万托赫船长的风格以外,不可能提出让我们公司有任何其他的特色。(“为什么?”)并且,我的鉴赏力没有那样低,不会把各种不同的风格混在一起。我认为万托赫船长的风格是冒险小说的风格,是杰克·伦敦、约瑟夫·康拉德等人的风格,是旧式的、富有异国情调的、殖民时代的和几乎近于史诗式的风格。我可以毫不迟疑地承认,那种风格就其本身而言吸引了我。可是万托赫船长去世以后,我们就不应该继续搞这一套冒险事业和儿童神话式的事情了。诸位,展现在我们眼前的并不是新的一章,而是一个新的方向,一个为着本质上完全不同的新概念而工作的事业。(“你把它说得像是一部小说了！”）对，先生，你说得很对。我个人就是以艺术家的态度对商业感兴趣的。要是没有一些艺术的话，先生，你就绝不可能搞出任何新花样来。如果我们想使世界运转不息的话，就必得是诗人才行。”（掌声）

邦迪鞠了一个躬，然后说：“诸位，我怀着遗憾的心情结束了可称之为万托赫式的这一章。在这一章里，我们抒发了满腔的青年锐气和冒险的精神。现在该结束那些珍珠和珊瑚的神话了。诸位，辛巴德已经死了。问题是，下一步应怎样办？（“我们正要问你哩！”）那么好吧，先生，请拿起铅笔记下来。六百万。记下了吗？用五十乘。得数是三亿。再用五十乘，得数是一百五十亿，对不对？诸位，现在请你们告诉我，在三年内我们将怎样处理这一百五十亿条鲵鱼。我们要让它们干什么工作？我们怎样养活它们？像这类问题怎样解决。（“让它们一条条地死去好啦！”）不错，可是，难道这不是有点暴殄天物吗，先生？难道你不认为，每条鲵鱼都代表某种经济价值，某种等待着利用的潜在劳动力的价值吗？诸位，六百万条鲵鱼我们还能对付得了。三亿条鲵鱼就比较困难了。可是一百五十亿条鲵鱼就会使我们全部垮台。这些鲵鱼会把本公司吃垮。就是这样。”（“你要对这事负责！整个的鲵鱼企业都是你搞起来的！”）

邦迪态度强硬起来了。“诸位，我完全承担这个责任。谁愿意的话，就可以马上放弃太平洋出口公司的股份。我愿意收买每一份股票……（“出多少钱？”）按票面值，先生。”（会场非常混乱。主席宣布休会十分钟。）

休会以后,布林克莱尔请求发言。他说这些鲵鱼繁殖得这样快,也就意味着本公司的财产增加了;对于这一点,他表示极为满意。但是没有目的的繁殖当然完全是发了疯,如果他们自己没有什么有用的工作给鲵鱼做的话,他便以一群股东的名义建议把这些鲵鱼作为劳动力出售给任何想进行海底工作的人。(掌声)一条鲵鱼一天只要花几分钱饲料费;如果一对鲵鱼值一百法郎,而一条做工的鲵鱼顶多活一年的话,这样的投资对任何承包人说来都是极容易收回的。(众人表示赞成)

吉尔伯特站起来指出,这些鲵鱼的寿命比一年长得多;事实上,那时还没有来得及弄清楚这些鲵鱼究竟能活多久。

布林克莱尔补充他所举的假设说,一对鲵鱼的离岸价格可以估计为三百法郎。

韦斯伯格问,鲵鱼究竟能做什么工作?

沃拉夫卡董事说:“根据它们的天性和罕见的技术适应性,鲵鱼特别适合于建造水闸、堤坝、防波堤,挖掘港口和运河,疏浚航道,清除浅滩和淤泥;此外还能填补与维护海岸线,扩大陆地面积等等。这一切工作都需要成百上千的工作队的集体劳动,这些计划之庞大,除非掌握了极端廉价的劳动力,否则掌握现代技术的人是绝不敢轻易尝试的。”(“说得对。”“好得很!”)

胡布卡博士反对说,这些鲵鱼出售了以后,在新主人那里终究是要繁殖的。这样一来,本公司就将失去垄断权。他建议只把鲵鱼工作队出租给进行海底工程的承包人,并且这些鲵鱼应当具有良好的训练和工作品质;出租时应当议好条件，规定所产的一切卵都保留为本公司财产。

沃拉夫卡董事指出，水底下几百万条以至于若干亿条鲵鱼是无法进行监视的，至于卵，就更不用提了。不幸的是已经有不少鲵鱼被人偷卖给动物园和流动动物园了。

布莱特上校说："出卖以至出租的鲵鱼，应当只限于公鲵鱼。公鲵鱼在公司垄断的培育场和饲养场之外无法繁殖。"

沃拉夫卡董事说："我们无法确立一项权利，使鲵鱼饲养场归公司垄断。海底是无法占有或出租的，从法律的观点看来，比如荷兰女王陛下领海中的鲵鱼实际上属于谁的问题就很难肯定，可能引起很多争论。（会场不安）在大多数情形下，我们甚至连采珠的权利都没有得到保障。各位先生，实际上我们一直在太平洋海岛上建立的鲵鱼饲养场也是没有法律根据的。"（会场愈益不安）

吉尔伯特答复布莱特上校的问题说，根据最新经验来看，过隔离生活的公鲵鱼经过一个时期之后都会失去活动性和经济价值，它们会变得懒惰、冷淡，而且会因为想家而被折磨得死去。

冯·弗里希问鲵鱼在出售前是不是可以阉割或使其丧失生殖能力。

吉尔伯特说，那样费钱太多。鲵鱼一旦出售以后，就无法防止其繁殖。

韦斯伯格是防止残害动物协会的会员，他希望将来在出售鲵鱼时应当尽量做到人道，进行的方式应当不触犯人类感情。

吉尔伯特对这一提议表示感谢说："捕捉和运送鲵鱼的工作当然只会交付受过训练的人在适当的监督下进行。至于购买鲵鱼的承包人将怎样对待它们，我们当然就无法过问了。"

韦斯伯格说，他对于副经理的保证感到十分满意。（鼓掌）

邦迪说："各位先生，我们必须立即放弃将来可以垄断鲵鱼的想法。不幸的是根据专家的意见，我们不能取得鲵鱼的专利权。（笑声）我们对于鲵鱼的领导地位必须保持，同时我们当然也可以用其他方法保护自己。为了这一点，我们必须给自己的企业规定一个新的方向，用远远大于以往的规模发展。（"对，对！"）各位，我们这儿有一大堆临时契约。董事会提议应当用鲵鱼辛迪加的名义成立一个新的纵托拉斯。这一鲵鱼辛迪加除开我们以外还将有某些大企业和强有力的财团参加。比方说，某一个企业将为鲵鱼供应特制的专利金属工具。（"你是不是指金属制品出口辛迪加？"）不错，先生，我指的是金属制品出口辛迪加。除此以外，还将有一个化学与油渣饼联合公司为鲵鱼提供廉价的专利饲料。一些运输代理商将根据现有经验为一种特制的卫生水柜取得专利权，专门运送鲵鱼。一些保险公司就为被购买的鲵鱼在运送途中或工作地点的损伤或死亡保险。除此以外，还有许多从事工业、出口和金融事业的财团参加，由于某些重大的原因，在这里不便宣布。各位，只要说明这样一点也许也就够了，就是说，这个辛迪加成立以后，所能支配的财产将有四亿金镑。（会场轰动）这儿的这个箱子里满盛着契约，只要一签字，就可以使我们这个时代最伟大的工业组织诞生。董事会请诸位允许他们有足够的权利来完成这一伟大的事业，它的任务是合理地生产和利用娃娃鱼。（鼓掌和反对的喊声）

"各位先生，请认清在这种合作中我们会获得什么好处。鲵鱼辛迪加不但将提供鲵鱼，而且将提供鲵鱼的一切用具和饲料，也就是为我们管理的亿万条鲵鱼提供玉米、淀粉、板油和糖；此外还有运输、保险和兽医检查等等，这一切的价格都是最低廉的，因之就能保证我们即使不能占有垄断地位，至少也能具有压倒优势来对抗未来任何企图从事鲵鱼交易的竞争者。各位先生，让他来试试吧，他和我们是竞争不长的。（"好！"）但这还不是一切，鲵鱼辛迪加还要运输鲵鱼在水底进行工作时所需要的一切建筑材料。因此我们便需要水泥、木材和石料等重工业的支持……（"你还不知道鲵鱼工作得怎样哩。"）各位先生，目前就有一万二千条鲵鱼正在西贡港中建筑新船坞、海港和码头。（"你没有把这事告诉过我们！"）没有说过，这是第一次大规模的试验。各位，这次试验在各方面都是成功的。现在鲵鱼的前途已经没有任何可以怀疑的地方了。（热烈的鼓掌）

"各位先生，这还不是全部情况，这还没有说尽鲵鱼辛迪加的全部范围。鲵鱼辛迪加将挖掘在全世界各地使用亿万条鲵鱼的可能性。它将提供控制海洋的方案和计划。它将实现乌托邦和伟大的梦想。它将拟制计划修筑新陆地的前沿建筑、运河和连贯大陆的垒墙，修筑一系列供航空线用的海岛，并将在海中筑成新的陆地。人类的前途就在这里。各位，全世界的面积有五分之四是海洋。毫无疑问，这实在太多了。地球的表面、大陆与海洋的地图，必须加以修改。各位先生，我们将为全世界提供海底劳工。那将不再是万托赫的风格了。我们将以对劳动的歌颂来代替探寻珍珠的冒险故事。我们不想停滞就必须创造。除非我们从改变海洋与陆地这种角度看事情，否则我们就不可能充分利用这些可能性。在这一方面，我要指出，有人谈到一对鲵鱼的价值。我认为我们想事情时最好是从几十亿条鲵鱼着眼，从数百万工作组、地壳的改变、新的创世记、新的地质时代着眼。现在我们已经可以谈到新大西岛①，谈到旧大陆不断向海洋中延伸，谈到人类为自己创造新世界的问题了。对不起，各位先生，这些听起来也许太近于理想。的确，我们实际上是在进入一个新的理想国。朋友们，我们已经处在这个理想王国之中了。我们只要从技术方面为鲵鱼的前途拟出详细的计划就行了……（“还有经济方面！”）

“对了，特别是经济方面。各位，我们的公司太小了，不能单枪匹马来利用亿万条鲵鱼。这种事情我们在经济方面或政治方面都办不到。如果海洋与大陆的地图将要发生变动的话，列强便都会对这个事业发生兴趣了，各位先生。但我们不打算讨论这一点，我们也不打算提

① 柏拉图所描述的大西洋中某岛国，后来培根等人根据这一说法写出了许多理想国的书籍。

到那些已经对辛迪加抱积极态度的高级官员。各位先生，请不要忘了现在邀请大家来投票表决的事业是具有无限前途的。”（经久不息的热烈鼓掌。“妙极了！好！”）

*　　*　　*

话虽如此，然而在请大家投票支持辛迪加之前，仍然有必要保证太平洋出口公司的每一股至少从公积金中提取百分之十的股息。举行投票的结果，百分之八十七赞成，只有百分之十三反对。因此董事会的报告便被通过了，鲵鱼辛迪加也就诞生了。大家还通过了一项动议，向邦迪先生致谢。

“您的话说得真漂亮，邦迪先生，”西基·韦斯伯格老头称赞道，“的确漂亮。我可不可以问问，邦迪先生，您最初怎么想到这个主意的呢？”

“怎么想到的？”邦迪先生一边想一边说，“呃，实际上，说句老实话，韦斯伯格先生，是由于老万托赫才想到的。他对于自己的鲵鱼真是相信极了。可怜的老家伙，假如我们让他的塔帕孩子死了，或者是把它们弄死了，他会怎么说呢？”

“什么塔帕孩子呢？”

“呃，就是那些他妈的鲵鱼。现在它们有了价值，至少可以得到相当不错的待遇了。韦斯伯格先生，这些他妈的畜生除开用来建造理想国以外，也没有旁的用处了。”

“这我还没怎么听懂，”韦斯伯格说，“您是不是亲眼看见过鲵鱼，邦迪先生？我实际上还弄不大清楚这是什么样的东西呢。您能不能告诉我那东西是个什么样子的？”

“不行，我说不出来，韦斯伯格先生。我怎么会知道鲵鱼是什么样子的呢？这对我有什么好处呢？我怎么有时间去问这些东西究竟是什么样子的呢？只要把鲵鱼辛迪加建立起来，我就高兴了。”

附　录

鲵鱼的性生活

人类喜欢的思维活动中，有一种是想象在遥远的将来，有一天世界和人类会变成什么样子，科学上会弄出一些什么样的奇迹，有哪些社会问题能够得到解决，科学和社会组织会进步到什么程度等等。像这样想出来的理想国中，大部分都密切地关注到性生活、繁殖、爱情、婚姻、家庭、妇女等等古老而又有着永恒意义的问题在那个更美好、更进步，或者至少在技术上更完美的世界中将变成什么样子。在这一方面，读者最好去参考保罗·亚当①、威尔斯、阿尔多斯·赫胥黎②等人的有关著作。

关于以上所举的事情，作者认为既然已经谈到这个世界的未来的问题，就必须谈一下鲵鱼的性生活将如何安排。现在谈这个问题是为了避免以后再提到。许氏古鲵的性生活在主要方面当然和其他鲵鱼的繁殖现象是一致的。严格地说来，并没有交尾的行为。具体的过程是雌鲵鱼产出小堆的卵，受精卵静止地浮在水中，然后就变成幼鲵等等，这种资料在每

① 保罗·亚当(1862—1920)，法国作家，作品多半是色情文学，鼓吹非道德行为。

② 阿尔多斯·赫胥黎(1894—1962)，英国作家，代表作有《美丽新世界》。

一部博物书上都可以找到。我们打算提出的只是人们观察到许氏古鲵在这方面所表现的几个特点。

H. 波尔特提出报告说：每到四月初的时候，雄鲵鱼就和雌鲵鱼结合。在性行为的每一阶段中，总是一个雄鲵鱼守着一个雌鲵鱼，有几天离开雌鲵鱼不出一码。在这一个时期，雄体一点东西也不吃，可是雌体却表现得相当贪婪。雄体在水中追逐雌体，想法子使自己的头接近雌体的头。这一动作如果成功，它就把嘴凑到雌体嘴筒子前面很近的地方；这样做也许是为了防止雌体逃脱，接着便一动也不动地停下来。因此，雌雄两体便只有头部接触，身体成为三十度左右的角，一动也不动地并排浮在那里。但雄体却不时用力扭动，使自己的身体碰着雌体。然后又僵直下来，两腿老宽地叉开，只用嘴挨着它选中的配偶的嘴巴筒子。这个配偶却漫不经心地把一切遇到的东西都吃下去。这种接吻（不妨这样说）一直要继续好几天。有时雌体会突然冲向食物，接着雄体就会去追，显然表示出受惊，甚至是愤怒的情绪。最后，雌体不再抵抗，也不再设法逃脱了；于是一对动物便一动不动地浮在水中，像两段黑木头压在一起似的，接着雄体浑身发出一种痉挛式的颤抖，这时它便向水中射出大量略带黏性的精液。射完之后，它马上抛开雌体，钻到石头堆里去，身体极端疲倦。在这种状态下，即使是切去它的肢体或尾巴，它也不会抵抗。

这时，雌体在一段时间内仍然保持僵直和静止的姿势，接着便用力把背弓起来，从泄殖腔里排出一串黏膜包着的卵。在这一动作中，它往往像蟾蜍一样用后腿帮忙。排出的卵一共有四十至五十粒，卷成一团附在雌体身上。雌体带着这些卵游泳到有掩蔽的地方，把它们固定在海藻、海草甚至石头上。过了十天以后，雌体又产出第二批卵，数目是二十粒到三十粒，但不和雄体发生任何联系。这些卵显然在泄殖腔内已经直接受精了。一般说来，再过七八天又会产出第三批和第四批卵，数目是十五粒到二十粒，大部分都是受了精的。经过一星期到三星期后，卵便会孵化出活泼的小蝌蚪一样的东西来，身上长着手指一般的鳃。一年之内，这些幼鲵就会长成完全成熟的、可以自行繁殖的鲵鱼了。

另一方面，布朗治·基斯特米克小姐对于捕获的两条雌的和一条雄的许氏古鲵作了观察。交配的时候，雄体只和一只雌体结合，并且相当残酷地迫害它。当它企图逃避的时候，雄体就用尾巴用力打它。雄体特别不爱看到它吃东西，并试图强迫它离开一切可以吃的东西。雄体显然要求雌体只跟着它自己，并且简直就要支配它。雄体排精之后，就向另一个雌体冲去，好像要把它吞下去似的。这时必须把雄体从水柜中取出，单另放着。就是这样，连这个雌体也产了六十三粒受精卵。同时，基斯特米克小姐还观察到，这三只动物的泄殖腔脊在这一时期都肿得相当大。她写道：因此，对许氏古鲵来说，受精似乎并不是用交尾或身体结合的方式完成的，而是通过所谓性环境的媒介来完成的。事情很清楚，甚至连暂时的结合对于卵的受精来说也不是必要的。这一点就使这位年轻的观察者进一步进行有趣的实验。她把两性的成员分开，到一个适当的时期就从雄体身上挤出精液，放在雌体所在的水中。这样一来，雌体就开始排出受精卵。在另一次实验中，布朗治·基斯特米克小姐把雄体的精液过滤，把去掉精虫的滤液（一种透明和微带酸性的液体）放在两个雌体所在的水中，这时两个雌体也开始产卵，每个约产五十粒，其中大部分都是有繁殖力的，并长出了正常的幼鲵。由于这种特殊情形，基斯特米克小姐便得出关于性环境的重要概念，这是单性生殖和两性生殖之间的一个明显的过渡阶段。卵的受精就是简单地由于环境中的化学变化造成的，也就是由于某种性质的酸造成的，这种性质直到现在还没有能以人工的方法确定出来。这种性环境的变化在某种方式下和雄体的性机能有关。但这种性机能实际上并不是必需的。许氏古鲵的雌雄交配似乎是一个更原始的演化阶段的遗留现象，那时受精作用就像其他鲵鱼一样发生。基斯特米克小姐正确地指出，这种交配实际上是某种遗传的父性幻觉。其实雄体并不是鲵鱼蝌蚪的父亲，而只是产生一种完全机械地起作用的化学物质；因而造成一种性环境——真正受精的手段。如果在一个水池中放上一百对成对交配的许氏古鲵，我们似乎就会因之而假定发生了一百次单独的受精作用，实际上却只是一次整个的作用，也就是集体使某一特定的环境性化。更正确地说，这是使水含酸多，古鲵的成熟卵在这种水中自动地发生作用而发育成蝌蚪。如果我们能以人工的方法产生这种酸性介质，雄体就会成为不必要了。因此，极有价值的古鲵的性生活便似乎只是一个大幻觉而已。雄古鲵那种情欲狂，它的婚姻与性生活的专制，它临时的忠诚和粗笨的热情实际上都是不必要的、已废置的和几乎近于象征性的行为，只是陪衬着（也可以说是装饰着）机械地起作用的正式雄性作用而已，这种作用就是构成受精的性环境。雌性接受雄性那种无目的的、狂热的和有感情的追求时是非常冷淡的，这种奇怪的冷淡态度清楚地说明了雌性本能地认识到自己的被追求，对于和受精环境发生性结合的交配行为说来，只是一种形式的动作和预备动作而已。我们可以说，在许氏古鲵雌雄两性中，雌性对这种情形认识得更清楚，而且对这方面的行动也更为现实，没有任何情欲的幻觉。

（后来渊博的阿贝·庞坦佩利先生又做出了一些有趣的实验，补充了基斯特米克小姐的工作。他把许氏古鲵的精液干燥后研磨成粉，然后再放在雌性所在的水中。这时，雌性也开始产生有繁殖力的卵。此外他还把古鲵的男性生殖器官干燥磨碎倒入雌性所在的水池中，也得到了同样的结果；用溶媒提取或煮沸这种粉，然后再倒入也是一样。他又用脑下垂体的提取物，甚至用性行为时期所挤出的皮脂腺的提取物重复进行试验，取得的结果仍然相同。在这一切情形下，雌性对于这些介质都不立即发生反应，而是要经过一段时期以后才不再去取用食物。这时它们就静止下来，甚至僵直地待在水里。像这样经过几小时之后，便开始排出蚕豆那样大的胶状卵。）

在这一方面，有一种奇怪的仪式也应该谈到。那就是所谓的鲵鱼舞。我们所指的不是特别在上流人士中流行了好几年的那种鲵鱼舞，希拉姆主教说后一种舞是“闻所未闻的淫秽舞蹈”。实际上除开繁殖时期以外，古鲵常常在月圆的夜里爬上岸来，围坐成一个圆圈，用一种一起一伏的怪动作扭动上半截身子，但出来的只有雄性。在其他情形下，这种动作也是这些大鲵鱼特有的动作。但在上述的“舞蹈”中，这种动作便非常狂热而粗野，直到精疲力竭为止，就像狂热舞蹈的清修派教徒一样。某些科学家认为，这种狂热的扭动和摇摆的行走是敬拜月亮，因此便是一种宗教性的仪式。在另一方面，还有些人认为这种舞基本上是一种情欲的舞蹈。他们只是用上面所讨论的那种特殊性行为来解释这种舞蹈。我们已经说过，许氏古鲵真正的受精作用物是所谓的性环境，这种环境是雌雄个体之间一种机械的集体联系。同时也曾指出，雌体接受这种机械的性关系时，远比雄体现实，而且也远比雄体具有自知之明。雄性显然是由于具有本能的雄性虚荣感和征服欲，想至少要维持性征服的幻觉，因此便发生那一套性爱的追求和交配的占有之类的行为。这种舞蹈便是在一种有趣的方式下用大规模的雄性仪式活动来补偿某一种巨大的情欲幻觉的结果。据说这种活动不过是古鲵的一种本能欲望的表现，想使自己感到是雄性集体中的一员。人们说，通过这种集体舞蹈，雄鲵鱼那种无根据的返祖①性的幻觉便被克服了。这样一群扭动的、昏醉的和狂热的鲵鱼，不过是一个雄性集体、一个新郎集体、一个大的交配者在表演著名的婚礼舞和举行大规模的婚礼仪式而已。它们奇特地排斥了雌性，这时雌性正漫不经心地对自己吃下的鱼或软体动物咂着嘴表示满足。著名的查理士·鲍威尔把这种鲵鱼的仪式动作称为雄性要素的舞蹈，并且说："在这种集体的雄性仪式中，我们难道没有看到令人惊异的鲵鱼集体精神的真正根源吗？不应当忽视的是，我们所遇到的只是一种真正的动物社交性；在这种社交性中，种族的生命和发展不以两性的配偶为基础，情形和蜜蜂、蚂蚁、白蚁一样。蜜蜂的团结状态可以用这样一句话表示，即'我——母系的蜂群'。鲵鱼社会的团结状态则可以用一句完全不同的话来表示：'我们——雄性的要素'。唯有全部的雄性一致行动，在某一个时刻排出有繁殖力的性作用物时才成为一个巨大雄性体，穿透雌性的子宫，旺盛地繁殖生命。它们的父性是集体的，所以它们的整个本质也是集体的，这种本

① 生物重新出现已经退化的器官或特性的现象，称为返祖现象。

质以集体行动的方式表现出来。雌性个个经过排卵过程后，在来春以前都过着比较分散和孤立的生活。组成社群的只是雄性。社会职务也只有雄性完成。任何一种生物的雌性都不像古鲵这样居于从属地位。它们被排斥于社群生活之外，而且对社群生活也不感到任何兴趣。它们的时期只是当雄性要素使周围的环境包孕着一种酸时才开始的，这种酸在化学上几乎无法察觉，但在生命现象方面却有极其深刻的影响，甚至是潮汐所造成的无限稀释的液体也能起作用。情形就将像是海洋本身成了一个雄体，使岸边的数百万卵子受精。”

查理士·鲍威尔继续写道：“即使雄性表现了一切的骄傲，自然在绝大多数的动物种类上还是使生命的优势偏于雌性一边。雄性的存在是为了自身的享受和斗争，它们是骄傲和虚荣的个体，而雌性则代表着种族的力量和恒定的品质。但古鲵方面的关系就大不相同了，人类在某种程度上也是这样。雄性古鲵由于产生了雄性社群感和团结性，所以便取得了明显的生物优势，对种类发展的影响比雌性大得多。也许正是由于发展中有这种显著的雄性偏向，所以古鲵才这样强烈地表现出技术的，因而也就是典型男性的特质。古鲵生来就是技术专家，倾向于采取集体行动。它们身上的技术能力和组织天才等第二男性特征就在我们的眼前这样迅速而又顺利地发展。要是不知道性的决定体是一个如何巨大的生命因素的话，我们就会把这事当成一个自然的奇迹了。许氏古鲵虽然只是一种动物，但却是发明家。我们也许可以预见有一天古鲵在技术天才方面会超过人，而这一点又只是由于它产生了一种纯雄性的团结性这一自然事实所造成的。”

第 二 卷

文明历程拾遗

第一章　博冯德拉先生读报

有些人喜欢集邮,另一些人喜欢搜集古本书籍。邦迪先生家的门房博冯德拉先生多年以来没有发现人生有什么意义。有很长一段时期,他对史前期墓地的兴趣和对外国政治的热爱两者无法抉择。可是有一天晚上,他忽然领悟到自己的人生无法圆满究竟是由于缺乏什么东西造成的。伟大的事物一般都是突如其来的。

那一天晚上,博冯德拉先生在看报,博冯德拉太太在为弗朗切克补袜子,弗朗切克则装作在学习多瑙河左岸支流的样子。房间里充满了一种愉快的恬静气氛。

"唉,我再也没想到!"博冯德拉先生嘟哝道。

"什么事呀?"博冯德拉太太一边穿针一边问。

"呃,就是那些鲵鱼嘛,"博冯德拉老爹说,"我刚在这儿看到,最近三个月出售的鲵鱼已经有七千万条了。"

"这可不少呀,对不对?"博冯德拉太太说。

"我看也真是不少! 哼,这真是了不起的数目,孩子他妈! 你想想,七千万条!"博冯德拉先生摇摇头说,"赚的钱一定了不得。现在已经完成的工作也一定了不得,"他沉吟了一会儿补充道,"这报上说人人都给建筑新大陆和新海岛弄得入了迷。我敢这样说,现在人们要筑成多少大陆就能筑成多少大陆。孩子他妈,这可太美啦。你说这样得到的进展是不是比发现美洲还大?”博冯德拉想到这一点时,不禁沉思起来。“这是历史上的新时期,知道吧!一点儿也不错,孩子他妈,我们是生活在一个激烈变动的时代。”

接着又是一阵长长的充满天伦乐趣的宁静。忽然博冯德拉老爹更加兴奋地从烟斗上喷出一口烟来说:“我现在一想,这件事要是没有我就不会出现!”

“什么?”

“就是那种鲵鱼的生意,就是这个新时代。你要是好好看看这件事儿,就知道这一切都是我开的头。”

博冯德拉太太那时正看着没有补好的袜子,忽然抬头一望问道:“这话是什么意思?”

“因为我让那位船长进去见了邦迪先生。要是我不让他进去,那位船长就没法见着邦迪先生。孩子他妈,要是没有我,那个想法就不会弄出什么名堂来。一点儿也不错,什么名堂也搞不出来。”

“说不定那位船长会找到旁人的。”博冯德拉太太回答道。

博冯德拉老爹的烟斗咝、咝、咝地发出轻蔑的声音。“你懂得什么!这种事情只有邦迪先生才办得到。唉,在我认得的人当中,他比谁都强。换个别人,准会以为那是发疯了,要不然就是在骗人,但邦迪先生就不那样!他有眼力,我的老天爷!”博冯德拉先生沉思起来。“那位船长——叫什么来着,万托赫——根本就不是那种样子。他是那么一个胖老头子。要是换了别的门房,就一定会对他说:‘你想到哪儿去?老兄,老板不在家。’等等的话。可是我就有那么一种感觉!

‘让我把他领进去，’我对自己说，‘邦迪先生也许会骂我一顿，不过我愿意冒这个险，让他进去。’我常说，一个门房必须有眼力，能认识人。有时一个人跑来按门铃，看起来很像一位老爷，其实倒只是一个冰箱店里跑外的。另一回一个胖老头来了，你就想想他带来了什么吧。干这行，你必须对人的习性多了解一些。”博冯德拉老爹沉思了一会儿说，“弗朗切克，这能告诉你，一个人即使地位低，也能做出什么样的事情来。你应当好好记住这件事，以后你做事的时候总要像我这样才对。”博冯德拉先生一本正经地点了点头，然后说，“那回我在门口本可以不理睬那位船长，而且也可以省几步路。换了另一个门房就会摆起架子来，砰的一声把他关在门外。那样一来，他就会把全世界一段惊人的进展断送了。弗朗切克，你要记住，只要每个人都尽自己的职责，世界就能过得下去。我跟你说话的时候你得好好听着。”

“是的，爸爸。”弗朗切克可怜巴巴地嘟哝道。

博冯德拉老爹清了一清嗓子说：“孩子他妈，把剪刀递给我。我要把这段消息剪下来，好留下一些东西让后人别忘了我。”

* * *

这样，博冯德拉先生便开始搜集有关鲵鱼的剪报。多亏他这种收藏家的热情，我们才得到许多本会散失的资料。他在出版物上只要遇到有关鲵鱼的材料，就剪下来藏好。毋庸讳言，他开始时经过一些动摇之后便在自己常去的咖啡店里学会了怎样搜集那些提到鲵鱼消息的报纸。他学会了一套近于魔术的特殊本领，可以当着领班的面从报纸上把他所要的那一版偷偷撕下来，然后一下子塞在口袋里。谁都知道，所有的收藏家为了得到一件新的收藏品，都可以行窃或谋杀，这一点也不会降低他们的道德品质。

现在他的生活已经是收藏家的生活，他的人生终于有了意义。他天天晚上在博冯德拉太太纵容的眼光之下收拾他的剪报，一张接着一张全都读一遍。博冯德拉太太懂得每一个男人都有几分傻气和几分孩子气。与其让他到酒吧间去打牌，倒不如让他玩玩这些剪报。她甚至在自己的衣橱里腾出一些地方来放他粘的那些剪报盒子。对一个做妻子和主妇的人说来，又还能要求什么呢？

博冯德拉对于鲵鱼的一切知识是那样的渊博，有几次甚至使邦迪先生都感到惊奇了。博冯德拉有些不好意思地承认自己在搜集一切有关鲵鱼的刊印资料，并且把他那些盒子拿出来给邦迪先生看。邦迪先生慈祥地称许了他的收藏。不能否认，只有大人物才能那样大方，只有大亨们才能惠而不费地使别人快乐。总而言之，大人物总是在左右逢源的。比方说，邦迪先生只消下个命令：鲵鱼辛迪加办公处有关鲵鱼的剪报，所有不需要归档的一律移到博冯德拉这边来，于是这位无限幸福但又有些招架不迭的博冯德拉便每天都大包大包地收到世界各种文字的材料。其中尤其是用基里尔①或希腊文字母、希伯来文、阿拉伯文、中文、孟加拉文、泰米尔文、爪哇文、缅甸文或泰文印的剪报使他充满了虔诚的敬意。他往往对着这些报纸喃喃地低声自语道：“想想，没有我就没有这一切！”

我们已经说过，博冯德拉先生的收藏保存了许多有关鲵

① 九世纪基里尔创造的字母，为现代俄文字母的起源。

鱼的历史资料。这当然并不等于说,那些资料能使一个具有科学态度的历史家感到满足。因为首先,博冯德拉先生并没有受过各种辅助性的历史科学和档案管理法的专业教育。他在剪报上并没有另纸注明来源或适当的日期,所以在绝大多数情形下,我并不知道这种或那种叙述究竟是在什么时候和什么地方印出来的。其次,由于资料供应丰富得难以应付,手下日益存积,所以他主要只是保存了自己认为最重要的长篇文章,至于短文和电讯,干脆全都扔到煤桶里去了。这样一来,关于整个这一时期的资料和事实,保留下来的便非常少了。最后,博冯德拉太太插进手来,对这事也发生了很大的影响。当博冯德拉先生的盒子满得塞不下了的时候,她就一声不响地偷着把那些剪报扯一些出来烧掉。这种事情一年总有好几次。她放过的只是那些累积得不太快的马拉巴文①、藏文和科普特文②剪报。这些资料几乎全都保存下来了,但由于我们所受的教育有些不足,这些资料对我们并没有多大价值。因此,我们手头所有的关于鲵鱼历史的资料便是非常残缺不全的,就像公元八世纪的地册或萨福③的集子一样。所以关于这一伟大的世界事件,只是偶然有一些关于这一方面或那一方面的资料被保存下来。然而即使是散失了那样许多东西,我们还是打算在《文明历程拾遗》这一题目下加以总结。

① 印度北部的一种语言。
② 从古埃及语变化出来的语言。
③ 古希腊的伟大女文学家,有第十缪斯之称。

第二章　文明历程拾遗

（鲵鱼编年史）

邦迪先生在太平洋出口公司那次著名的股东大会上关于新理想国[①]诞生的预言开辟了一个历史时代，在这个时代里我们不能再用几十年和几个世纪来衡量历史事件，而只能用每年发表经济统计数字的季度来衡量。[②] 因为现在历史的创造（如果可以这样说的话）是以大规模的方式进行的，因而使历史的步调加快了（根据某些人的估计，加快了五倍）。

现在世界上的事情不论是好是坏，根本就不能等待几百年才发生。比方说，民族迁移过去往往要延续好几个世纪，而

① 见本书第一卷第十二章。

② 这一点，我们可以引博冯德拉先生收藏中的最早的一份剪报来证明：

鲵鱼市场公报

（捷克通讯社消息）据最近报道，鲵鱼辛迪加于上季度末发布消息称，鲵鱼出售额已上升百分之三十，过去三个月中，有七千万条左右成交，其中尤以运往中南美洲、印度支那、意属索马里兰的最多。最近即将为扩充巴拿马运河、清除瓜亚基尔的港口、铲除托里斯海峡的某些沙滩与峭壁进行准备工作。根据粗略估计，单是这些工程就要挖掘九十亿立方米的硬土。马德拉—百慕大航线的永久机场岛在明春以前将不动工。日本托管下的马里安纳岛的填培工程正在进行，截至目前已在提尼安岛与塞班岛之间的海中赢得了八十四万英亩所谓的轻干土的新地面。由于需求日增，鲵鱼行情甚为稳定，价格是：领工 61，队工 620。饲料供应情况良好。——作者注

现在却可以用现代有组织的运输在三年之内完成；不这样做，这种事情就无利可图了。此外像罗马帝国的崩溃，大陆的殖民、红种印第安人的灭绝等等，情形也是这样。这一切事情在今天如果交给资本雄厚的承包人办理，就可在短得不可比拟的时间内完成。在这一方面，鲵鱼辛迪加所获得的巨大成功，以及它对世界历史的强大影响，无疑为后继者指出了道路。

因此，从最初起，鲵鱼的编年史所记史实的一个特点就是组织完善合理。鲵鱼辛迪加对这事起了最重要的作用，但却不是唯一的作用；此外我们必须承认，科学界、慈善界、文化界、新闻界和许多其他因素对于鲵鱼那种惊人的繁衍和进展也起了不小的作用。然而终究还是只有鲵鱼辛迪加才可以说是日复一日地为鲵鱼开辟了新大陆和新海岸，即使要克服许多阻挡这种发展的障碍，也还是这样做了。[①] 该辛迪加的季度报告说明印度和中国海港是怎样一个一个地被鲵鱼占据了；鲵鱼殖民地是怎样在非洲沿岸发展并横渡大西洋而发展到了美洲，美洲的墨西哥湾上不久即将有最现代化的新鲵鱼培育场开业；同时说明除了这些广大的殖民主流以外，还送出了小群的鲵鱼作为先锋队，为未来的出口开辟道路。比方说，鲵鱼辛迪加便向泽国荷兰提供了一千条精选的鲵鱼，并向马

① 关于这类的障碍，像下面这一张剪报的报道就可以证明（日期不明）：

英国是否在拒绝鲵鱼入口？

（路透社讯）今日议员萨缪尔·曼德维尔爵士在下院回答丁·李德先生的问题时说：英王陛下政府已经禁止通过苏伊士运河运输鲵鱼，并且无意准许在英伦三岛的海岸或领海中使用任何鲵鱼。萨缪尔爵士宣称，这些措施的目的是为了保证大不列颠海岸的安全，并维护关于废除奴隶贸易的旧法与协定的有效性。

萨缪尔爵士回答另一议员 B. 罗索先生的质问时补充说，这一决定当然不适用于英国殖民地与自治领。——作者注

赛市提供了六百条鲵鱼供清除旧海港之用，其他地方也有类似的情形。鲵鱼的发展是大规模的和有计划的，这一点和人类在世界上的殖民大不相同。如果听其自然的话，这事无疑就会要延续几百几千年。不错，大自然在过去和现在从不像人类的工业与商业这样积极进取和有条不紊。看来，强大的需求对鲵鱼的繁殖力也发生了一些影响，一条雌鲵鱼每年产卵所能孵出的蝌蚪数已经增加到了五十条。以往鲵鱼一向不可避免地因为鲨鱼而受到一定的损失。后来鲵鱼得到了发射达姆弹的水下手枪可以抵抗这种贪婪的鱼以自卫，这种损失便几乎完全避免了。①

鲵鱼的引进当然并不是在所有地方都同样顺利。某些地方的保守派严厉地抗议像这样引进新的劳动力，认为这是和人类劳动力进行不公平的竞争。② 另一些人表示忧虑说，鲵鱼吃海里的小生物，对渔业将有不利影响。还有一些人则断言，鲵鱼在海底挖的那些沟与通道将毁坏堤岸与海岛的基础。

---

① 这方面的手枪，多半属于米尔科·夏弗朗涅克工程师所发明的形式，由布尔诺军火工厂制造。——作者注

② 参看下列剪报：

澳洲的罢工运动

（哈瓦斯社讯）澳洲工会领袖哈利·麦克纳马拉已呼吁所有受雇于海港、运输业和电厂的工人举行总罢工。这意味着分会组织要求工作鲵鱼输入澳洲时必须受到移民法的严格限制。但另一方面，澳洲的农民却在发生骚动，要求鲵鱼自由进口。原因是鲵鱼需要饲料，使得玉米和脂肪，尤其是羊板油的销售大有增加。政府方面希望达成协议。鲵鱼辛迪加提出每进口一条鲵鱼，愿向工会捐助六先令。政府准备保证鲵鱼只在水下使用。为了道德的缘故，它们露出水面部分不得超过十六英寸，也就是只应到胸部为止。工会方面则坚持不得超过五英寸，并要求每条鲵鱼的补助费为十先令，此外还须交纳人头税。看来由于联邦财政部的协助，协议可能达成。——作者注

事实上，对鲵鱼的引进发出警告的人真是不少。但自从远古以来，一切的进步都曾遭到反对和猜疑；这种情形在工业机器初起时曾经出现过，于今在鲵鱼问题上又在重演。在其他地区出现了另一种误解[1]，但世界新闻社极力宣扬按鲵鱼本身真正价值进行贸易，以及与之相随而来的利润优厚和范围广泛的广告，都是大有前途的。多亏它们的大力支持，世界大部分地区才极感兴趣，甚至热烈地欢迎鲵鱼的引进。

鲵鱼贸易大部分操在鲵鱼辛迪加手中。该辛迪加用他们自己的特制水柜船运送。新加坡的鲵鱼贸易大厦是这一贸易的大本营和鲵鱼的一种交易所。

我们不妨参看署名为 E. W 的人在十月五号所写的一篇广泛而客观的描述：

“S[2]——贸易”

新加坡十月四日电：领工63，童工317，队工648，零工

---

① 参看博冯德拉先生收藏中下列值得注意的材料：

鲵鱼救活三十六名行将溺毙的人

（本报特派记者专讯）

马德拉斯四月三日讯：

该地海港中“印度之星”号轮船与乘载约四十名本地人的渡船相撞，渡船立即下沉。当人们没有来得及紧急派遣护港警察前往时，海港中正在铲泥的鲵鱼立即冲往抢救，将三十六人运到岸上。其中有一条鲵鱼单独救了三个妇女和两个儿童出水。为了酬谢鲵鱼的这种勇敢行为，当地政府已将感谢状一份封入防水盒内，颁发与鲵鱼。

但另一方面，当地人却由于让鲵鱼接触上等社会人士而大为激动，因为他们认为鲵鱼是不洁净和不可接触的。海港上有数千本地人聚集，要求将鲵鱼驱逐出港。警察当即维持秩序，仅有三人被杀，一百二十人被捕。

晚间十时左右，秩序恢复。鲵鱼将不停止工作。——作者注

② 鲵鱼的英文是 Salamander，此处 S 代表鲵鱼。

26.35，废鲵0.08，鱼苗80—132。

看报的人每天都可以在商业栏里看到有关棉、锡或小麦价格的电讯中夹着上面这样的报道。但你是不是已经知道这些神秘的数字和文字是什么意思呢？不错，这里说的是鲵鱼行情或S交易的行情。但关于这种交易的实际情形，大部分人都没有十分清楚的概念。有人也许认为有一个大市场，挤满了成千上万的鲵鱼，带着遮阳帽和头巾的买卖人来回走动，看看出售的货，最后用指头指定一条健康的发育良好和年龄不大的鲵鱼说："我要这一条，什么价钱？"

实际上出卖鲵鱼却完全是另外一回事。在新加坡那一座大理石的鲵鱼贸易大厦里根本就看不见一条鲵鱼，只有机敏和精明的职员穿着白衣服用电话在接洽订货。"是的，先生。领工是63。多少？要二百？是的，先生。要二十个重工和一百八十个队工。好吧，没有问题。船在五个星期后开，行吗？谢谢，先生。"整个鲵鱼贸易大厦都充满着电话交谈声。给你的印象与其说是市场，还不如说是银行和办公室。但这座门前矗立着爱奥尼亚式廊柱的白色华贵大厦作为市场而言，却比哈兰—阿尔—拉希德①时代的巴格达市场更富于世界意义。

让我们回头来看看上面那一段市场报道的引文，其中有商业术语**"领工"**；这话的意思就是特选的聪明鲵鱼，一般的年龄是三岁，经过仔细训练，在工作队中作为领工。这种鲵鱼是单卖的，不按体重计算，只按智力估价。新加坡产的能说流利英语的领工被认为最好和最可靠的。间或有些地方也有其

① 中世纪波斯最著名的哈里发，他在位时，巴格达商旅辐辏，成为盛极一时的世界市场，欧亚两洲的商品大部通过这里往返运输。

他名目的领工鲵鱼出售,例如所谓船长领工、机灵领工、马来酋长领工、弗曼达领工等等,但新加坡领工价钱最高,现在每条可以卖到六十美元左右。

重工是身体很重、很能干活的鲵鱼,一般年龄是两岁,体重一百磅与一百二十磅之间。这种鱼只成批(所谓组)卖,每组六条。它们受过训练,专做砸岩石、滚漂石等最重的体力活。报道中提到重工 317,意思是说,六条(一组)鲵鱼的价格共三百一十七美元。一般说来,每一组重工都配一条领工作为监工。

队工指的是一般工作鲵鱼,体重为八十磅到一百磅,只按队出售,每队二十条。它们的用途是进行集体工作,在疏浚、开辟航道和筑堤坝等类工作上最有用处。每队二十条中配上一条领工。

零工构成另外一类。这些鲵鱼由于种种原因,没有受集体和专门工作的训练。比方说,培育的地方不是管理得当的大鲵鱼饲养场就是原因之一。这种鲵鱼实际上是半野半驯的鲵鱼,但能力往往很强,有时单个出售,有时成打出售,用于各种特殊工作或不值得用整队整组鲵鱼的小规模工作。如果说领工是鲵鱼中的精华,那么零工就相当于低级的无产者这一类分子了。近来它们作为未经训练的生鲵鱼而受到欢迎,某些承购人把它们进一步加以发展,分成领工、重工、队工和废鲵。

废鲵(废物)是低等、羸弱或身体有缺陷的鲵鱼,不单卖,也不按固定数目卖,而是按重量成批卖,一般每批重十余吨。目前活重一公斤价值七分至一角。实际上谁也不知道它们究竟有什么用,买去干什么,也许是在水里做什么轻微的工作吧。为了避免误解起见，我们必须提醒一句，鲵鱼是不能用作人类食品的。这种废鲵几乎全部由中国经纪商成批买去，至于运往什么地方就没有人确切知道了。

鱼苗简单地说就是小鱼，准确一点说是一岁以下的蝌蚪。出售时按百头计数，销路很广，尤其是因为价格便宜，运费又最省。它们只有在到达目的地以后才受最后阶段的训练，一直训练到派往工作地点去时为止。鱼苗用桶运，因为蝌蚪不像长成的鲵鱼一样，每天要离开水。鱼苗中常常有天赋独厚的、甚至能超过标准的领工。因此，鱼苗交易便特别有利可图。才能高的鲵鱼在这时可以卖到几百块钱一条。美国的百万富翁丹尼克尔甚至出两千美元买了一条能流利地说九种语言的鲵鱼，并且用特制的船一直运到迈阿密。这两千美元中有很大部分就是运费。最近鱼苗受到所谓鲵鱼场欢迎，这种地方把跑得快的鲵鱼挑出来加以训练，然后三个一组装配在贝壳似的扁形船上。用鲵鱼拖的贝壳船赛现在非常流行。在棕榈海岸、檀香山和古巴的美洲少妇之中这是最受欢迎的娱乐，称为特里顿船赛或维纳斯运动会。比赛的姑娘们穿着一身极薄、极漂亮的露肉的游泳衣，手里握着三条鲵的丝缰绳，站在一叶引人入胜的贝壳轻舟上顺着海面飘然滑行，她们竞赛的目标就是取得维纳斯的称号。所谓罐头大王 J. S. 丁克尔先生给他的女儿买了三条赛船鲵——波赛冬、汉吉斯特①与威廉五世，价格不下三万六千美元。但这一切都不属于正式鲵鱼交易的范围，那种交易只限于为全世界提供可靠的领工、重工和队工。

① 传说为征服英伦三岛的日耳曼领袖，但不足为信。

*　　*　　*

我们已经提到过鲵鱼饲养场。读者不要认为这种场子是一种什么厩或圈。这不过是几英里光秃秃的一片海岸罢了，上面散盖着几个瓦楞铁的棚子。一个棚子是兽医用的，另一个是经理用的，其余的都供管理人员使用。只有在落潮的时候才能看到几道长长的防波堤从岸边一直伸到海里，把海水分成若干隔开的池子。其中一个是盛鱼苗的，一个是盛领工的，其他就不一一细说了。每一种鲵鱼都分开饲养和训练。这两种工作都在夜间进行。每当夜幕降临的时候，鲵鱼就从池子里爬出来，跑到海岸上，围着教练员。这种人一般都是退伍的士兵。最初是训练说话。先由教练员把话教给鲵鱼，比如说一个"挖"字，然后就用实际的事例解释这字的意义。接着教练员又把它们排成四条一列，教给它们怎样列队前进；往下便是不到半小时的体操，体操完了以后就回到水里休息。过了一会儿，又教给它们使用各种工具和武器，然后就由教练员监督进行三小时左右的实际海下建筑工作。做完工，鲵鱼就回到水里去，有人拿着鲵鱼饼干来喂它们，其中主要的成分是玉米面和牛羊板油。领工和重工，另添一块肉。偷懒或不服从命令时，惩罚就是不给东西吃而不用体罚；何况，鲵鱼对疼痛的感觉也是不灵敏的。到朝阳升起的时候，鲵鱼饲养场上便呈现出一片死寂。人们睡觉去了，鲵鱼也藏到海水底下不见了。

这种事情的过程每年只有两次变动。一次在繁殖时期，那时有两个星期让鲵鱼自己活动。另一次在鲵鱼辛迪加的水柜船来到饲养场的时候，那时船上把指示交给经理，说明哪一类鲵鱼要运走多少。征集工作在夜间进行。那时船长、饲养场经理和兽医都坐在摆着一盏灯的桌子旁边,一个领班带着一帮水手截断鲵鱼回到海里去的退路。然后鲵鱼便挨个走到桌子旁边来,合格的就通过。接着被征集的鲵鱼就装上小船,转送到水柜船上去。绝大部分鲵鱼都是自愿进行的,也就是说只要严厉地发出一声命令就行了。只在某些时候才要用轻微的暴力,例如把它们捆起来等等。鱼秧或鱼苗当然是用网捞起来的。

用水柜船运送鲵鱼时也同样是卫生的和人道的。每隔一天就用抽水机向水柜中灌注新水,喂的东西也极为充分。运送途中的死亡率很低,很少达到百分之十。根据防止残害动物协会的希望,每一条水柜船上都有一个监护人,保证鲵鱼受到人道主义的待遇。他一夜接着一夜地给鲵鱼训话,主要是让它们记住尊敬人类,敬爱未来的主人,衷心感激地服从新主人的命令;那些主人一心想望的只是像慈父一般地照料它们的生活福利。这种慈父般的照料,当然很难对鲵鱼解释清楚,因为它们根本不知道父道这个概念。在教育得较好的鲵鱼中间,一种习惯已经逐渐盛行起来,就是把监护人称为"爸爸鲵鱼"。教育影片也证明是很成功的办法。在运送途中,鲵鱼从这种影片里看到人类工程的一些奇迹,而且也看到自己将来要进行的工作和应尽的义务。

有些人把S—交易(鲵鱼交易)当成了奴隶①交易的简写。其实作为一个公正的旁观者看来,我们可以说一句公道话:如果以往的奴隶交易的组织也像鲵鱼交易这样好,卫生工

① 英语中奴隶(slave)和鲵鱼(salamander)都是用S起头。

作也像这样无可指责的话，我们就只有替那些奴隶祝贺了。价格较高的鲵鱼受到的待遇尤其优厚和体贴。即使这只是因为船长和水手的薪水要决定于交付给他们的鲵鱼的生活福利情况，这一点也仍然做到了。本文作者亲眼看到，当 SS 14 号水柜船上一个水柜中有二百四十条精力旺盛的小鲵鱼患了严重的腹泻症时，就连那最粗暴的水手也都深深地感到难过。他们往往两眼含泪地望着那些鲵鱼，用他们那种粗鲁的方式倾吐出悲悯同情的感情说："这些鲵鱼是鬼交给我们的。"

鲵鱼的出口贸易增长之后，自然就随着产生了一个外部市场。鲵鱼辛迪加无法防范和控制已故万托赫船长留下的一切鲵鱼培养场，密克罗尼西亚、美拉内西亚和波利尼西亚等远处小岛上的尤其如此，所以许多鲵鱼海湾只得听之任之了。这样一来，除去合理的繁殖鲵鱼以外，猎捕野鲵的事业也达到了相当大的规模。在很多方面令人想起以往猎取海豹的远征队。这种猎捕在某种程度上是非法的，但由于没有保护鲵鱼的法律，所以最多只能以非法侵入某某国家领土范围的罪名起诉。然而这些岛上的鲵鱼就像没有人理一样，繁殖的速度非常惊人，而且到处在土著的田地和果园里造成一定的损害。于是，非正式的捕捉便被默认为是对鲵鱼繁殖的一种自然遏制。

我们不妨从当代一篇权威报告中引一段来看看：

二十世纪的海盗

E. E. K.

晚上十一点的时候，我们的船长命令降下国旗，放下小船。那时雾气透过月光，照成一片银白。我们划往的小岛我想是费尼克斯群岛的加德纳岛。在这样的月夜，鲵鱼总会爬上岸来跳舞的。它们心神专注在肃静的集体仪式上，这样你就是走得很近，它们也不会注意你。我们去了二十个人，上岸时每人手里都拿着桨；排成一单行以后再拉成一个半圆形，围着那群在朦胧的月光下聚集在海岸上的黑色的动物。

鲵鱼舞使人产生的印象是很难形容的。大约有三百只这种动物坐在自己的后肢上，面朝里围成一个十分完整的圆圈，圈子里是空的。这些鲵鱼一动不动地待在那里，就像在地上生了根一样。看起来很像一圈篱笆围住一个神秘的祭坛。但那儿并没有祭坛或什么神像。忽然间一只动物咂一声嘴，发出"吱、吱、吱、吱"的声音，并开始扭动，使上半截身子摆来摆去；接着就有越来越多的鲵鱼跟着扭动；不出几秒钟，所有的鲵鱼便都原地不动地一前一后摆动着上半截身子。它们愈摆愈快，但却不发一声，情绪愈来愈狂乱，形成一片如醉如狂的漩涡。过了一刻钟，就有一只鲵鱼软瘫下去了；接着其他的鲵鱼也一个个由于摆动得筋疲力尽而僵直起来。于是大家又都像泥塑木雕的一样一动也不动地坐下来。过了一会儿，又听到什么地方发出一阵寂寞的"吱、吱、吱"的声音，另一条鲵鱼又开始扭动，它的舞蹈马上引起整圈的鲵鱼跟着扭动起来。我知道，从这样一段叙述中看起来，这种舞蹈给人的印象是很平板的。但是这种舞蹈配合上凄怆的月光和漫长单调的潮音，情景深为动人，在某一方面说来也是令人迷惘的。我徘徊起来，一种不由自主的恐惧或惊异的感觉使我失神了。"喂，往前走一点，"我旁边的人向我喝道，“不然你那儿就会出现一个缺口了！”

我们的圈子向跳舞的动物紧缩。大家横拿着桨，说话时都是低声耳语。这与其说是由于怕鲵鱼听见，倒不如说是受着那夜色的影响。“到中间去，往里冲！”我们领头的人喊道。于是我们冲向那摆动的圆圈，用桨往鲵鱼背上戳，嘭嘭地碰出喑哑的声音。直到这时，鲵鱼才惊觉起来，有的往中心退，还有的打算从桨缝里溜出去往海里逃命。可是用桨一打，它们又缩回来，发出痛苦和惊恐的尖叫。我们用桨把它们赶到中心，挤到一起，你堆我叠地叠成好几层。这时由十个人用桨围成一圈把它们关在里面，另外十个人则用桨把那些打算钻到底下或是想溜出去的鲵鱼戳打一阵。那些鲵鱼变成一堆乱钻乱动、高声嚎叫的黑肉，上面只听见咚咚地发出喑哑的敲打声。然后有两把桨放开了一条口，一条鲵鱼往外一钻，但颈子上啪地挨了一下就不动了，接着一个个都像这样，倒在地上，直到约莫有二十条时，我们领头的人便喊道：“住手！”于是两把桨之间的缺口又合上了。暴徒比奇和混血儿丁哥都一手提着一条昏迷不醒的鲵鱼的后腿，像拖死木头似地从沙滩上往船上拖。有时昏迷不醒的动物会紧紧卡在岩石之间。这时水手就会猛然野性发作地一拽，一条肢体就去掉了。“这没有什么，”站在我旁边的迈克喃喃地说，“呃，老兄，它还会长出一条来的。”当他们把那些抓到的鲵鱼扔到船里去以后，领头的人就厉声地发出命令道：“再打一些！”于是大家又往鲵鱼颈子上一阵打去。那位军官名叫贝洛梅，是一个聪明而拘谨的人，象棋下得好极了。但是这是猎取动物呀；更恰当地说，这是正经事情。既然如此，又有什么可慌忙的呢？在这种情况下，二百条昏迷不醒的鲵鱼被捕获了，还有七十条被扔下来，那些很可能是死了，不值得拖回去。

到船上以后，鲵鱼都被扔在水柜里。我们的船是一艘老油船。油舱清洗得很糟，发出一股石油味，水面上漂浮着一层红红绿绿的油。只是盖子打开着，让空气好进去。扔进鲵鱼以后，看起来很稠，真像让人恶心的通心粉汤。在这里面有些鲵鱼也轻轻地痛苦地动一动。但第一天鲵鱼都被扔在那里没人管了，让它们自己苏醒过来。第二天就有四个人拿着长杆子在那种“汤”（在商场上的确称为汤）里戳。他们搅动那一大堆鲵鱼身体，挑出那些断了气的，或者已经瘦下去的，用长钩子钩起来，拖到水柜外面。“汤清了没有？”船长问道。

“清了，船长。”

“加水！”

“好吧。”

这种清汤工作每天都得做，每回都有六到十条被扔到海里去。这种鲵鱼被称为“破损货”。一大群膘肥肉厚、饱享口福的鲨鱼一直跟在我们的船后面。油罐的气味极其难闻。水虽然也偶尔换换，但鲵鱼屎和泡发了的鲵鱼饼干还是把汤弄成斑斑点点的黄汤，那些喘着气的黑色肉体就有气无力地溅着水，或者一动也不动地躺在里面。“它们在这里面挺舒服哩，”老迈克断言道，“我还看见有一只船把它们装在石油桶里，它们在那里都死掉了。”

不出六天，我们又在纳诺米亚岛捕捉新货。

* * *

鲵鱼交易就是这个样子。这诚然是一种不合法的生意,也可以说是几乎在一夜之间兴起的现代海盗行为。有人说,全部被买卖的鲵鱼中大约有四分之一是这样装运的。有些鲵鱼培育场在鲵鱼辛迪加看来是不值得永久维持的。在太平洋的小岛上,鲵鱼繁殖得那样快,以致成了一个麻烦,土著都讨厌它们;而且抱怨说,它们打的那些洞和地道会把整个海岛搞垮。所以殖民地政府和鲵鱼辛迪加本身对鲵鱼繁殖地的这些劫掠都睁一眼闭一眼装着没有看见。完全从事这种鲵鱼劫掠的海盗船一定有四百艘。除开小规模的组织以外,还有整个的航运公司进行这种现代的海盗行为,其中最大的是太平洋鲵鱼进口公司,总部设在都柏林,经理是尊贵的查尔斯·哈里曼先生。一年以前,情形比现在更糟。那时有一个姓田的中国强盗领着三条船直接到鲵鱼饲养场上来行抢,而且毫不犹疑地杀害了进行抵抗的管理人员。去年十一月,这个姓田的和他的小船队在中途岛附近被美国船"敏讷东加号"打得粉碎。从此以后,鲵鱼海盗便采取更温和的方式,在某些条件得到同意,默许他们存在以后,他们便稳步地繁荣起来。比方说,大家都有一个谅解,在外国海岸劫掠时,应把本国国旗降下;并且在海盗的名义下也不得输入或输出其他货物。用海盗方式得到的鲵鱼不得减价出售,并应作为次等货应市。这种黑市鲵鱼每条卖二十到二十二元,一般认为品质较次,但身体却很结实,因为它们在海盗船上经过那样可怕的待遇之后仍然活下来了。据估计,被捕获的鲵鱼大约有百分之二十五至三十,经过这种航运后能活下来。但这些鲵鱼往后便可以经受许多的折磨。用市场上的行话来说,这些鲵鱼就叫通心粉,近来市场消息还有它们的正式行情表。

两个月以后,我同贝洛梅先生在西贡法兰西饭店休息室里下象棋,那时候我已经不是一个雇佣海员了。

“喂,贝洛梅,”我对他说,“你是一个规矩人,一个人们所说的君子。其实你是靠最卑鄙的奴役手段过活的人,有时候你是不是也觉得不是滋味呢?”

贝洛梅耸了耸肩膀。“鲵鱼到底是鲵鱼。”他避开话题嘟哝着说。

“两百年以前,人们还总是说黑人总是黑人呢,你怎么能那么说。”

“可是,这样说难道不对吗?”贝洛梅说,“将军!”

那一盘棋我输了。我突然想起,每一步象棋都是已经有人走过的老招数。我们的历史说不定已经经历过了同样的局面,我们把我们的人物用与很久以前走过的同样的几步棋走进了同样的棋盘格。十分可能,正是这样一个规规矩矩、沉默寡言的贝洛梅曾经在象牙海岸兜捕过黑人,用船把他们装到海地或者路易斯安那,任凭他们在下等客舱里死去。当时的那个贝洛梅并不觉得有什么不对,好像这是理所当然的事情;他从来也没有感觉到有什么不对。正因为这样他才是个不可救药的人。

“黑棋输了。”贝洛梅得意地说,这时候他站起来伸了伸懒腰。

在促进鲵鱼的繁殖方面,除了组织良好的鲵鱼市场和广

泛的新闻宣传以外,当时起了最好作用的是在全世界汹涌澎湃的科学理想主义的浪潮。邦迪正确地预见到,人类将开始策划整个新大陆,并且重新建立新大西岛。在整个鲵鱼时代,一种热烈而结果丰硕的辩论在专家中间盛行着。所辩论的问题是应该建立以钢筋混凝土为堤岸的重土大陆,还是海沙淤积而成的轻散陆地。差不多每天都有庞大的新工程计划提出来,意大利工程师提出来的计划,一方面建立包括差不多整个地中海的大意大利,一直伸至特里波利斯、巴利阿里群岛和多德卡尼斯群岛;另一方面建立一个新大陆,即所谓勒莫里亚——东起意属索马里兰,这个大陆总有一天会把整个印度洋都包括在内的。实际上,在鲵鱼大军的帮助下,在索马里兰的莫格迪绍港对面建立了一个面积为三英亩半的新小岛。日本计划建立并且部分建成了一个新的大岛,位置就在以前的马里安纳群岛的地方,并且准备把卡罗林和马绍尔群岛联结成为两个大岛,叫作新日本;在每个岛上甚至还要建立一座人造火山,使将来的居民知道神圣的富士山是什么样子的。还谣传说,德国工程师正在马尾藻海秘密建立一个重土的混凝土地面,将来这块地方就是新大西岛,据说,还能威胁法属西非;但是看来工程只进展到了奠基的程度。在荷兰,人们采取了步骤来使泽兰完全干涸;法国把瓜达卢佩岛、格兰德特尔岛、巴斯特尔岛和拉德西雷德岛联结成为一个蓬莱仙岛;美国开始在西经三十七度处,建立第一个飞机岛(共分两层,拥有一个庞大的旅馆、体育馆、弹子房和一个可容纳五千人的电影院)。看来好像海洋为人类的工作造成的最后一道障碍已经被打破;技术上获得惊人成就的光辉时代已经开始;人们开始认识到,一直到这个时候,由于鲵鱼在恰当的时机,可谓适合历史的需要，踏上了世界舞台，它们才成了世界的主宰。毫无疑问，如果我们的技术时代没有为鲵鱼准备这么多的工作，以及这样广阔的永久职业的领域，鲵鱼是不能得到那样巨大的扩展的。现在看来，海洋劳工的前途在几百年内有了可靠的保证。

在鲵鱼交易的迅速发展中，科学也发挥了显著的作用，并且很快就把注意力转到了对鲵鱼的精神方面的研究。

我们现在援引一份关于在巴黎举行的科学代表大会情况的报告，报告出自一位与会者的手，全文如下：

第一届有尾类动物代表大会

这次大会的简称是有尾类动物代表大会，它的正式的全名比较长，叫作：有尾类动物心理学研究第一届国际动物学家代表大会。但是，真正的巴黎人不喜欢这个长的名称；对他说来，在巴黎大学的圆形剧场举行会议的学识渊博的教授们不过是"**诸位有尾类动物先生**"①而已。或者，称呼得更简短、更不恭敬一些，叫作"**这些动物**"②。

于是我们去看了一下"**这些动物**"，这主要是出于好奇，至于新闻记者的责任感那倒在其次。懂吗，这是出于好奇，这同那些年高德劭、鼻梁上架着眼镜的大学名人不相干，而只是关系到那些……生物（为什么我们的笔下老不肯写出"动物"呢？），关于那些生物，已经有了许多文字记载，有的见于科学杂志，有的见于街头巷尾的歌谣，有些人认为，这些生物是报纸胡诌出来的，而另外一

①② 原著此处为法语。

些人认为，那些生物在许多方面比动物世界的主宰和今天（我是指经过第一次世界大战以后，并且还不谈其他历史环境）仍然自称为万物之灵的人类天赋更高。我希望有尾类动物心理学研究代表大会的优秀的、尊贵的代表们对我们这些门外汉明确而肯定地谈一谈人所共知的许氏古鲵的适应性是怎么回事；我希望他们会告诉我：是的，这是一种有理智的生物，或者至少像你我一样有接受文明的能力；因此，你必须指望这种生物的将来，就像你必须指望一度被认为是野蛮、原始的人类的将来一样……不过我可以告诉你，在代表大会上，没有提出这种答案，甚至连这样的问题都没有提出来；因为今天的科学太专门化了……不会再去研究那种问题。

好吧，那么让我们了解一下这些动物的、科学上所谓的精神生活吧。刚刚走上讲台的那一位高个子先生，瞧，就是飘垂着一嘴胡子、像巫师一样的那一位，是名教授杜布斯克。看来，他是在向那些受尊敬的同事的一些谬论进攻呢，不过我们不大能理解他的这一部分阐述，过了好半天，我们才听明白，原来这位热情洋溢的巫师谈的是古鲵对颜色的敏感和分辨各种色调的能力。我不敢肯定说我完全领会了他的话，不过得到的印象好像是许氏古鲵也许是部分色盲，但是，杜布斯克教授一定近视得厉害，不然他为什么总要把讲演稿凑到他那闪闪发光的眼镜跟前看呢。接着是脸带微笑的日本科学家冈川博士发言；他谈的是反应曲线和古鲵大脑里的某个感觉脉管一旦切断后发生的症候；然后他谈到古鲵在他的相当于内耳迷路的器官破裂后怎么办。后来，雷赫曼教授详细解释古鲵对电的刺激的反应。于是他和吉布洛肯教授展开了一场激烈的争论。吉布洛肯教授真算得是个典型人物:个子矮小,脾气暴躁,而且小心得可怜;他主要谈到,就感觉器官来说,古鲵的先天条件同人一样差,他说古鲵同样缺乏本能;在纯生物学意义上说来,它是同人一样退化的动物,它也同样以所谓智慧来弥补它的生物条件的缺陷。但是,看来其他专家并没有把吉布洛肯教授的话当回事,这也许是因为他一直没有切断任何感觉脉管,或者对古鲵的大脑放电。封·代阿顿教授接着慢条斯理地、用差不多是做礼拜的神气谈到古鲵在把右额大脑叶或者它的大脑左面的襄枕骨切除后会发生什么失调现象。然后美国教授德沃里安特叙述了……

请原谅我,我真不知道他讲的是什么,因为那个时候我在绞尽脑汁地想,如果我把德沃里安特教授的右大脑叶切除,教授可能发生什么样的失调现象;如果我用电来刺激带微笑的冈川博士,他会发生什么反应,还设想如果有人把雷赫曼教授的内耳迷路弄破,他会有什么反应。我也有些拿不稳究竟我的分辨颜色的能力如何,究竟我解决我的运动神经反应的七因素能力如何。我很苦恼,因为我怀疑,在我们切除彼此的大脑叶并切断感觉脉管以前,我们在纯科学意义上说来是否有权利谈论我们(我是指人类)的精神生活。事实上,为了研究我们的精神生活,那就必须彼此手里拿着手术刀来互相解剖。就我来说,为了科学的利益,我真想打碎杜布斯克教授的眼镜,或者使代阿顿教授的秃头内部受到电击,然后发表一篇文章来报告他们的反应。说句老实话,我能够生动地想象出他们的反应来。我也能想象在这种实验中许氏古鲵的灵魂所起的变化，不过没有那么生动罢了；但是我相信它是一种非常有耐性、性情温和的生物。因为在发言的名人中间，没有一个人说许氏古鲵曾经发过脾气。

我确信，第一届有尾类动物代表大会在科学上是一件杰出的成就；但是到有一天我休假的时候，我要到巴黎植物园①去，一进门就直奔许氏古鲵池，我要低声对它说："鲵鱼，到你有一天走运的时候，你可别……我想你也不会灵机一动地来研究人类的精神生活呵！"

由于这种科学的成就，人们不再把鲵鱼看作是某种奇迹了；在科学的严肃精神的映照下，鲵鱼丧失了它们显得特别和与众不同的大部分最初的光彩；成了心理试验的对象以后，它们显示了非常平凡和索然无味的品质；它们的所谓很高的天赋在科学上看来不过是神话。经过科学研究后，发现鲵鱼只不过是一种呆板的、相当平庸的生物，没有什么特别的地方；只有在报纸上仍然时常看见能够做五位数乘法心算的神奇鲵鱼，但是，特别是在看来甚至一个普通人只要经过适当训练也能做到这一点以后，就连这种事也引不起人们的兴趣了。人们简直就认为鲵鱼很平凡，就像计算机和其他新玩意一样；他们不再把鲵鱼当作是什么只有上帝才明白底细的神秘东西，好像来自什么奥妙莫测的深渊似的。此外，人们从来不认为，为他们服务的和对他们有好处的东西有丝毫神秘，他们认为神秘的只有对他们有害和威胁他们的东西；由于看来鲵鱼是在种种方面十分有用的生物，人们的确把它们看作是当然属

① 巴黎植物园也养动物。

于合理的和合乎常规的东西。

汉堡科学家伍耳曼特别研究了鲵鱼的功用,在他就这个问题提出的几篇报告中,我们在这里至少以最简短的摘要形式提出其中的一篇如下:

关于蝾螈肉体状态的报告

我在汉堡实验室进行的太平洋大鲵鱼(许氏古鲵)的实验,目的十分明确,那就是研究鲵鱼对周围环境的改变和其他外在因素的抵抗力,并且用这种方法来研究它们对于各个地理区域以及在各种不同条件下的实际适应性。

第一系列实验的目的是要确定一条鲵鱼离开水能活多久。在摄氏四十度至四十五度下,我把实验的动物放在一个无水的池内。经过几小时后,它们明显地表现出倦怠迹象;在它们身上洒上水,它们就恢复了生气。二十四小时以后,它们就一动不动地躺着,只翻动眼睑;它们的心跳缓慢下来,一切身体的活动都降低到最低限度。这些动物显然很疲乏而痛苦,稍微动作一下就要费很大的气力。三天以后,开始了全身僵硬症,即使用电烧灼器烧,它们也没有反应。如果增加空气的湿度,它们就至少显示出一些有生命的迹象(比如看见亮光时就闭眼睛等)。把一条这种烘干了的鲵鱼扔进水里以后,经过相当时候它就活了,但是烘得更久一些,大多数鲵鱼就会死亡。它们在阳光直射下几小时内就会死去。

在黑暗和非常干燥的条件下,我们使其他被实验的动物转动一个轮子。经过三小时后,它们的效率开始降低，但是在身上洒了许多水以后，又恢复了原来的效率。经常洒上水，这些动物就能连续转动十七小时、二十小时的轮子，有一次连续转动了二十六小时，而我们作为标准的人在同样劳动强度下只要工作五小时就会筋疲力尽。我们从这些实验中可以得出结论，就是鲵鱼很适于在地上工作，当然有两个条件：不能让它们直接待在阳光下面，而且时常要在它们全身洒水。

第二系列实验研究的是鲵鱼（它们原是生长在热带的）对寒冷的抵抗力。由于水突然变冷，它们因此得肠黏膜炎而死亡；但是使它慢慢习惯较冷的介质，它们就很容易适应新环境，而在八个月以后，只要在它们的食物中提供更多的脂肪（每天向每条鲵鱼提供一百五十至二百克），它们就能在摄氏七度的水中依然很活跃。如果水的温度降低到摄氏五度以下，它们就会冻僵，在那种情况下，它们能够在一块冰里冷藏几个月而保持原状；在冰融化，水的温度上升到摄氏五度以上时，它们又开始显出有生命的迹象，在七度到十度的时候，它们就又开始活跃地觅食了。从这个实验中可以得出结论，就是鲵鱼很容易适应我们这样纬度的地区——远到挪威北部和冰岛——的新环境。关于它们能否适应极地的条件，还必须进行进一步的实验。

另一方面，鲵鱼对不同的化学药品显示了相当大的灵敏性；在用冲得很淡的灰汁、工厂流出物和鞣革提出物等进行实验时，它们的皮一条条地脱落，被实验的动物的鳃发生某种坏疽。因此在我们的河里，就差不多不可能使用鲵鱼。

在另一系列的实验中，我们确定了鲵鱼不吃东西能活多久的问题。结果发现，三个星期甚至更长时间不给它们东西吃，它们除了显得有些倦怠以外，并不显示其他变化。我让一条鲵鱼六个月不吃东西，在最后三个月它一动也不动，断断续续地睡觉；在那个时期终了时，当我把碎肝扔到它的水池里去的时候，它衰弱到毫无反应的地步，因此必须用手喂它。过了几天，它的饮食又恢复了正常，能够用来进行进一步的实验了。

最后一系列实验是研究鲵鱼的再生能力。如果把一条鲵鱼的尾巴切掉，在两个星期内就能长出一条新的来，我们用一条鲵鱼重复做了七次这种实验，都得到了同样的结果。把腿截去后也同样会长出来。我们把一条鲵鱼的四肢和尾巴全截去，过了三十天它又长全了。如果一条鲵鱼的股骨或肩骨碎了，整个四肢就掉下来，又在原地方长出了新的。一个眼睛或者舌头坏了，如果割掉，情形也一样。在我把一条鲵鱼的舌头割掉后，它忘掉了怎么说话，而必须从头学起，这是很有趣的。如果把一条鲵鱼的头割去，如果把身体在颈子和骨盆之间切成两截，鲵鱼就会死亡。另一方面把鲵鱼的胃、一部分肠子、三分之二的肝和其他器官除去后却并不危害它的生命；因此，我们可以说，一条鲵鱼在取出内脏后仍然能够活下去。任何其他动物都没有像鲵鱼这样大的对于每一种伤害的抵抗力。在这方面，鲵鱼可以成为一种非常出色的、差不多是不可战胜的进行战争的动物；不幸得很，由于鲵鱼性好和平而且天生的毫无防御能力，这是做不到的。

*　　*　　*

除了这些实验以外，我的助手沃尔特·希克尔博士对鲵鱼作为原料来源的价值进行了研究。他发现鲵鱼的身体所含碘和磷的百分比特别高，有可能在一旦需要的时候，在工业上可以使用这些重要的元素。鲵鱼皮虽然本身很坏，在磨成粉并且经过高度压缩后，能成为既轻而又相当坚韧的人造皮，这种皮可以当作牛皮的代用品。鲵鱼的脂肪不适于人吃，因为它的气味令人恶心，但是能用它作为工业上的润滑剂，因为它要到非常低的温度时才凝成固体。鲵鱼的肉也被认为不适于人类食用，甚至还有毒；如果生吃，就会引起剧疼、呕吐和产生精神幻觉。希克尔博士自己做了许多次实验后证明，如果用热水来烫碎鲵鱼肉（就像处理一些毒菌的方法一样），并且在彻底清洗后，把碎肉放在钾碱的过锰酸盐弱溶液中泡二十四小时，这些毒性就会消失。这时候就能把这些碎肉煮或者炖了吃，吃起来味道就像劣质牛肉一样。我们像这样吃了一条叫作汉斯的鲵鱼，它是一条能干而且聪明的鲵鱼，特别喜爱科学工作；希克尔博士的部门里曾用它作为助手，甚至能够托付它做精密的化学分析。我们在晚上常常和它长谈，来欣赏它的无法满足的求知欲。非常遗憾，我们必须把汉斯置于死地，因为我在对它进行穿孔试验时把它的眼睛弄瞎了。它的肉发黑色，像海绵一样，但是没有引起任何不良作用。显然，在一旦发生战争的时候，鲵鱼的肉能够成为牛肉的廉价代用品而受到欢迎。

当世界上一旦有了数以亿万计的鲵鱼以后，鲵鱼就自然而然立刻不再是新奇的东西了，当它们好像是新奇玩意儿的时候所引起的普通兴趣只是在动画片（比如沙利和安迪两条好鲵鱼）和酒馆的表演中继续存在了一个时期，在那些表演中，天赋噪声、特别难听的歌手和喜剧演员扮成了嘎声嘎气的鲵鱼——这个让人不能不乐的角色，说的台词文法十分拙劣。在鲵鱼表现为一个集体和普通现象时，我们对它们的问题可能作的解释立刻就改变了[①]。实际情况是不久以后，鲵鱼所引起的大轰动消失了，可还得让一个问题那就是鲵鱼问题，来代替别的更实在的问题。鲵鱼问题的先驱者当然是一位妇女，而在进化的历史中这也决不是第一次。这位先驱者就是路易斯·齐麦曼夫人，她是洛桑的一个女子进修学校的女校长，她以非常充沛的精力和坚定的热诚在全世界宣扬一句崇高的箴言：让鲵鱼受到充分的教育！有很长时间她遭到的不外乎是公众的误解，因为一方面她不停地强调鲵鱼的自然适应性，另一方面又强调如果鲵鱼得不到仔细的道德和知识的训练，人类的文明就可能遭到什么样的危险。她说："正像罗马文明由于野蛮人的入侵而崩溃一样，如果我们的文明像一个孤岛一样，处在精神受到压抑、没有机会分享现代人类的最高理想的生物的汪洋大海之中，那么我们的文明就要灭亡。"

① 《每日明星报》进行了一次题为**"鲵鱼有灵魂吗？"**的意见征询，它给我们提供了很有代表性的证词，现从这一次意见征询中（当然准确性是没有任何保证的）援引几位著名人士的少数言论如下：

亲爱的先生：

当鲵鱼在亚丁修建堤坝的时候，我的朋友贝特拉姆牧师和我曾对鲵鱼进行了长时间的观察；我们还同它们谈过两三次话，但是，我们没有发现它们具有任何价值较高的意识，比如荣誉、信仰、爱国（**接下页**）

(接上页)主义或者公正。除了这些以外还有什么东西可以正当地称作灵魂呢?

约翰·W.布列敦上校

我从来没有看见过鲵鱼;但是我相信没有音乐的生物是没有灵魂的。

托斯卡尼尼*

让我们把灵魂问题先放在一边;但是就我在古鲵上所能发现的来说,我敢说它们是没有个性的;看来它们彼此完全一样,同样地勤劳,同样地能干——而且同样地没有个性。总之,它们实现了现代文明的某一个理想,那就是平均。

安德烈·达图阿

它们肯定是没有灵魂的。在这一点上它们同人一样。

萧伯纳

你的问题使我很为难。比如说,我知道我的中国种的爱犬"乖乖"有一个可爱的小灵魂;我的波斯猫"西迪小姐"也有一个灵魂,而且是一个极可赞美而又残酷的灵魂!但是鲵鱼怎么样呢?是的,它们很有才能,很聪明,这些可怜的小东西;它们能够说话,能够计数,而且非常有用;但是它们太丑了。

玛德琳·罗希**

它们是鲵鱼倒没有关系,只要不是马克思主义者。

寇特·休伯

它们没有灵魂。如果它们有的话,我们就应该使它们同人在经济上处于平等地位,而那是荒谬的。

亨利·庞德***

它们没有性感,因此它们没有灵魂。

梅蕙丝

它们像一切其他生物一样有一个灵魂,每一种植物也都有灵魂,一切有生命的东西都有灵魂。生物之谜是很玄妙的。

萨德拉巴拉塔·纳思

它们游泳的时候,技巧和式样都令人感到非常有趣,我们能够向它们学习很多东西,尤其是在长距离游泳方面。

托尼·威斯缪勒****

——作者注

* 托斯卡尼尼(1867—1957),意大利音乐家。

** 著名的法国女演员。

*** 英国全国钢铁协会主席。

**** 威斯缪勒(1904—1984),美国游泳家,从一九三二年起在好莱坞当电影明星,因扮演《人猿泰山》一片的主角而闻名。

这就是她在欧洲或美洲各地以及日本、中国、土耳其和其他地方的妇女俱乐部所发表的六千三百五十七次演说中所作的预言。“如果要想让文明继续存在下去，就必须让每个人都享受文明。当我们的周围是千百万在暴力压制下不得不处于野兽状态的下贱而不幸的生物的时候，我们就不能平安地享受我们的文明或者我们的文化成果。正如十九世纪的响亮口号是‘给妇女自由’一样！我们这个时代的箴言就必须是‘让鲵鱼受到充分的教育！’”云云。由于她的口才和令人难以相信的毅力，齐麦曼夫人发动了全世界的妇女，并且筹集了足够的经费在尼斯附近的博卢创办了鲵鱼第一中学，在马赛和多伦工作的鲵鱼的小鱼苗在这所中学里学习法文、文学、修辞学、社会交际、数学和艺术史①。在芒东的鲵鱼女子学校就没有

① 关于进一步的材料，请参看《路易斯·齐麦曼夫人，她的生活、思想和事业》一书(阿尔康出版)。从这一著作中我们摘引了她的第一批学生里面的一个热爱她的鲵鱼的回忆：

她坐在我们的简单，但是干净而舒适的水池边上，背诵着拉封丹的寓言，潮湿使她很难受，但是她不在乎，因为她对教学工作太热心了。她叫我们“我的小中国人”，因为我们就像中国人一样，发不出弹舌音“R”的音来。但是过了一个时候，她同我们相处得太熟了，受了我们的影响，以致她在念自己的名字的时候，也发不出弹舌音来了。我们这些小蝌蚪非常爱她；但我们是还没有肺因此不能离开水的小蝌蚪，由于不能同她一起在校园里散步而哭了起来。她为人十分温和而慈祥，就我所知道的，她只发过一次脾气，那是在夏天，有一天很热，我们的年轻的历史教员，穿着游泳衣跳到我们的水池里来，坐在水池里，水没到脖子，对我们讲荷兰的独立战争。当时我们亲爱的齐麦曼夫人非常生气：“赶快去洗一个澡，小姐，走，走。”她眼睛里含着泪珠大声地说。对我们真是一个微妙、可是明白的教训，说明我们到底还是不属人之列；后来我们对于我们的这位灵魂的母亲非常感激，因为她用这样一种果断而巧妙的方式把这种概念教给了我们。当我们的功课成绩很好的时候，作为一种奖励，她往往对我们念一些现代诗，比如弗朗索·考贝的诗。“也许这种诗太现代化了，”她往往说，“但是，即使是那种诗现在(接下页)

取得像这样的突出成就。那里的课程主要是音乐、烹调和精工刺绣(齐麦曼夫人坚持设立这些课程,主要是出于教育目的),对这些课程,年轻的鲵鱼女学生即使不是绝对缺乏兴趣,兴趣也是很差的。但是相反地,青年鲵鱼的第一次会考却获得了惊人的成就,以至立刻就在卡恩设立了鲵鱼海军综合技术学校(由防止残害动物协会出资兴办),而且在马赛创建了鲵鱼大学,在这里,过了一个时候,就有第一条鲵鱼得到了法学博士的学位。

鲵鱼教育问题这时候开始了迅速的发展,而且正常地进行着,比较进步的教员对于齐麦曼模范学校提出很多严重的反对意见;特别是他们说,对于培养青少年时代的鲵鱼来说,对于小孩用的陈旧的人文主义制度是完全不适用的;他们明确地反对进行文学和历史的教学,并且建议尽量注意,而且以尽量多的时间来教授实际而现代的课程,比如自然科学、鲵鱼的技术训练、体育等等。这种所谓革新学校或者实际生活学

(**接上页**)毕竟也是良好教育的一部分。”在一学年终了的时候,就举行一次授奖典礼会,这一天,总是邀请尼斯市市长先生,还有其他官方人士和一些社会名流参加。学校工友把已经长了肺的,成绩优异的、天赋好的学生身上擦干净,穿上一种白衣服;然后,隔着一层薄薄的帘幕(这样就不会把女士们吓坏了)背诵拉封丹的寓言、数学公式和法国加贝王室诸王的王位更迭和即位日期。在这以后,市长先生就发表长篇的漂亮演说,表示他的谢意,并且赞扬我们亲爱的女校长,就这样结束了愉快的一天。就像我们的心灵进展一样,我们的身体健康也得到了照顾;当地的兽医每月为我们检查一次身体,每半年给我们称一次体重,看看我们是否够标准。我们的尊敬的女校长特别嘱咐我们设法取消我们举行每月跳舞会的讨厌而庸俗的习惯;我很惭愧,尽管女校长这样嘱咐,一些年龄较大的学生在满月的时候,仍然偷偷地干这种满足兽欲的勾当。我希望我们的和蔼的朋友始终不知道这件事,她要是听见了,她的伟大、崇高和充满了爱的心是要碎的。——作者注

校又遭到了古典教育的捍卫者的严厉攻击,他们说只有通过拉丁文的基础,才能使鲵鱼接触人类的共同的文化传统,他们又说,如果不教鲵鱼背诵诗歌,并且教它们用西塞罗①的口才进行辩论,那么教它们说话是不够的。关于这个问题,引起了长期而且相当激烈的争论,最后把鲵鱼学校改成国立学校,并且把人类的青年学校进行改革,以尽量接近鲵鱼革新学校的理想以后,这场争论才算得到解决。

在世界其他地区开展了一个运动,要求在国家控制下设立让鲵鱼读书的正规义务学校。在所有滨海的国家(英国当然例外)依次开展这个运动;由于这些鲵鱼学校不受旧古典传统的约束,因此能够利用心理分析法、工艺教育和初级学生训练的最新方法以及其他最新的教育成就,它们很快就发展成为世界上最现代化的,而且从科学观点来看是最先进的教育制度,难怪所有人类的教师和学生都要羡慕不已了。

在鲵鱼学校问题的同时,还出现了语言问题。鲵鱼首先应该学习世界上哪一种语言呢?来自太平洋岛屿的土生的鲵鱼当然是用从土著和水手那里学来的"洋泾浜英语"谈话的;有许多鲵鱼说马来话或其他方言。为新加坡市场养育的鲵鱼说基本英语,这是一种用科学方法简化了的英语,它有几百个片语,没有陈旧的麻烦的文法;所以人们开始把这种改良标准英语称作鲵鱼英语。在齐麦曼模范学校里,鲵鱼说高乃依的语言②,这当然不是由于种族原因,而是因为这是高等教育的一部分;相反地,在革新学校里,教的是世界语,用世界语作为

① 西赛罗(前106—前43),古罗马的雄辩家。

② 皮埃尔·高乃依(1606—1684),法国伟大戏剧家,以"法国悲剧之父"著称,高乃依的语言就是指法语。

互相表达意思的工具。此外,大约就在这个时候,创造了五六种世界语,目的就是要消除人类语言互相不通的混乱状态,并且为全世界的人和鲵鱼制定出一种共同的语言;当然关于在这些世界语中,哪一种最有用、最调和和最通用,是有许多争论的。到最后,当然结果是每一个国家都普及了一种不同的世界语。①

在鲵鱼学校国有化以后,整个问题简单化了;在每一个国家,干脆用那里的特别的种族的语言来教鲵鱼。虽然鲵鱼很容易而且很喜欢学外国话,它们的语言才能却存在很奇怪的缺陷,这一部分是由于它们的发音器官的状态,一部分也是由于心理原因;比如说,它们在念多音节的长字的时候,发音是有困难的,因此它们就设法把多音节的字缩短成单音节,它们在念的时候,声音很尖,而且带一种嘎声;它们往往在应该发

① 著名的语言学家寇蒂阿斯在他所著的《语言学入门》一书中主要建议说,应该采用维吉尔(前70—19年的罗马大诗人)黄金时代的拉丁文作为鲵鱼的唯一的世界语。他说:“今天我们有能力使得那种拉丁文成为一种活的世界语言,这是一种最完善的语言,文法规则最齐备,在科学上最调和。如果文明人不利用这个机会,那么鲵鱼——你们这些海洋生物们就来利用吧,把高深的拉丁文当作你们的祖国语言,这是世界上值得讲的唯一语言。鲵鱼们,如果你们把神祇和英雄的不朽的语言恢复生命的话,你们的功绩是不朽的;因为用这种语言,蝾螈们,你们总有一天会继承罗马帝国的传统。”

另一方面,某一个利沃尼亚的叫作沃耳特拉斯的电报员同一个门德利奥斯神甫想出并且创造出一种特别的鲵鱼语言,叫作庞蒂克语;在这种语言里,他利用了世界上所有的语言,特别是非洲方言的因素。这种鲵鱼语(人们也用这个名字称呼这种语言)在北部国家相当流行,但是,可惜只是在人类中间流行;在乌普萨拉,甚至还为鲵鱼语言创办了一个讲座,但是就人们所知,在鲵鱼中间谁也不说这种话,事实上他们中间最通用的语言是基本英语,后来,基本英语成了鲵鱼的正式语言。——作者注

卷舌“R”音的时候发成不卷舌的“L”音，发咝音的时候，它们有点大舌头；它们总是忘记文法的结尾，从来学不会区别“我”和“我们”，一个字是阴性还是阳性，对它们说来是完全没有区别（也许这是它们在交尾的时候缺乏性感的症状）。在它们的嘴里，每一种语言都发生特有的变化，一到它们嘴里不知道什么缘故总是简化成了它的最简单的最原始的形式。有一点是值得考虑的，就是它们的新语，它们的发音和文法的简化，很快就有一部分被在海港里的人类渣子，一部分被所谓上流社会学到了，这种表达方式从那里又传到报纸上，而很快被普遍起来。即使在人类中间，文法上的性别也慢慢消失了，语尾不再用了，格的变化也取消了，纨绔少年在说话的时候把“R”音吃掉，假装大舌头；受过教育的人中间几乎没有人还能说得出非决定论或者先验论的意义，这完全是因为这些字对人类说来也已经太长而无法表达。

总之，不管好坏，鲵鱼差不多能说世界上所有的语言，至于是说哪一种语言，那要看它们居住在什么海岸。于是在布拉格发表了一篇文章（我记得是在《民族报》上），这篇文章（当然不是没有原因的）满肚子牢骚地问道：“在世界上已经有说葡萄牙语、荷兰语和其他较小国家语言的鲵鱼的时候，为什么它们却不学捷克话。”上述文章承认，的确，我们的国家不幸没有自己的海岸，因此我们也没有海洋鲵鱼；但是，即使我们没有自己的海洋，也并不能得出结论说，我们就没有可以同许多使得成千上万的鲵鱼学习它的语言的国家相媲美的文化——是的，在许多方面甚至是最优秀的文化。如果鲵鱼也了解一下我们的精神生活，那是完全公平的；但是，如果它们中间谁也不能掌握我们语言的话，它们怎么能够达到目的呢？我们绝不能等待世界上有人来认识这种文化遗产，并且在某个学术机关建立捷克语和捷克斯洛伐克文学的讲座，像诗人所说的："我们不相信这世上的任何人，我们在这世上没有一个朋友。"这篇文章要求说，这种情况让我们自己来改变吧。不管我们在世界上取得了什么成就，这都是靠自己的力量取得的！我们有权利和义务设法甚至是到鲵鱼中间去交朋友；但是我们的外交部似乎不够积极，没有在鲵鱼中间给我们的国家和产品做一些应有的扬名宣传，而那些较小的国家却拨出了千百万元的专款来向鲵鱼开放文化宝藏，同时要让鲵鱼对它们的工业产品发生兴趣。这篇文章引起了人们很大的重视，尤其是在商会中间，结果至少是出版了一本叫作《鲵鱼捷克文读本》的小册子，其中选用了捷克文学的精选作品。说起来似乎难以相信，但是这种小册子的的确确售出了七百多本；整个说来，这是一个杰出的成就①。

教育和语言的问题，当然只是巨大的鲵鱼问题的一个方面，这个问题在某种意义上说是在人的手底下产生的。因此，很快就产生这样一个问题，比如在社会方面究竟应该怎样对待鲵鱼，在鲵鱼时代的早期——差不多是史前时期，当然就有防止残害动物协会，这些协会热心地努力防止鲵鱼受到虐待和不

① 参看在博冯德拉先生的剪报中收集的雅洛米尔·赛德尔-洛沃麦茨基的杂文小品：

我们在加拉帕戈斯群岛上的朋友

我们的慈爱的姑母，作家波胡米拉·扬多娃-斯特雷索维卡不幸离开了人世后，为了换换环境，借许多新鲜、强烈的印象的魅力，至少说是稍微散散心吧，我同我的夫人，女诗人安丽塔·赛德尔-克鲁迪姆斯卡环游了世界，我们的足迹远到被传奇的帷幕笼罩着的荒凉海岛加拉帕戈斯群岛。我们只有两小时的空闲时间，为了利用这一段时间，我们沿着那个荒凉的群岛海岸散了一次步。(接下页)

（接上页）“看啊，今天的日落多么美呀，”我对我的夫人说，“像不像整个天空浸沉在鲜血和黄金的汪洋大海里？”

“哎呀，这位先生不是捷克人吗！”突然从我们背后传来一句正确而纯粹的捷克话。

我们感到很奇怪，就朝着声音传来的方向望过去。什么人也没有，只看见一条黑色的大鲵鱼，蹲在岩石上，手里拿着一样东西，好像是一本书。在我们的环球旅行中，我们已经看见过一些鲵鱼，可是我们还没有机会和它们谈话。这样，诸位读者就可以想象出当我们在这样一个荒凉的海岸上碰见一条鲵鱼，而且还听见我们本国话的时候，我们有多么惊奇了。

“谁在说话？”我用捷克话大声问。

“是我冒昧讲的，先生，”鲵鱼回答道，一面彬彬有礼地站了起来，“在我生平头一次听见捷克话对话的时候，我情不自禁地就脱口说出来了。”

“请你原谅，”我喘着气说，“怎么，你能说捷克话吗？”

“我刚才一直在学习不规则动词‘存在’的变位作消遣。”鲵鱼回答说，“这个动词在所有语言中都是不规则的。”

我殷切地问它：“你是怎么学的捷克文？在哪里学的？为什么要学这个呢？”

“我偶然得到了这本书，”鲵鱼回答说，这时把它手里拿着的小册子递给了我，这就是那本《鲵鱼捷克文读本》，书页上到处可以看见说明频繁而勤奋地使用这本书的痕迹。“这本小册子是同一批比较深奥的书一道来的。我本来可以选择《中学高年级几何学》《战术史》《白云石山脉旅行指南》或者《两本位制原则》。但是我选择了这本小册子，它已经成了我最亲密的伴侣。我已经把它背得滚瓜烂熟，但是我在读的时候总能感到新的快乐和益处。”

我的夫人和我对于它那准确的甚至差不多是清清楚楚的发音表示由衷的高兴和赞扬。“唉，这里没有能够和我用捷克语对话的，”我们的新朋友很谦逊地说，“我不能十分肯定‘kuň’这个字的第七格是‘koni’还是‘koňmi’。”

“是‘koňmi’。”我说。

“哦，不是，是‘koni’。”我的夫人活泼地大声说。

“您能不能告诉我，塔楼林立的故乡布拉格有什么新闻？”我们的亲爱的同伴热心地问。

“它越来越大了，我的朋友。”我回答说。它的兴趣使我很高兴，于是我三言两语地向它介绍了我们的金色的首都的发达情况。

“您告诉我的消息多么使人兴奋，”鲵鱼说，这时候它的满意的神情是显而易见的。“它们还把杀了头的捷克贵族的首级悬在（接下页）

(接上页)桥塔上吗?”*

“早就不是那样了。”我对它说(我说的是老实话),它提的问题使我非常吃惊。

“真是太遗憾了,”这位迷人的鲵鱼自言自语,若有所思地说,“这是一个很好的历史纪念物呀,愿亚利米哀歌**感动上帝,在三十年战争***中有那么多美好的纪念物毁于战火!如果我没有弄错的话,当时捷克的大地变成了一片焦土,浸沉在血和泪里。那时候否定的所有格倒没有消逝,这是多么幸运。这本小册子说否定的所有格就要绝迹了。我因此感到非常烦恼,先生。”

“那么,我们的历史使你很入迷啰?”我很高兴地大声问它。

“当然,先生,”鲵鱼回答说,“特别使我入迷的是白山战役和三百年压迫。****在这本书里我读到许多这方面的材料。当然您必然是为你们的三百年奴役感到自豪的。那是一个伟大的时代,先生。”

“是的,一个悲惨的时代,”我肯定说,“一个奴役和忧患的时期。”

“你们在那个时候呻吟吗?”我们的朋友极有兴趣地问。

“是的,我们在残酷的奴役者的桎梏下真是苦不堪言。”

“我很高兴,”鲵鱼如释重负地说,“在我的这本小册子里正是这样说的。我非常高兴这是事实。这是一本非常出色的书,先生,比《中学高年级几何》要好。我希望我能够到捷克贵族被处决的地方和其他表明残酷的不正义的地方去参观一下。”

“你可一定要来看我们呀。”我热心地向它建议。

“感谢您对我的盛情邀请,”鲵鱼欠身说,“可惜,我的身体并不是完全自由的……”

“我们会把你买下来的,”我大声说,“我的意思是说,也许靠举行一次全国性的募捐就能筹集一笔足够的钱使你可以……”

“真是感谢万分,”我的朋友喃喃地说,感情显然很激动,“但是我听说伏尔塔瓦河的河水不太好。因为我们在河水里会感染一种讨厌的痢疾。”然后它沉思了片刻又接着说,“我不愿意离开这个(接下页)

* 在布拉格的卡尔洛夫桥头,老城塔楼上曾悬挂过捷克反对奥地利哈布斯堡王朝的二十七个起义领袖的首级。

** 亚利米哀歌是基督教徒在耶稣受难节唱的圣歌。

*** 一六一八年到一六四八年德国天主教徒与新教徒之间作战,大多数西欧国家都卷入了战争的旋涡,今捷克斯洛伐克亦为当时的战场。

**** 捷克贵族在白山战役失败后(1620年11月8日),三百年中一直丧失着国家的独立。

(接上页)可爱的小花园。”

我的夫人大声叫着说:“啊,我也是一个非常热爱园艺的人!如果你能领着我们看一看这里的花神的子女,我真要非常感激你了!”

“我非常愿意奉陪,仁慈的夫人,”鲵鱼说,这时候它彬彬有礼地欠了欠身,“那就是说,如果你不在乎到我的水下乐园去的话。”

“你说什么? 在水底下?”

“是的,在水下十二米深的地方。”

“你在那里种的是什么花?”

“海白头翁,”我们的朋友说,“有好几种珍贵品种。还有海盘车,海参,还不算一丛丛的珊瑚,就像诗人说的一样,只要能为他的祖国效劳,哪怕栽植一朵玫瑰,一枚嫩枝也是快乐的*。”

说来令人难过,我们必须告别了,因为船已经发出了开船的信号,催人上船了。“我们能为你传些什么话呢,——先生,——先生。”我说,因为我不知道我们亲爱的朋友叫什么名字。

“我的名字是波勒斯拉夫·贾布隆斯基**,”鲵鱼羞答答地说,“我认为这个名字很漂亮。我这个名字是从我的小册子里找到的。”

“你愿意对我们的国家说些什么呢,贾布隆斯基先生?”

鲵鱼沉思了一会儿。最后深为感动地说:“告诉你的同胞们,告诉他们……不要重蹈覆辙,在斯拉夫人之间又闹不和……要怀着感激的心情,怀念利巴尼***,特别是白山。祝福你们,请接受我的敬意。”说到这里,它突然停住了,想抑制住它的感情。

我们乘船离开的时候,心里很感动,我们的朋友站在一块崖石上向我们挥手,看来它似乎在嚷些什么。

“它在嚷什么?”我的夫人问。

“我不知道,”我说,“但是,它好像是说‘代我向市长巴克萨博士****问好。’”——作者注

* 引自捷克古典诗人弗兰吉舍克·拉迪斯拉夫·切拉科夫斯基(1799—1852)的诗《首都玫瑰集》。

** 感伤主义和浪漫主义诗人卡列尔·厄乌坚(1813—1881)的笔名。

*** 布拉格附近的村落,十五世纪初捷克社会革命和民族解放运动中的左翼塔波尔派在其附近的血战中失败。

**** 沙文主义的国社党员,一九一九至一九二七年曾任布拉格市长。

人道的待遇；由于它们的坚持不懈的努力，结果差不多在每一个地方，官员都坚持应该按照适用于其他耕畜的公安条例和兽医规定来对待鲵鱼。同时对活体解剖的人发出很多激烈的抗议书和请愿书，要求禁止用活鲵鱼进行科学试验；在有一些国家，这样一条法律实际上已付诸实施。但是，由于鲵鱼的文化逐渐发展，再把鲵鱼完全放在保护动物的规定下已经越来越使人感到为难；由于某些并不是非常明显的原因，这样做似乎是非常不恰当的。于是在哈德斯菲尔德公爵夫人的赞助下，成立了保护鲵鱼同盟（保护鲵鱼协会）。这个同盟有二十多万会员，主要是在英国，它为鲵鱼做了相当多值得称赞的好事；特别是它通过了一个计划，根据这个计划在海岸上修建了鲵鱼的特别游戏场，在这些游戏场里，鲵鱼能够举行"集会和体育联欢"（这非常可能是指神秘的月光跳舞会），而受不到好奇的观点的扰乱；这个同盟还努力使所有的学校（即使是牛津大学）告诫学生不要向鲵鱼扔石头；它还努力在一定程度上使得鲵鱼学校的蝌蚪不过分劳累；最后，在鲵鱼工作营地和地区的周围围上一道很高的用板子隔成的围墙，保护鲵鱼不受到各种伤害，主要是使得鲵鱼世界同人类世界分开。①

但是，这些私人的值得称赞的改革，很快就证明是不够的，这些人想使鲵鱼同人类社会的关系循着高尚和体面的路线正常化起来。在所谓的生产工作中为鲵鱼找到一个位置是比较容易的。但是看来，要想法使它们适合社会安排，就要复杂和困难得多。毫无疑问，比较保守的人们宣布说，这不牵涉

① 看来，还牵涉到某些道德问题。在博冯德拉先生的剪报中，发现了显然是在全世界的所有报纸上发表的用许多种语言写的一项宣言，宣言是由哈德斯菲尔德公爵夫人签署的。宣言说：**（接下页）**

（接上页）“保护鲵鱼协会特别基于礼仪和良好态度，吁请妇女用你们的双手劳动来支持目的在于为鲵鱼提供适当衣服的运动。最适合的鲵鱼服装是一种长十六英寸，腰围二十四英寸的小裙子，最好有缝在裙子里的暗松紧带。我们推荐一种有皱褶（襞裱）的裙子，这种裙子穿起来合适，行动方便。在热带地区穿上一条小围腰布就够了，只要在腰部系上一条小带子，这种围腰布可以用十分简单的材料做成，甚至用你们一部分旧衣服也可以做。这样你们就为可怜的鲵鱼做了一件好事，从此以后，它们在人的附近工作时就不必不穿衣服赤身裸体了；而那样肯定会伤害它们的羞耻心，并给予每一个正派的人，尤其是每一个妇女和母亲一种不愉快的感觉。”

这一切显然没有取得预期的结果；我们不知道鲵鱼是否同意过穿裙子或围腰布，非常可能在水下这种裙子妨碍行动，或者是穿不住，很容易掉下来。而在用板子或围墙在两边把鲵鱼和人隔开后，当然就不存在任何可以引起羞耻和不愉快的感觉的原因了。

至于所提到的必须保护鲵鱼不受各种伤害的问题，我们主要考虑的是狗从来不同鲵鱼交朋友，即使是在水底下，它们仍然非常疯狂地折磨鲵鱼，而不管在咬了鲵鱼以后，它们嘴里的黏液膜会红肿起来。有时候甚至鲵鱼也会自卫，因此被锹和鹤嘴锄杀死的狗不在少数，总的说来，狗同鲵鱼之间有一种持久的而且差不多是不共戴天的仇恨，而在它们之间设立了一道围墙以后，这种仇恨非但没有减少，而且相反地几乎是更加强烈、更加深刻了。但是，情况就是这样，而且不仅仅是同狗而已。

事实上，那些涂着沥青的围墙，是用来产生教育作用的，它们在许多地方沿着海岸延伸好几百英里；在整个围墙上，贴满了许多给鲵鱼看的大告示和标语，比如：

你们的工作——你们的成就——珍惜每一秒钟，一天只不过是八万六千四百秒！——你们的价值就在于你们所做的工作。——你们能在五十七分钟内，建成一道一米高的堤坝！——这是为一切人服务的劳动。——不劳动者不得食！云云。

我们在知道那些围墙修建在世界上三十多万英里海岸的沿岸的时候，对于围墙上的有启发性的和有价值的标语的数目就能够有一些概念了。——作者注有关的法律和公共问题，鲵鱼不过是它们的老板的财产，老板们为它们负责，鲵鱼有时偶然造成损害也由老板赔偿；尽管鲵鱼具有毫无疑问的智慧，它们不过是一件合法物体、动产或者不动产；这些人说，任何关于鲵鱼的特殊规定都侵犯私有财产的神圣权利。另一方面，他们的反对者表示不同意说，鲵鱼是有智慧的生物，负有很大程度的个人责任，它们能够有意地、并用各种不同的方式触犯现有的法令。怎么能够要鲵鱼的所有者来为他的鲵鱼可能犯的个别罪行负责呢？这种责任无疑会损害雇用鲵鱼来工作的私人企业，据说在海里没有围墙，不能把鲵鱼关起来并且放在眼前监视着。因此，我们必须采取法律步骤来使鲵鱼觉得有责任遵守人类的法律，并且按照将为它们颁布的规定行动。①

① 参看第一件鲵鱼案件，这一案件是在德班审讯的，并且引起了世界各地报纸的连篇累牍的评论（参看博冯德拉先生的剪报）。案由是：A 港的港口当局雇用了一个鲵鱼工作队。过了一些时候，鲵鱼增加得非常多，以致海港里住不下；因此就在附近的海岸沿岸地方建立了几个小蝌蚪的居住区。上述部分海岸的业主声称港口当局应该把鲵鱼从他的私人产业中迁走，因为那里是他的游泳区。港口当局申辩说，这件事不能由他负责，因为一旦鲵鱼占据了原告的地方，它们就成了他的私有财产。当这一案件按通常方式长期进行的时候，鲵鱼没有得到适当的授权和许可就在属于 B 的海岸上着手建筑一道堤坝和一个海港，这部分是出于自然的本能，部分是由于通过教育培养起来的工作热情；B 于是就这一点提起诉讼，要求当局赔偿损失。在下级法院里，B 的起诉被驳回了，理由是堤坝并没有损害，实际上反而改善了 B 的财产。在原告上诉后，法庭判决原告申诉，又说没有人能忍受邻居的牛来糟蹋他的土地，A 港的港口当局有责任赔偿鲵鱼造成的一切损失，就像农民必须赔偿他的牛给邻居造成的损失一样。当然被告不服判决，说他们不能为鲵鱼负责，因为他们不能把鲵鱼关在海里。对这个问题法官判决说，应该像对待母鸡造成的损失那样，来对待鲵鱼造成的损失，由于鸡能够飞，也不能把它关起来的。代表港口当局的辩护律师问道，他的诉（**接下页**）

就目前所知，关于鲵鱼的第一批法律是在法国首先实施的。第一条法律明确规定在一旦动员或战争时，鲵鱼有什么责任；第二条法律（叫作第伐尔法）规定，只准鲵鱼住在沿海岸一带，它们的老板或者有关当局指定的地区；第三条法律宣布说，鲵鱼必须无条件地受一切公安条例的约束。如果它们不这样做，警察官员有权处罚它们，就是把它们关在一个干涸而有亮光的地方，甚至剥夺它们的工作。这时候左翼党派在参议院提出一项动议，主张为鲵鱼制定一项社会准则，在准则中规定它们的责任，并且规定老板对他们所雇用的鲵鱼的义务（比如在春天放假两星期让它们交尾）；与此不同的是，极左派要求把鲵鱼当作工人阶级的敌人全部赶走，鲵鱼在资本主义制度下工作过分卖力气，差不多没有报酬，而由于这种情况，工人阶级的生活水平有遭到打击的危险。为支持这项动议，布雷斯特发生了罢工，巴黎发生了大示威；许多人受了

(接上页)讼委托人应该用什么手段把鲵鱼赶走，或是说服鲵鱼自动离开B的私有海岸呢？法官答道，这与法庭无关。辩护律师于是问道，如果港口当局把很可取的鲵鱼杀了，可尊敬的法官会有什么看法。对于这个问题法官答道，作为一位英国绅士，他认为此举极不适当，而且还侵犯B的猎场权利，因此被告一方面应该把鲵鱼从原告的私人产业中赶走，另一方面应该赔偿堤坝和海岸的变动对原告造成的损失，使那一段海岸恢复原来状态。这时候被告的辩护律师提出问题说，是否能用鲵鱼来进行这项破坏工作，法官回答说，他认为不能这样做，除非原告同意，可是应该知道，原告的夫人已经因为鲵鱼而感到恶心，因而不能在鲵鱼弄脏了的水里游泳了。原告表示不同意说，没有鲵鱼就不能拆除建筑在海底下的堤坝。法官于是宣布说，法庭不愿意也不能够决定技术细节；法庭的存在是为了保护财产权利，不是为说明什么是可能，什么是不可能的。

这场争执就像这样结束了；至于A港口当局怎样摆脱这种困难处境的，那人们就不知道了；但是整个案件能够使人看得很清楚，毕竟有必要用新的法律手段来管理鲵鱼问题。——作者注

伤,第伐尔内阁被迫辞职。在意大利,鲵鱼被交给一个由老板和官员组成的特别鲵鱼劳资协会管理;在荷兰,鲵鱼被交给水利部管理;总之,每一个国家都以不同的、特有的方式来解决鲵鱼问题;但是明确规定鲵鱼的公共责任以及适当地限制鲵鱼的动物自由的正式条文的总数则每个地方都是差不多的。

第一批法律通过后,立刻就有人以法律公道的名义起来声称,如果人类社会强加给鲵鱼某些责任,它也必须给它们某些权利,这也是自然的事。为鲵鱼制定法律的国家,承认它们是事实上的负责而自由的生物,承认它们是合法的臣民,而且,甚至是国家的臣民;在那种情况下就有必要设法决定它们同它们生活地区所属国家的公民关系。当然有必要认为鲵鱼是外国移民;但是如果是这样的话,那么国家就不能想象现在所有文明国家(英国例外)那样,在一旦动员或发生战争时,为它们规定某些义务和责任了。我们当然将要求鲵鱼在一旦发生战争的时候保护我们的海岸,然而如果是这样我们不能剥夺它们的公民权——比如说,投票权、集会权和作为某些公共团体的代表的权利等等。①

① 有些人十分拘泥于从字面上来解释鲵鱼的法律权利的平等,以致要求应该让鲵鱼有在水里和陆地上担任任何公职(这是古多德的意见)的权利;或者要求把它们组成全副武装的海军陆战团,有它们自己的司令官(这是退休的德福将军的意见);或者甚至要求准许人类和鲵鱼通婚(这是辩护律师路易·比洛的意见)。诚然,生物学家反对说,这种婚姻是不可能的,但是比洛先生宣布说,这不是一个生物学的可能性问题,而是一个法律原则的问题,又说,他本人愿意娶一个雌性鲵鱼为妻,来证明上述婚姻改革不仅停留在纸面上(比洛先生后来在离婚法庭上成了一个非常受人欢迎的辩护律师)。

[说到这里可以提一下,特别是在美国,报纸上时常登着这样的新闻,女孩子在游泳的时候受到鲵鱼强奸。于是,在美国更经常(**接下页**)

甚至有人说，鲵鱼应该有某种水底的自治；但是这种概念和其他概念纯粹是理论性的；它们没有产生什么实际的结果，这主要是因为鲵鱼从来没有在任何时间或在任何地方要求过公民权。

同样在没有鲵鱼直接关怀和干预的情况下，进行了另一次大辩论，辩论的是鲵鱼是否能够受洗礼的问题，从一开始天主教会的观点就是认为鲵鱼不可能受洗礼，因为鲵鱼不是亚当的子孙，所以没有原罪，而且洗礼的圣餐也不能使它们洁净。神圣的教会不愿意用任何方法来决定鲵鱼是否永生，或者它们是否也能得到上帝的慈爱和拯救的问题；教会对鲵鱼的祝福只能表示在一个特别祷告里，在某些日期，除了为炼狱

(接上页)发生，把鲵鱼捉住私刑处死，主要是处以火刑这样的事。科学家抗议暴民们采取这种行动，他们指出由于鲵鱼的生理结构，鲵鱼在生理上是不可能犯那种罪行的，但是他们的抗议毫无效果；许多女孩子发誓说，她们受到了鲵鱼的欺负，因此，对于每一个规矩的美国人说来，这个问题的是非就十分明显了。后来禁止公开把鲵鱼烧死，至少是只准许在星期六，并且必须在救火队的监督下进行。在那个时候，反对把鲵鱼私刑处死的运动也发动起来了，领导这个运动的是罗伯特·华盛顿牧师。这个运动得到几十万人的支持，当然，差不多所有这些人毫无例外都是黑人。美国报纸开始说这个运动是具有政治性和颠覆性的，因此，爆发了对于黑人居住区的攻击，许多黑人因为在教堂里为他们的鲵鱼兄弟祷告而活活被烧死。在烧掉戈登维尔(路易斯安那)一个教堂的时候，全镇都起了火，这时候对黑人的愤怒达到了顶点，但是这次事件同鲵鱼的历史只有间接的关系。]

从真正给予鲵鱼的公民规定和权利中，让我们至少举出一些例子：每一条鲵鱼必须在鲵鱼登记处登记，并且在它的工作地点登记；它必须有一张正式居住证；它必须缴纳人头税，这种税由它们的主人支付并且从它们的口粮中扣除(因为，鲵鱼没有货币工资)；同样它必须为居住的海岸付租金，付市政费，付建立围墙的费用，学费以及其他公共负担；我们真不得不承认这是事实：在这些方面它们同其他臣民得到的待遇是同样的，因此它们到底算享受了某种平等。——作者注

中的灵魂祷告和为不信教的人代祷以外，还做这种祷告①。在新教教会看来，这个问题就不是这么简单了；诚然，他们承认鲵鱼具有理智，因此有能力领悟基督教的教义，但是他们对于使它们成为教友，因此也就是成为基督的兄弟这件事，表现得迟疑。因此，他们只是用防水纸印行了供鲵鱼读的圣经（简化本），他们发行了好几百万册；他们还讨论了是否应该为鲵鱼编辑一本基本基督教义（同基本英语类似），这是一种基本的和简化的基督教义；但在那一方面的努力引起了许多神学上的纠纷，以至最后只好作罢②。有些教派没有这么多的顾虑（特别是美国的教派），他们派了传教士到鲵鱼中间去向它们传布福音，而且按照圣经上的话"你们往普天下去传福音给万民听"使它们受洗。但是只有很少数的传教士能通过把鲵鱼和人类隔开的围墙；老板们千方百计阻挠传教士接近鲵鱼，这样使他们不至于不必要地妨碍鲵鱼的工作。因此，人们到处可以看到一个传教士站在涂上杂酚油的围墙附近，周围围了一群狗，向着围墙那边的敌人狂吠，传教士热心地但是徒劳地在传播上帝的福音。

据现在所知道的，信仰一元论的鲵鱼比较多；有些鲵鱼还相信唯物主义、金本位和其他科学理论。有一位叫作格尔格·西昆兹的名声很大的哲学家甚至还为鲵鱼创立了一种特别的宗教制度，在这种制度里，主要而且是最高的一条，是信仰大鲵鱼。的确，这种理论丝毫没有在鲵鱼中间扎根，但是相反地，它在人类中间却找到了许多信徒，特别是在大城市，在

① 参看教皇通谕《上帝的奇迹》。——作者注

② 关于这个问题，曾发表大批文章，即使是它的书目也会有厚厚的两大册。——作者注

那些地方，在差不多一夜之间就出现许多膜拜鲵鱼的秘密殿堂①。随着时间的逝去，鲵鱼本身大多数接受了另一种信仰，人们甚至不知道这种信仰是怎么碰巧会吸引住它们的，这就是对莫洛克神的崇拜。它们把它描绘成一条人头大鲵鱼；据说，它们在海底下有用铁铸成的大偶像，这种偶像是阿姆斯特朗厂或克虏伯厂②替它们做的，但是关于它们的神秘仪式的进一步细节，因为仪式是在水底下进行的，所以从来没有叫外

① 在博冯德拉先生收藏的文献中，发现了一本充满了色情的小册子，他们说，这是根据B城的警察报告翻印的。这本"只准在内部传阅，供科学研究之用"的书的内容，不能在一本正派的书中引用。我们只引用少数细节：

坐落在某街某号的膜拜鲵鱼的殿堂，中间有一座大水池，四周镶着深红色的大理石，池水里放了香精，香气四溢，水很温暖，水底下有不断改变的有色灯光照明；除此以外，殿堂漆黑。在新祈祷的歌声中，鲵鱼膜拜者走下大理石台阶，走进彩虹般的水池，他们一丝不挂，男人在一边，女人在另一边，其中大多数人来自上层社会，我们可以特别提到M男爵夫人、S电影明星、D大使，还有许多其他名流。突然，一道蓝色反射光照亮了从水中浮出来的一个巨大的圆大理石，上面躺着一条躯体庞大的老黑鲵鱼，吃力地喘着气，它叫作鲵鱼大师。沉默了一会儿之后，大师开始说话了，它劝信徒尽情参加就要开始的鲵鱼舞仪式，并且向大鲵鱼致敬。说完话，它站起来开始扭动它的上身。这时候，站在水里的、水没到颈子的男信徒也拼命摇摆起来，而且始终是越来越快，如他们所说的，像这样就可以创造性环境。同时，雌鲵鱼发出尖声的"吱、吱、吱"和嘎声的尖叫。接着水底下的灯一盏接着一盏地熄灭了，放荡的狂叫就此开始。

真的，我们不能担保说这段描写是真实的，但是在欧洲所有的较大的城市确实有这样的情况：警察一方面严密注意这些鲵鱼团体，另一方面，忙于封锁与这些团体有关的骇人听闻的社会丑闻。我们推想，对大鲵鱼崇拜的分布地区的确是异常广阔的，但是其中大多数在实践的时候不那么带有神话般的绚丽色彩，是在较低级的社会阶层，甚至是在陆地上进行的。——作者注

② 威廉·乔治·阿姆斯特朗男爵(1810—1900)，英国人，一八五五年发明阿姆斯特朗大炮。克虏伯家族自佛雷德烈克·克虏伯(1787—1826)在埃森建立钢铁厂起，就是德国钢铁业垄断资本巨头。

人知道，据说这种仪式既神秘又特别野蛮。看来，这种信仰所以为它们喜欢是因为莫洛克这个名字使它们想起鲵鱼的科学名称 Moloche 或者德文名称 Molch。

* * *

从前几段很明显地可以看出，最初以及后来很长一个时期，看待鲵鱼问题的角度是：鲵鱼作为有理智而且相当文明的生物，是否能够享受和在什么程度上能够享受人类的权利，即使只是在人类社会和人类秩序的边缘；换句话说，这是个别国家的内部问题，是在民法范围内可以解决的。在好些年内，任何人都从来没有想到，鲵鱼问题可能具有影响深远的国际意义，而且也许有必要在和鲵鱼打交道的时候不仅把它当作智慧的生物，还把它当作鲵鱼社会或鲵鱼民族。事实上，在鲵鱼问题的这种概念方面，采取第一步的是那些相当古怪的基督教派，它们试图按照使徒的话“你们往普天下去传福音给万民听”，使鲵鱼受洗，这件事首次表示了鲵鱼有些像一个民族的思想。①

① 上述的鲵鱼天主教祷告文也称它们是上帝所创造的鲵鱼族。在博冯德拉先生的收藏中，我们只发现少数这样的宣言，很有可能博冯德拉太太把其余的宣言不知道在什么时候烧掉了。从留下的材料中，我们至少可以列出一些题目：

鲵鱼，把你们的武器扔掉！（一个非战主义者的宣言）
鲵鱼，把犹太人赶走！（一本德文小册子）
鲵鱼同志们！（巴枯宁无政府主义者集团的宣言）
鲵鱼兄弟们！（海洋童子军的一项公开呼吁）
鲵鱼朋友们！（水族俱乐部和水产动物饲养者协会的公开宣言）
鲵鱼朋友们！（道德重整协会的呼吁）
鲵鱼公民们！（第厄普市政改革协会的呼吁）
鲵鱼同胞，参加我们的队伍！（老水手仁济会）
鲵鱼同好们！（埃吉尔游泳俱乐部）

——作者注

这时候，日内瓦国际劳工局对鲵鱼问题也开始感兴趣了。在那里有两种不同的互相矛盾的意见：一种意见承认鲵鱼是一个新的工人阶级，力图保证一切社会法律适用于它们，如工作日、有工资的休假日、健康保险、老年退休金等等；另一种相反的意见，认为鲵鱼是对劳动人民危险的、越来越大的威胁，认为应该干脆禁止鲵鱼劳动，理由是这种劳动是反社会的。对于这一论点，不仅资方提出反对意见，工人代表也指出鲵鱼不仅是一种新的劳动力，也是越来越重要的大消费者。如他们所能指出的，近来金属工业（鲵鱼用的工具、机器和金属偶像）、军火工厂、化学药品（水下炸药）、造纸（鲵鱼用的教科书）、水泥、木材、人造食物（鲵鱼食物）以及许多其他方面的就业人数空前增加了。同鲵鱼以前的时代相比，船的吨位增加了百分之二十七，煤产量增加了百分之十八点六。就业人数的增加和生活水平的提高间接有利于其他工业部门。最后有一个新发展就是，鲵鱼开始按照它们自己的规格订购各种机器零件了；它们把这些零件在水下装配起来，制成自动钻床、水下电动机、印刷机、水下发报机和其他它们自己设计的机器。它们为这些零件付出了额外的劳动，全世界重工业的总产量和精密工作母机的总产量中供应鲵鱼需要的，已经占了五分之一。如果取缔了鲵鱼，所有工厂中的五分之一就必须关门；因此，普遍的繁荣将停止，而将有几百万人失业。国际劳工局当然不能忽视那些反对意见，经过长期谈判后，采取了折中办法，根据这项办法，“上述属于A组（两栖类）的雇员只能用于水底或水中进行工作，如果在岸上工作，只能在离开最高水位测标十米的范围内；它们不得在海底开采煤炭和石油；不得用海草制造纸、纺织品或人造皮革供陆上使用”等等。这些限制鲵鱼活动的规定包括在一个共有十九条的法典里，关于这个法典我们没有详细列举内容，这主要是因为事实上没有人尊重过这个法典，但是作为鲵鱼问题的解决办法，上述以处理劳资纠纷问题和社会问题的广阔而真正的国际方针为基础的法典是一种值得称赞的动人的努力。

在文化关系方面，鲵鱼在国际上受到的重视比较慢一些。当科学报纸上以约翰·西曼的名义发表了《巴哈马群岛附近海底的地质构成》的论文后，当然没有人知道这是一位学识渊博的鲵鱼的技术成就；但是当科学代表大会上，或者各种学术团体和科学团体的会议录上发表了鲵鱼在海洋学、地理学、水生物学、高等数学和其他精密科学方面的研究报告和特别研究论文时，人们感到很难堪，而且甚至感到愤慨。伟大的马特耳博士所说的话就反映了这种情绪，他说："这些恶鱼倒教训起我们来了。"日本科学家小野下博士由于胆敢引证鲵鱼的一篇报告（这是研究一种深海小鱼长棘鲷的蝌蚪蛋黄囊的发展的文章）而遭到同行的排斥，结果剖腹自杀；对大学科学说来，在科学上鄙视鲵鱼的著作是荣誉和阶级自尊心的问题。尼斯中央大学①邀请了多伦海港的学识渊博的鲵鱼沙尔·

① 在博冯德拉先生的收藏中，我们发现了一篇关于这次代表大会的通俗的、但相当肤浅的描写；不过很可惜，文章只剩了一半，另一半弄丢了。

五月六日写于尼斯在英吉利大道的地中海研究学会的精致优美的大厦里，今天非常热闹，两位警官为来宾们辟出了走道，来宾们走过红地毯；走进一个舒适的、十分凉爽的圆形剧场。我们看到面带微笑的尼斯市市长、头戴大礼帽的警察厅长、一位身穿天蓝色制服的将军、佩戴红色荣誉勋章的绅士们、老太太们（今年时兴的颜色是焦土色）、海军少将们、新闻界首脑、教授们和各国的贵族气派的老人，在蔚蓝色海岸，这种人总是很多的。突然，发生一件小事故，在达官显贵人丛中，一个奇形怪状的、怕难为情的小家伙想乘人不注意偷偷溜进来，它从(**接下页**)

(接上页)头到脚裹着一种黑色的披肩,或是说带头巾的外衣,眼睛上戴着一副大黑眼镜,它匆匆忙忙、慌慌张张地跑到大门口。“喂,你怎么回事?”一个宪兵大叫道,“你在这儿干什么?”但是这时候大学校的要人们走到了这位吓坏了的来宾面前,只听这里叫一声“亲爱的博士”,那里嚷一声“亲爱的博士”,喊个不停。原来这就是沙尔·麦西埃博士,那个有学问的鲵鱼,今天它要在蔚蓝色海岸的名流面前发表演说。现在,赶快进去,到充满节日气氛、很热闹的礼堂里找一个小座位吧!

台上坐着市长先生、大诗人保尔·马洛里先生、国际知识合作学会代表玛丽亚·迪密米奥夫人、地中海研究学会会长和其他官方人士,台旁边是讲台,讲台后面——一点不错,真是一个洋铁澡盆。就像我们洗澡间里的那种普通澡盆一样。两个助手领着一个怕难为情的家伙上了台,它的头上缠着一个长头罩。这时候响起了一阵相当矜持的掌声。沙尔·麦西埃博士十分难为情地鞠了一躬,四周看看想找一个座位,样子显得局促不安。“在这儿,先生,”一个助手用手指着洋铁澡盆悄悄说,“这是给您预备的。”麦西埃先生显然觉得不好意思,它不知道怎样逃避大家的眼光才好,它想在进澡盆的时候尽量做到不惹人注目,但是它的长披肩把他缠住了,扑通一声跌进了澡盆里。台上的先生们溅了一身水,当然他们个个都装出一副没事的样子。听众中有人神经质地吃吃地笑个不停,但是前排的先生们回过头去嘘了几声表示责备!这时候,市长兼议员先生已经站起来说话了。他说:“诸位女士,诸位先生,我很荣幸能够欢迎我们的近邻,深海居民的可尊敬的代表沙尔·麦西埃博士到这个美丽的尼斯城的土地上来(麦西埃博士从水里探出半个身子来深深地鞠了一躬)。海洋和土地在知识合作方面携起手来,这在文明的历史上还是第一次。在今天以前,精神生活受到一道不可逾越的鸿沟的限制,那就是海洋。我们能在每一个方向乘着船越过海洋,破浪前进,但是,诸位女士,诸位先生,文明不能透到水面底下去。人类居住的一小块陆地一直到最近还被没有开发的、凶恶的海洋包围着。这是多么灿烂的框架,但是这也是永远无法越过的鸿沟,一边是越来越发达的文明,一边是永恒的、不可改变的自然。这种疆界,诸位女士,诸位先生,现在不存在了。(鼓掌)对我们——这个伟大纪元的儿女说来,能亲眼看到我们的精神祖国的成长情况,看到它如何踏过自己的海岸,下降到波浪底下,征服了海底,在有古老文明的土地以外又增加了一个现代化、文明的海洋,这真是无比幸福的事。这是多么令人惊叹的景象啊!(掌声)诸位女士,诸位先生,我们今天很荣幸,能够欢迎(接下页)

(**接上页**)海洋文化的卓越代表前来参加我们的大会,在海洋文化诞生以前,我们的地球并不是一个真正的、完全文明的行星。"(热烈鼓掌。麦西埃博士从澡盆里站起来,鞠躬致谢。)

"尊敬的博士,伟大的科学家,"市长兼议员先生转向麦西埃先生,它正感动得倚在澡盆边上抽动它的鳃,"你在回到海底的时候,将带去我们对你们的同胞和朋友的祝贺、赞扬和最热烈的同情。告诉它们,在欢迎你——我们的海洋的邻居的时候,我们把你当作是进步、文化的先锋,这个先锋将逐步开拓无限广阔的海洋地区,将在海底创造一个新的精神世界。我已经能够看见海洋底下崛起了一个新的雅典,一个新的罗马。我能够看见一个新的巴黎在那里繁荣起来,有水下的卢佛尔博物馆和巴黎大学,有水下的凯旋门和无名英雄墓,有剧院和林荫大道;如果你允许我表示我的最隐秘的想法的话,我愿意说:紧靠着我们亲爱的尼斯,我希望在地中海的蓝色波浪的深处,你们的新的、光辉的尼斯将成长起来,它自己的优美的海下林荫大道、公园和散步场将环绕着我们的蔚蓝色海岸。我们希望了解你,我们也希望你了解我们,我个人深信我们今天这样愉快地开始的更密切的科学和社会交往,将使我们的国家在文化和政治上更密切地合作,以有利于全人类,有利于世界和平、繁荣和进步。"(长时间的鼓掌)

这时候沙尔·麦西埃博士站了起来,它打算用几句话表达它对尼斯市市长兼议员的谢意;但是一部分是由于它太激动了,一部分是由于它的发音多少有些古怪,在它说的话里我只能听懂几句说得很犹豫的短句,如果我没有听错的话,这些短句是:"非常荣幸""文化关系"和"维克多·雨果"。说完以后,显然由于怯场,它又藏到澡盆里去了。

保罗·马洛里起立发言;他说的话不是一篇演说,而是一首含有深奥的哲学光辉的赞歌。他说:"我感谢命运,因为命运使我有幸躬逢全人类最美丽的传奇的实现和应验;这是一种奇怪的实现和应验,我们惊奇地看到的不是神秘的淹没了的大西岛,而是从海洋深处升起的一个新大西岛。亲爱的同事,麦西埃博士,你是一位空间几何学的诗人,你的博学的朋友是从海中出现的一个新世界的第一批使者,不是从海水泡沫里跳出来的阿弗洛代特,而是诞生在海里的帕拉斯。但是古怪得多而且神秘无比的是,除此以外,还……"(下缺)——作者注麦西埃博士参加了一次会议;这一行动引起了更大的不安(更不要说非议了),麦西埃博士极为成功地就新阿基米德空间的锥线理论作了阐述。迪密米奥夫人也以日内瓦各团体的代表身份参加了这次会议;这位出众而大方的女士深为麦西埃博士的谦逊和博学多才所感动(有人说她用的词是"小可怜,真难看!"),以致她保证要鞠躬尽瘁地使鲵鱼被接纳为国际联盟的成员。政治家们向这位能言善辩、精力过人的女士解释说,鲵鱼在世界上没有自己的主权,也没有自己的国家领土,因此不能被接纳为国际联盟成员,但是这种解释没有发生效力。迪密米奥夫人开始宣传,应该在某个地方给予它们自由领土,建立它们的海下国家。当然,这种想法即使没有真正遭到反对,也是相当不受欢迎的;但是最后获得了皆大欢喜的解决办法,就是国际联盟成立一个研究鲵鱼问题特别委员会,并且邀请两名鲵鱼代表参加;根据迪密米奥夫人的建议,第一名代表是多伦的沙尔·麦西埃博士,第二名代表是来自古巴的肥胖而博学的鲵鱼唐·玛利奥,它是进行浮游生物和深海生活的科学研究的。由于这方面的成就,在国际上,鲵鱼暂时取得了对它们的存在的最大承认。①

① 在博冯德拉先生的文件中,发现一张从报纸上剪下来的有点模糊的照片,照的是两位鲵鱼代表正从日内瓦湖爬上阶梯,到勃朗峰码头参加委员会会议。看起来,它们要正式在莱曼湖下榻了。

关于研究鲵鱼问题委员会,大体说来,它取得了伟大而值得称赞的成就,这是因为它谨慎地避免了一切微妙的政治和经济问题。它有许多年一直没有休会,在举行的十三次以上的会议上,讨论了鲵鱼专门用语的国际法典编纂事宜。事实上在这方面普遍存在着极大的混乱;除了科学名词:鲵鱼、蝾螈、无尾两栖类等(这是人们开始认为是相当不客气的名称)以外,还提出了许许多多其他名称;鲵鱼应被称为蝾螈、海神鱼、沙蚕、大西岛鱼、大洋洲鱼、海神鲵、狐猿、深海鱼、沿海鱼、深水鲵、深海鲵、海洋鱼、海下鱼等等;研究鲵鱼问题委员会应从所有这些名称中选择最适当的名称,它热心而勤奋地把这项工作一直进行到鲵鱼时代结束;它当然没有得出任何最终和一致的结论来。——作者注我们这就看到鲵鱼是在欣欣向荣。据估计,它的数目已经达到了七十亿。虽然在生活水平提高后,它们的出生率正在猛降(下降到每头雌鲵鱼每年生产二十到三十条蝌蚪)。它们已经占有了全世界所有的海岸的百分之六十以上;北冰洋还没有鲵鱼,但是加拿大鲵鱼已经开始开拓格陵兰的海岸,它们在那里甚至把爱斯基摩人驱逐到内地去,把渔业和石油贸易接管过来。它们的文明也同它们的物质改善并驾齐驱,继续发展;它们实施义务教育;因而成为有文化国家行列中的一员,它们能够以发行额达百万份的、自办的几百家海底报纸,以及建筑奇妙的科学院等自豪。可以理解,这种文化进展并不是在所有时候都是顺利的,没有内部阻力的,当然,对于鲵鱼的内部事务,我们知道得特别少,但是从一些迹象(比如发现过脑袋和鼻子都被咬掉了的鲵鱼尸体)看来,好像老鲵鱼和青年鲵鱼在海底下进行着长期的激烈的论战①。青年鲵鱼显然拥护没有任何保留和限制的进步,并且宣称,它们在水下应该吸收一切各种各样的陆上文化,甚至连足球、法西斯主义和性欲也不例外;另一方面,看来老鲵鱼保守地恪守自然的鲵鱼性,不愿意放弃动物的、优良的老习惯和本能,毫无疑问,它们不赞成追求新奇的狂热,并且认为这是堕落和背弃祖传下来的鲵鱼理想的迹象,它们肯定也不满意它们那个时代的误入歧途的青年盲目接受的外来影响,它们问,像这样效颦人

① 影射十九世纪末和二十世纪初捷克资产阶级保守党和自由党之间的斗争,即捷克元老派与少壮派之间的斗争。前者在文化政策方面主张孤立政策,害怕来自“腐朽的”西方的革命思想渗入,后者则盲目地竭力仿效较发达的资本主义国家文明。

类难道是一个骄傲、自尊的鲵鱼该做的事情吗?[1] 我们能够设想正在制造出一些口号,如回到中新世!取消一切能使我们变成人的东西!为纯鲵鱼性而斗争等等。毫无疑问,让青年一代和老年一代发生激烈冲突以及在鲵鱼的进展中发生深刻的精神革命的一切条件都是具备的;我们很抱歉不能提供进一步的细节,但是让我们希望鲵鱼在冲突中尽力取得最大的成就。

现在我们能够看到鲵鱼正处在达到最高发展的过程中;但是人类世界也正处在空前繁荣的状态。在大陆上,人们热心地建立新的海岸,在古老的沙洲上建立了新的土地,海洋中间建立了人造飞机场,但是同彻底改造我们的地球的庞大的工程计划比较起来,所有这些都是微不足道的,这些计划只等有人出钱就能动手了。鲵鱼毫不间歇地在所有海洋里,并且在天黑的时候在所有大陆的海岸上工作;看来它们已经心满意足,只需要找些事情使它们不闲着,有地方让它们钻洞,进入海岸或小通道去居住就行了。在二十到五十码深处的海底,它们有它们自己的海下和地下城市,有它们的深海大都市,它们的埃森和伯明翰[2];它们有自己的人口拥挤的工业区、海港、交通线和它们的庞大的聚居区;总之,它们有不大被

① 博冯德拉先生的收藏中还有很受欢迎的捷克日报《民族政治》上刊载的两三篇文章,这是几篇关于现代青年的文章,他之所以把这些文章归于这一个鲵鱼文明新时期大概是出于偶然。——作者注

② 埃森为德国城市,伯明翰为英国城市,均以产钢著称。

人们知道①、但是在技术上高度发展的世界。的确，它们没有自己的鼓风炉和熔炉，但是人类供给它们金属来换取它们的劳动力。它们自己没有炸药，但是人类不断供应它们。它们的功率来源是海洋的高低潮、它的海底和温差；的确，透平机是人类供给它们的，但是它们能够操纵透平机。文明的内容无非是使用别人发明的东西的能力，除此以外，还有什么呢？即使说鲵鱼没有自己的真正思想，它们也很可以有它们自己的科学。毫无疑问，它们是不懂得音乐的，它们也没有自己的文学，但是它们没有这些东西，还是过得挺好。人们开始从鲵鱼那里知道，那里的现代化是多么出奇。考虑到这一点，人类就已经能够从鲵鱼学习到许多东西，而这是不足为奇的：难道鲵鱼不是极为成功的吗？人们不去效法成功的事情还效法什么呢？在人类历史上，从来没有像这个伟大的纪元一样，生产、建筑和支付过那么多东西。毫无疑问，鲵鱼到来以后，世界上降临了巨大的繁荣和叫作“量”的理想。人们总是怀着有理的自豪感说：“我们鲵鱼时代的人们。”那么陈旧的人类

① 德杰维斯的一位先生告诉博冯德拉先生说，有一次，他在卡特维克杰安姆齐沙滩的海边游泳。他游出了海很远，这时候，游泳管理员嚷着要他回来。这位先生（一位叫普里霍达先生的代办商）不理会他，并且游出去更远了。这时候，游泳管理员跳上了一只船，追着他划过来，并且叫道：“喂，先生，你千万不要在这里游泳。”

“为什么不可以呢？”普里霍达先生问。

“这里有鲵鱼。”

“我不怕鲵鱼。”普里霍达先生怏怏不快地说。

“它们在水下面有一些工厂之类的东西，”游泳管理员叽叽咕咕说，“没有人到这儿来游泳。”

“为什么不呢？”

“鲵鱼不喜欢。”

——作者注

时代会有什么成就呢？它的那些叫作文化、艺术、纯科学等的缓慢、雕琢和没有用的瞎忙又会有什么成就呢？鲵鱼时代的真正有自尊心的人将不再浪费时间考虑事物的本质，他们将只关怀它们的量和大规模生产。世界的整个前途在于不断增加产量和消费，因此必须有更多的鲵鱼来进行更多的生产和消费。鲵鱼干脆就是“量”，它们的伟大成就在于它们的数量非常多。人类的工业从未能够达到充分开工率，而它现在是大规模生产，它们的开工率达到最大限度，营业额达到空前纪录；总之，这是一个光辉的时代！那么，还需要什么才能实现快乐的新时代，造成普遍的满足和繁荣呢？是什么东西阻碍着众所渴望的乌托邦诞生呢？在这个乌托邦里，已经实现的一切技术成就和光辉的可能性打开了所能想到的、越来越光明的人类繁荣和鲵鱼工业的道路。

当然，确实是毫无阻碍的，因为现在与鲵鱼的商业交往也将具有政治家的先见，它将采取步骤来保证新时代的机构不致彻底崩溃。在伦敦，一批沿海国家举行集会来拟定和批准国际鲵鱼公约。缔约国彼此保证不派遣自己的鲵鱼进入其他国家的领海；保证不允许自己的鲵鱼以任何方式侵犯其他国家的领土主权或众所公认的势力范围，保证绝不干预其他航海国家的鲵鱼事务；保证一旦在自己的鲵鱼与属于一个外国的鲵鱼发生争执时，它们将把争执提交海牙法庭仲裁；保证它们不用比对付鲨鱼的标准水中手枪（所谓鲨弗拉内克枪或者鲨鱼枪）的口径更大的任何武器武装它们的鲵鱼；保证不允许它们自己的鲵鱼与其他国家的鲵鱼发生任何种类的密切关系；并且保证如果事先不得到日内瓦的常设航海委员会的批准，绝不借助鲵鱼修建新的大陆或者扩大它们自己的领土，等等（总共有三十七款）。相反地，英国提出的沿海国家保证不让它们的鲵鱼接受强迫军训的建议遭到了否决，此外遭到否决的还有：法国提出的建议，就是把鲵鱼国际化，交由国际鲵鱼海水调节局管辖；德国提出的建议，就是在每一条鲵鱼身上做上它所属于的国家的标记；德国的另一个建议，每一个航海国家只应该有一定比例的、固定数目的鲵鱼；意大利的建议，应该拨给有剩余鲵鱼的国家进行殖民的新海岸或者海底地区；还有日本的建议，就是应该准许代表有色人种的日本对鲵鱼（天然是黑色）进行国际托管①。这些建议中大部分被交回沿海国家下次会议处理，但是由于各种原因，这次会议始终没有举行。

"根据这个国际协定，"儒尔·索尔斯托夫②先生在《时代报》上写道："鲵鱼的前途和人类的和平发展，在今后有了长期的保障。我们祝贺伦敦会议的坚持不懈的努力所取得的成就；我们还向鲵鱼祝贺，因为根据大家协议的章程，它们被置于海牙国际法庭的保护下；现在它们能够怀着平安与自信的心情献身于它们的工作和海下的发展了。应该特别指出，使鲵鱼问题不再成为在政治上引起争执的问题是伦敦会议取得的成就，是世界和平的最重要的保障之一，特别是把鲵鱼解除武装以后减少了各国在海下发生纠纷的可能性。事实是即使在差不多所有大陆上仍然继续存在关于边界和威信的数不清的争执，至少消除了来自海洋的威胁世界和平的实际危险。

① 提出这个建议的同时，显然还进行了一种政治性的巨大宣传运动，由于博冯德拉的收藏者的热情，我们手头拥有这方面的丰富的资料。——作者注

② 巴黎许多报纸的对外政策栏目编辑。

但是,即使在陆地上,和平也好像有了空前可靠的保障;沿海国家把全部精力放在建筑新的海岸上,它们能够向海洋扩大它们的领土,而不去设法在陆地上移动它们的边界。人们没有必要再用汽油和钢铁进行战争,夺取每一英寸的地盘;每一个国家单单依靠鲵鱼的简单的铁锹和铲子就足以随心所欲地开拓领土了;而这种为世界各国的和平和繁荣进行的平静的鲵鱼劳动正是伦敦会议所取得的成就。世界从来没有像现在这样接近永久和平,接近平静的、但是光荣的繁荣。关于鲵鱼问题已经说了很多,也写了很多,现在我们可以不谈这个问题,而很恰当地谈一谈鲵鱼黄金时代了。"

第三章　博冯德拉先生又读报了

时间的消逝,在小孩身上看得最清楚。不是就在不久以前吗,我们还谈到望着多瑙河左岸的支流沉思的小弗朗切克,他到哪儿去了呢?

“弗朗切克那个小子又到哪儿去了?”博冯德拉先生打开晚报,满腹牢骚地说。

“那还用问,还不是老样子。”博冯德拉太太说,一面低着头,缝她的活。

“那就是说,他又去搞对象去啰,”博冯德拉老爹一肚子不高兴地说,“该死的流氓!他三十岁还不到就每天晚上都不在家里待着了。”

“瞧,他穿坏了多少双短袜呀。”博冯德拉太太叹一口气说。这时候,她把另外一只破得很大、没法再补的袜子套在木袜板上。“破成这个样子叫我怎么补呢?”她望着脚跟上一个像锡兰岛地形的大窟窿,想出了神。“最好扔了算了。”她想,但是经过长时间的“战略”考虑之后,她坚决把针扎进锡兰的南海岸。

接着老两口一声不响地待了一会儿,气氛显得那样肃穆可敬,这是博冯德拉老爹最喜欢的时刻;只听见报纸的沙沙声,应和着针线很快穿过袜子的声音。

“他们把他抓住了吗?”博冯德拉太太问。

“谁呀?”

“当然我是说杀死那个女人的凶手。”

“我倒不为你那位凶手操心。”博冯德拉先生带着几分厌恶的神情,牢骚满腹地说,“我在报纸上,刚看到日本和中国之间关系紧张的消息。这是一个严重问题。在那里,这总是一个严重的问题。”

“我想他们不会抓住他的。”博冯德拉太太发表意见说。

“谁呀?”

“那个凶手。如果一个男人杀死了一个女人,人们很难抓到他的。”

“日本不喜欢看到中国治服黄河,你知道吧,这就叫作政治。只要黄河继续为害,那么中国就时常会有水灾和饥荒,你知道,这就是使中国人衰弱的原因。把那把剪刀递给我,孩子他妈,我要把这段消息剪下来。”

“为什么?”

“因为消息说在那条黄河上有两百万鲵鱼在工作。”

“这可不少,对吗?”

“我看是这样。但是,我确实相信鲵鱼的工钱是美国人付的,亲爱的。这样日本天皇就希望在那里有他自己的鲵鱼。啊,快来看这条消息!”

“你瞧见什么啦?”

“《小巴黎人》说法国不会容忍这件事。这话不假。要是我,我也不会容忍的。”

“你不会容忍什么呀?”

“不会容忍意大利扩大兰佩杜萨岛。这是一个非常重要的战略据点,你知道吗?意大利人能够从兰佩杜萨威胁突尼斯。《小巴黎人》说,意大利人颇有意在兰佩杜萨建立一个完备的海军基地。他们说他们有六万武装的鲵鱼,这是一个严重的问题。六万——就是说有三个师,孩子他妈。我告诉你,地中海就要出事了。让我保存这些消息;我要把这段消息剪下来。”

这时候,在博冯德拉太太的勤劳的双手下,短袜上的锡兰岛眼看就要消逝,现在窟窿已经缩小到大约罗得岛的大小了。

“英国也是这样,”博冯德拉老爹自言自语说,“它正遭到麻烦。有人一直在下议院说,英国在它的水中的建设方面落在其他国家的后面。他们说其他殖民国家正在拼命建筑新海岸和大陆,而英国政府由于保守,不信任鲵鱼……那是真的,孩子他妈,英国人保守极了,我认识一个英国公使馆的管事,任你说破了天,他也不愿意尝尝捷克的香肠。他说,我们国里的人不吃这种玩意,所以他也不愿意吃。那就难怪他们不能战胜其他国家了。”博冯德拉先生严肃地摇摇头。“法国正在加莱扩大他们的海岸。现在报纸又在大闹说,在英吉利海峡比较狭窄以后,法国就能够把枪弹打过海峡了。结果就是这样。他们能够扩大他们自己的多佛海岸,而对法国开火。”

“那么,他们为什么要开火呢?”博冯德拉太太问。

“你是不懂得的,这是军事问题。如果有一天那里闹出事情来,我不会奇怪。在那里或者别的地方准会出事,这是合乎道理的。由于有了那些鲵鱼,现在的世界全变了样,孩子他妈。全变了样。”

“你想会发生战争吗?”博冯德拉太太担心地问,“你知道,要是发生战争,我们的弗朗切克就必须去打仗。”

“战争?”博冯德拉老爹重复了一遍,“要是发生战争,那一定是一场世界大战,各国就会瓜分海洋。但是,我们会中立,因为毕竟必须有人守中立来供给其他国家武器和诸如此类的东西。事情就是这样,”博冯德拉先生肯定地说,“但是,你们妇道人家不懂得这些事情。”

博冯德拉太太气得把嘴唇咬得紧紧的,她快针快线地赶紧从弗朗切克少爷的短袜上消灭了锡兰岛。

“我一想起来,”博冯德拉老爹接着说,显出难以抑制的自豪感,“我就感到要是没有我,就不会发生这种险恶的局势,如果我没有把那位船长引去见邦迪先生,那么全世界的历史就会是另一个局面。要是别的门房,甚至不会让他进去,但是,我自言自语说,‘我要冒一下险。’而现在看吧,像英国或法国这样的国家出了多大的乱子!我们还不知道将来有一天会有什么结果。”博冯德拉先生激动地抽着烟,“事情就是这样,亲爱的,报纸上满篇都是关于那些鲵鱼的消息。瞧,这里又是一条新闻,”博冯德拉老爹放下他的烟斗,“消息说,在锡兰的坎克桑图赖城附近,鲵鱼袭击了一个村庄;他们说在这件事发生以前,当地人杀害了几条鲵鱼。人们招来了警察,一队当地士兵……”博冯德拉先生大声念道,“从此以后,鲵鱼和人类就经常发生冲突,有几名士兵受伤……”博冯德拉老爹放下报纸,“我不喜欢那个样子,孩子他妈。”

“为什么?”博冯德拉太太还不明白,她用剪刀把袜子上原来是锡兰岛的地方小心地但很满意地轻轻敲着,“不过这件事也没有什么呀!”

“我不知道,”博冯德拉老爹忽然发起火来,激动地在房间里踱来踱去,“但是,我就是不喜欢。不,我不喜欢这件事的样子。人同鲵鱼打了起来，这不像话，不应该发生这种事。”

“也许这些鲵鱼只不过是自卫。”博冯德拉太太宽慰他说，并且把补好的袜子收拾起来。

“正是这样，”博冯德拉先生嘟嘟哝哝说，一副十分烦恼的样子，“这些畜生一开始保卫自己，那么事就不妙了。它们是第一次这样做……我的上帝，我不喜欢这种样子。”博冯德拉先生说到这里停了下来，犹豫了一下，“我不知道，但是……也许，我到底不应该让那位船长进去见邦迪先生！”

第 三 卷

鲵 鱼 之 乱

第一章　可可群岛上的屠杀

在有一点上博冯德拉先生说错了;坎克桑图赖的小遭遇战并不是人类同鲵鱼的第一次小冲突。有史可查的第一次冲突发生在可可群岛上,时间是在对鲵鱼进行海盗式袭击的黄金时代结束以前的几年;即使是那件事也不是这类事件中最早的一件,在太平洋各港口,时常风传着一些令人遗憾的事件,说是即使对于正常的鲵鱼贸易,鲵鱼也进行了某种激烈的抗拒;当然,历史上并不提这种鸡毛蒜皮的小事。在可可群岛或者基林群岛上,情况是这样的:著名的哈里曼太平洋鲵鱼进口公司的捕鲵船"蒙特罗斯号"在詹姆斯·林德莱船长的指挥下停泊在那里,像往常一样猎取所谓马卡隆尼级的鲵鱼。在可可群岛上,人们知道,在海湾里有一个万托赫船长开辟的繁盛的鲵鱼区,但是由于它的地位偏僻,就像常言所说的那样,把它留给了上帝,没有好好利用。没有人责备林德莱船长不小心,也没有责备船员不带武器就上了岸。(因为在那个时候,鲵鱼的非法买卖已经有了定型;要是说早先海盗船和船员总是装备了机关枪,当然是确有其事的——是的,甚至还有轻型野战炮,——用这些武器倒不是对付鲵鱼,而是对付其他海盗的不正当的竞争。但是在卡拉克隆岛上一艘哈里曼公司的船的船员同一艘丹麦船的船员打了一场,这艘丹麦船船长把卡拉克隆岛看作是自己的猎场;两艘船的船员放弃了猎取鲵鱼的工作,用他们的霍奇奇斯炮开了火,算算旧账,特别是他们的威信和商业分歧的旧账;的确,丹麦人由于使用小刀而占了上风,但是哈里曼公司的船接着发出了几发炮弹,直接命中了丹麦船,把丹麦船连同它的所有船员,包括尼尔斯船长在内,都送到海底去了——这就是所谓的卡拉克隆岛事件,于是两国代表和政府就不得不出来干涉;从此以后,就禁止捕鲵船使用枪、机关枪和炸弹;此外,各非法公司瓜分了所谓自由猎场,以便每一个鲵鱼区只有某一艘船去;大海盗之间的这种君子协定,事实上甚至得到了较小的捕鲵承包商的遵守和尊重。)但是,让我们再回过头来说林德莱船长吧,他派遣只带了棍棒或桨的船员到可可群岛去猎取鲵鱼,完全是本着当时在商业和海军惯例上普遍存在的一种精神,后来官方的调查开脱了死去的船长的一切责任。

那一次月夜,在可可群岛登陆的船员是由埃迪、麦卡思海军上尉率领的,他对于这种工作已经有过经验。他在海岸上发现的鲵鱼群大得出奇,据一个估计说有六百到七百条强壮的成年雄鲵鱼,而麦卡思海军上尉手下只有十六个人;这也不能怪他,他之所以不放弃这项工作,是因为考虑到海盗船的各级船员是根据捕获鲵鱼的多少来定奖金和领取报酬的。在后来的调查中海军当局确定"麦卡思海军上尉无疑应该为这次悲惨事件负责",但是又确定"在当时的实际情况下,显然换上别人也不会采取不同的行动"。相反地,这位倒霉的青年军官表现得相当谨慎,因为他没有慢慢地包围鲵鱼——由于双方在数目上相差悬殊,在任何情况下,这种策略都不能完全奏效,——而是下令向鲵鱼进行奇袭以切断鲵鱼逃回海上去的退路，把它们逼到岛屿内地，然后用棍棒和桨一个一个地把鲵鱼打昏过去。不幸，在鲵鱼的反击下，水手的包围圈被突破，有将近二百条鲵鱼逃回海里，当水手们全力痛击被他们包围的鲵鱼时，身后响起了水下枪（鲨鱼枪）的尖啸声。他们中间谁都没有想到基林群岛上的这些天然的、野生的鲵鱼竟装备了防鲨手枪，后来，也永远没有查明谁应该负供应给它们武器的责任。

从这次悲惨事件中死里逃生的水手迈克尔·基莱说："枪声响的时候，我们还以为也是来捕鲵鱼的其他船上的水手在拿枪击我们。麦卡思海军上尉立刻回过头去喊道：'怎么回事？你们这些笨蛋，我们是"蒙特罗斯号"的船员！'这时候，他的屁股上中了一枪，他抽出左轮开了火。接着，脖子上又中了弹，他便倒了下去。直到这时候，我们才看清楚向我们射击的是鲵鱼，它们打算切断我们向海洋的退路。这时候，高个子斯蒂夫抓起一把桨，嘴里嚷着'蒙特罗斯！蒙特罗斯！'向鲵鱼冲去，我们其余的人都嚷着'蒙特罗斯！'用桨拼命痛打那些畜生。我们离开的时候，地上躺着五个船员；其余的人一边打一边走，杀开一条血路回到了海上。高个子斯蒂夫跳进海水里，涉水到了小船上；可是这时候，几条鲵鱼抓住他，把他拖到了水下去。它们还淹死了查利；查利冲着我们大声呼救说：'哥儿们，看在上帝分上，哥儿们，不要让它们抓住我。'但是我们帮不了他的忙。那些下流坯还从背后向我们开枪。波金回过头去，肚子上挨了一枪，他只喊了声'哎呀'，就倒下去了。于是我们又想法回到岛屿内地去，我们在打那些畜生的时候，桨和棍棒都打断了，所以我们只好像兔子一样溜之大吉。我们只剩下四个人，谁也不敢远离海岸，都怕回不到小船上去，我们躲藏在石头和灌木后面，尽量不去看那些鲵鱼怎样结果我们的伙伴。它们像淹死小猫似的把我们的伙伴按在水里淹死。如果有人想泅水逃跑，它们就用铁锹狠狠给他一下。这时候我才知道我的一条腿脱了臼，我再也不能走了。”

这时候，看来留在“蒙特罗斯号”船上的林德莱船长听见岛上传来的枪声。他从枪声中推断必定是他手下人跟土著打起来了，要不然就是还有别人也在捕鲵鱼；他只带了仍然留在船上的一个厨子和两个机工上了留下的一只小船，他在船上架起一挺机关枪（船上藏着它是出于天意，但是违反了严厉的禁令），乘着这只小船去援救船员。他十分小心，没有离船上岸，只是把船靠近了岸，船头上准备好机关枪，他站起来，用水手基莱的话说，“交叠着双臂”。对了，让我们再转述水手基莱说的话吧：

“我们不愿意大声嚷着招呼船长，唯恐鲵鱼发现我们，林德莱先生站在船上交叠着双臂，他喊着问发生了什么事情，这时候鲵鱼扑向他去。岸上有二三百条鲵鱼，海上还不断有更多的鲵鱼游过来，把船团团围住。‘这都是怎么回事儿？’船长说；这时候一条大鲵鱼走近了他，说道：‘回去！’

“船长朝它看看，有一会儿工夫他什么也没说，接着他就问：‘你是条鲵鱼吗？’

“‘是的，我们是鲵鱼，’鲵鱼回答说，‘回去，先生！’

“‘我想知道你们把我的人怎么样了。’我们的船长说道。

“‘他们不应该攻击我们，’鲵鱼说，‘……回到你的船上去，先生！’

“船长沉默了一会儿，然后十分镇静地说：‘好吧，仁金

斯，开火！'

“英国人仁金斯用机关枪对着鲵鱼开了火。”

（后来对全部事件作了调查，关于海军当局对这件事的声明逐字照录如下：“在这一方面，詹姆斯·林德莱船长的行为不愧为一个英国军官。”）

“鲵鱼的尸体堆成了山，”基莱继续叙述说，“它们像地里的小麦一样倒下去。有些鲵鱼用手枪向林德莱先生射击，可是他交叠着双臂站在那里一动也不动。就在这个时候，一条黑鲵鱼从船后水里钻出来，他的爪子上拿着一个像是果子酱罐头的东西，只见它用另一只手从罐头里拉出来点东西，然后把它扔在船后水里。一霎时，一条水柱就在那个地方涌上了半空，这时候，只听见一声甚至使我们感到地动山摇的沉闷的爆炸声。”

（根据基莱的叙述，进行调查的官员断定，鲵鱼使用的炸药是W3，这是供给在新加坡建筑要塞的鲵鱼爆破水下礁石用的。但是，炸药怎么从那里的鲵鱼运到可可群岛来了，这一直是一个谜；有些人说，也许有人把炸药运到那里去的，另外有些人说，鲵鱼之间必然已经有了某种长途交通。结果，舆论要求禁止把这种危险的炸药交给鲵鱼；但是当局宣布说，暂时还不可能用别的东西来代替非常有效而且比较安全的W3炸药；问题就这样搁置下来了。）

基莱继续叙述说：“小船炸得飞上了半空，炸成了碎片。还活着的鲵鱼在那儿挤成一团。我们看不清楚林德莱先生是否还活着；但是那三个伙伴——杜诺万、伯克和肯尼第——都一跃而起，跑去援助他，使他不至于落在鲵鱼的手里，我也想跑去，但是我的踝骨脱了臼，我只好坐起来，用尽全力想把那些关节重新对好。我不知道当时出了什么事情，但是，当我去看的时候，发现肯尼第脸朝下趴在沙子上，杜诺万和伯克踪影全无，只从水下面升起一些漩涡。”

水手基莱后来深入岛的内地，一直到发现一个土著的村落；这些土著的举止十分古怪，他们甚至不愿意给他住处；他们可能是害怕鲵鱼。七个星期以后，一艘渔船在可可群岛附近发现了“蒙特罗斯号”，它已经被抢劫一空，抛弃在那里，这艘渔船救出了基莱。

几个星期以后，英国巡洋舰“火球号”开到可可群岛，整个晚上抛锚等待着。这又是一个暗淡的月夜，鲵鱼从海里出来，蹲在沙滩上，围成了一个大圈，一本正经地开始跳起舞来。这时候英王陛下的巡洋舰向鲵鱼群发射了第一颗开花弹。没有炸成碎片的鲵鱼一时吓呆了，等它们恍然大悟以后都夺路逃向海里；这时候，六门大炮的猛烈炮火雷鸣般地响了起来，只有少数遍体鳞伤的鲵鱼连爬带滚地逃到水里。接着又隆隆地响起了第二次和第三次排炮。

后来，英国军舰“火球号”向外开出半英里，慢慢地沿着海岸航行，开始向水下投掷深水炸弹。这一行动继续了六个小时，大约发射了八百发。然后“火球号”就开走了。甚至在两天以后，基林群岛附近的海面上还漂满了成千上百的缺胳膊断腿的鲵鱼。

同一天晚上，荷兰军舰“范迪克号”向小岛戈农阿比上的一群鲵鱼发射了三发炮弹，日本巡洋舰“函馆号”在鲵鱼岛屿艾林格拉布投掷了三枚深水炸弹；法国炮艇“贝夏梅尔号”用三发炮弹冲散了拉维维岛上的鲵鱼舞。这是对鲵鱼的一种警告。这种警告不是没有效果的：从此以后，没有发生其他事件

(那次事件一般称为基林岛大屠杀),鲵鱼的正规和非法的买卖得以继续进行,而且一帆风顺地繁荣发展起来。

第二章　在诺曼底的冲突*

不久以后，诺曼底发生的冲突具有不同的性质了。在那里，主要在瑟堡工作并且居住在附近海岸的鲵鱼大大地爱上了苹果，可是它们的雇主不愿意在通常的鲵鱼食物以外再给它们苹果吃（他们说这会使建筑成本超过预算），因此鲵鱼就去抢劫附近的果园。农民向警察报了案，于是就严禁鲵鱼在所谓鲵鱼地区以外的海岸游荡，但是，这一禁令没有效果；果园里的苹果仍然不翼而飞——据说甚至鸡窝里的鸡蛋也会不见——每天清晨，人们都发现越来越多的看家狗被杀死了。于是农民开始拿着旧枪来保护自己的果园，把前来抢劫的鲵鱼杀死。到这时候为止，原来也不过是一件地方性的事件；但是，皮卡迪的农民由于赋税提高、弹药涨价等等原因而对鲵鱼恨之入骨，于是他们组织起来。全副武装群起向鲵鱼进攻。当他们甚至在工作地点也成千成百地大杀鲵鱼的时候，水下工程承包商也向警察报了案，于是警察局长下令，农民的又锈又老的大口径短枪应予没收。农民当然反对这种办法，于是就同警察发生了不愉快的争执；这样一来，顽固的农民除了开

* 事实背景是一九三三年至一九三四年初由于农产品跌价而造成的农民骚动。

枪打鲵鱼以外，也用枪打起警察来了。于是警察的增援部队开到诺曼底来了，并且挨村挨户进行搜查。

就在这个时候，一件极不愉快的事件发生了：在古登斯附近，几个乡下小孩攻击一条鲵鱼，他们说这条鲵鱼向一个鸡窝爬去，形迹可疑；于是他们就把它包围起来，一直到它站起来背靠着谷仓；他们用石头像雨点一样向它扔过去。这条受了伤的鲵鱼挥动手臂，把一个像小鸡蛋的东西扔到地上；只听一声爆炸，把鲵鱼炸得粉碎，但是三个孩子——十一岁的皮埃尔·卡儒斯、十六岁的马塞尔·贝拉德和十五岁的路易·克马代克也丧了命，另外还有五个小孩子受了不同程度的重伤。关于这个事件的消息很快就传遍全国；大约有七百人从全国各地不远千里乘公共汽车来到这里，用枪、草耙和连枷状武器攻击巴斯古登斯海湾的鲵鱼区。愤怒的群众杀死大约二十条鲵鱼，这时警察才赶到，设法把他们驱散。从瑟堡调来的工兵用铁丝网把巴斯古登斯海湾围了起来；但是，晚上鲵鱼又从海底钻上来，用手榴弹炸开铁丝网障碍物，好像是在准备进一步侵入内地。陆军当局赶快调来几连配备机关枪的步兵，并且由军队布成一条线，设法把鲵鱼隔离起来，不准它们接近人们。同时，农民袭击了税务局和警察局，而且把一个不得人心的收税员在电线杆上吊死，身上贴着标语，上面写着：打倒鲵鱼！各国报纸，尤其是德国报纸发表了诺曼底发生革命的报道；但是巴黎政府矢口否认这件事。

同时，农民和鲵鱼在卡尔瓦多斯、皮卡迪、巴德加来海岸一带发生了激烈的冲突；一艘古老的法国巡洋舰“儒尔佛兰布号”离开瑟堡开往诺曼底西海岸：如后面所述，只有巡洋舰开到才会缓和当地的居民和鲵鱼的不安心情。“儒尔佛兰布号”在离开巴斯古登斯海湾一英里半的地方抛了锚；晚上这个舰的舰长为了增强效果，下令发射有色火箭。许多人在岸上观看那场美丽的奇景。突然他们听到一种嘘嘘的声音，于是就看见巡洋舰的船头涌起一个巨大的水柱，巡洋舰倾斜了，这时候发出一声震耳欲聋的爆炸声。十分明显，这艘巡洋舰正在下沉；在一刻钟内，附近海港的摩托艇都纷纷赶来援救，但是没有用上他们的帮助；除了三个人在爆炸中毙命以外，全体船员都设法脱了险。舰长离舰后五分钟，“儒尔佛兰布号”沉没了，舰长是最后一个离开巡洋舰的，他在离开舰时说了一句值得纪念的话：“无能为力。”

当晚发表的官方公报说，“古老的巡洋舰‘儒尔佛兰布号’在晚间航行时触礁，因锅炉房发生爆炸而沉没，该舰本应在不久后废弃”；但是，各报对此不满意；同时半官方的报纸说，该舰碰着的是德国新式水雷，反对派报纸和德国报纸则用一英寸高的大标题刊载说：

法国巡洋舰被鲵鱼用鱼雷击沉！

诺曼底海岸的神秘事件

鲵 鱼 造 反

议员巴德勒米在文章中激动地写道，“我们要那些把这种生物武装起来反对人类的人负责，他们把炸弹放在鲵鱼的爪子里，使得它们能够杀害法国的农民和正在嬉戏的无辜儿童，他们让海怪拥有最现代化的鱼雷，使得它们能够随心所欲在任何时候击沉法国舰队。我主张我们要他们负责；控告他们杀人罪，把他们提交法庭，控告他们叛国罪；必须进行调查，查明军火公司由于供给这些海洋渣滓以军火来危害文明的海军而得到多少利润!"云云;后来人们普遍感到惊慌失措,在街上一般老百姓发生了骚乱,障碍物开始设立起来,在巴黎的林荫大道上,有塞内加尔狙击兵站岗,架起了枪。在郊区,坦克和装甲车戒备着。那个时候,航运部部长弗朗索瓦·庞苏先生脸色苍白,但是很坚决地在参议院宣布说:政府为用枪、水机关枪、水下炮台和鱼雷武装法国海岸的鲵鱼负完全责任,但是,一方面法国的鲵鱼只有小口径的轻型炮,德国的鲵鱼却装备了三十二口径的水下迫击炮;一方面法国海岸一带平均每二十四公里才有一个手榴弹、鱼雷和炸药的水下仓库,在意大利海岸却是每二十公里有一座军用物资的深水仓库,而在德国海峡每十八公里就有一座。法国不能够也不会使它的海岸处于没有保护的状态下。法国不能放弃法国武装它的鲵鱼的做法。航运部已经进行最严格的调查来查明诺曼底海岸的惨痛的误解应该由谁负责;看来事件的发生是由于鲵鱼误以为有色火箭是进行军事干涉的信号,它们的行动是打算保护自己。同时"儒尔弗兰布号"巡洋舰舰长以及瑟堡警察局长已经撤职;一个特别委员会正在调查水下工程承包商对待鲵鱼的态度;将来在这方面将进行严格的控制。政府对于生命的损失深表遗憾;少年民族英雄皮埃尔·卡儒斯、马塞尔·贝拉德和路易·克马代克将授予勋章,他们的埋葬费用将由国家负担,他们的父母将得到抚恤金。法国海军高级司令部将进行重大改组。政府一等到能够提供进一步的细节,将要求就这个问题对政府进行信任投票,于是内阁宣布举行通宵会议。

同时,各报纷纷根据它们的政治倾向,就对待鲵鱼的办法提出各种建议,有的建议给予刑事处分,有的建议灭种,有的建议让鲵鱼去拓荒或者对它们进行讨伐，还有的建议举行总罢工，建议政府辞职，逮捕鲵鱼的雇主，逮捕共产党领袖和煽动分子，此外还提出许多其他保安预防措施。由于有谣言说，有可能要封锁海岸和海港，人民开始拼命贮备食物，物价开始疯狂上涨；在工业城市高昂的生活费用到处引起骚乱，证券交易所停市三天，这的确是在过去三四个月中最紧张、最险恶的局势，但是在那个时候，农业部部长蒙蒂先生想出了一个绝妙的解决办法，①他的办法其实就是在法国海岸一带每星期两次把数以百计的许多车苹果倒在海里给鲵鱼吃，这当然是由国家出钱。这种安排使鲵鱼特别满意。而且也平息了诺曼底和其他地方的苹果种植者的怒气。但是蒙蒂先生更进了一步：由于长期以来难于平息葡萄种植和酿酒地区由于销路不畅而发生的严重而危险的不安情绪，他作出安排，由国家每天补助鲵鱼半升白葡萄酒。鲵鱼最初感到手足无措，不知道怎么来处理这些白葡萄酒，因为它们在喝了白葡萄酒以后，患了很厉害的腹泻病，因此它们把酒倒在海里。但是，过了一些时候，显然它们渐渐习惯了，从那个时候起，人们注意到法国的鲵鱼对交尾兴趣更浓了，虽然生殖力不如以前。因此一举同时解决了农业问题和鲵鱼问题；险恶的局势缓和了，不久以后，由于托普勒夫人的舞弊案②而爆发新的政府危机的时候，能干和久经考验的蒙蒂先生担任了新的航运部部长。

① 暗指法国工程部长比埃尔·埃蒂耶纳·弗兰登（1889 年生）的做法。为了消除葡萄销售危机，他颁布了一项取缔非精选杂种葡萄园的办法，这是为了大地主的利益，因为被取缔的葡萄园多属于贫苦农民。

② 暗指三十年代初期法国许多政治与财政舞弊案，特别是指斯塔斯维斯基的案件，他在政府集团的支持下发行了总额达五亿法郎的伪股票，使成千上万的小股票持有者破产，造成了慢性政府危机。

第三章　英吉利海峡事件

过了不久，比利时运输舰“奥登堡号”从奥斯坦德开往拉姆斯盖特。当它驶到多佛海峡中间的时候，值班军官看到在他们正常航道以南半英里的“水里出了什么事”；由于他看不清楚是否有人要淹死了，他下令把船开到那个地方去，那里的海水搅得一塌糊涂。有将近二百名乘客在船的下风的一边观看这场奇妙的壮观：水里到处涌起笔直的水柱，到处都升起一种黑东西，在大约三百米的一片海面上，海水始终汹涌翻滚，可以看出水下面发生了很大的骚乱和混乱。看起来就好像是在水底下有一座小火山爆发了。当“奥登堡号”缓慢地驶近那个地方的时候，忽然在它的船头前面十米的地方，涌起一个大浪头，接着就是一声可怕的爆炸巨响。整个船剧烈地升到了半天空，船上降下一阵差不多是沸腾的水，随着水柱有一个黑色的坚硬物体啪嗒一声掉在船头，它痛苦地扭曲着身体，发出一种尖叫，这是一条遍体鳞伤的、被烫伤的鲵鱼。船长下令掉转船头，避免直接闯进那个正在喷发的地狱中间，但是就在这个时候，四面八方响起了爆炸声，海面上东一块、西一块到处都是缺胳膊断腿的鲵鱼。后来，他们设法掉转了“奥登堡号”的船头，以全速向北开去。接着在它的船尾后面大约六百米的地方，响起了一声可怕的爆炸声，从海里升起了一股巨大的水和蒸气的柱子,可能有一百米高。"奥登堡号"向哈威奇开去,同时向四面八方发出了无线电警报:"注意! 注意! 注意! 注意! 在奥斯坦德和哈威奇之间有海底爆炸的严重危险。我们不知道原因。一切船只最好不要到这里来!"同时,隆隆的响声和回响仍然继续着,差不多就像正在举行海军演习,但是,在喷出来的水和蒸气中,看不见有什么东西。接着从多佛和加莱,鱼雷艇和驱逐舰以全速开出,陆军飞机也赶到了现场,但是在他们到达的时候,只发现平静的海面上蒙上一层黄色的黏液、死鱼和鲵鱼的残缺的躯体。

最初人们以为这是英吉利海峡中的一些水雷爆炸了;但是在军队的警戒线封锁了多佛海峡的两边,当英国首相在星期六夜间中断了周末休假(在历史上这是第四次),匆匆赶回伦敦的时候,人们开始怀疑这是一件具有严重意义的国际事件。报纸刊载了令人不安的谣言,但是,说也奇怪,这些消息仍然远远没有能说明事实的真相;甚至没有人怀疑到有几天局势非常危险,以致整个欧洲,以及世界其余地区都处在大战边缘。一直到几年以后,当时的内阁阁员托马斯·摩尔伯利爵士在选举中丧失了他的议席,因此发表了政治回忆录的时候,人们才从回忆录中知道当时发生的事情的真相,但是,到了这个时候,已经没有人对于这件事情真正感兴趣了。

整个问题主要是这么一回事:法国以及英国都开始在多佛海峡修建海下要塞,修建成功后,一旦爆发战争,他们就可以封锁整个英吉利海峡;当然因此双方都指责对方首先动手,但是实际情况好像是他们是同时开始的。因为各自都唯恐友好邻邦抢了先,总之,在多佛海峡的海面下,出现了两个互相对垒的巨大的混凝土要塞工事,每一个工事都配备了重型大炮、鱼雷发射器、巨大的水雷屏障,总之,配备了当时人类在战争艺术的进展中已经制造出来的一切最现代化的装备;在英国方面有两师配备精良的重工鲵鱼和大约三万鲵鱼工人来据守这个威力巨大的深水要塞,在法国方面,守军是三师精锐的鲵鱼军队。

看来,在英吉利海峡中部的海底下,在那一个危急的日子里,英国鲵鱼工作队碰见了法国鲵鱼,它们之间产生了某种误会。在法国方面,据说他们的鲵鱼在从事和平劳动的时候,遭到了英国鲵鱼的袭击,英国鲵鱼想把它们赶走,据说武装的英国鲵鱼还想拉走几个法国鲵鱼,当然法国鲵鱼进行了抵抗。在这个时候,英国的鲵鱼军队开始用手榴弹和迫击炮攻击法国鲵鱼,因此法国鲵鱼被迫以同样方法自卫。法国政府觉得必须向英王陛下政府提出抗议,要求赔偿全部损失,并且从争执地区撤退,而且保证以后不再发生同样事件。

另一方面,英国政府在致法兰西共和国政府的一件特别备忘录中宣布说,法国的武装鲵鱼侵犯了英吉利海峡中属于英国的一半地区,并且准备在那里布雷。英国鲵鱼要求法国鲵鱼注意它们侵犯了外国的领土,对于英国的警告,全副武装的法国鲵鱼的答复是扔过来几枚手榴弹,结果击毙了几名英国鲵鱼工人。英王陛下政府很遗憾地认为不得不要求法兰西共和国政府赔偿全部损失,并保证法国武装鲵鱼将来不再侵犯多佛海峡中属于英国的一半地区。

在这件事发生以后,法国政府宣布说,对于邻国在靠近法国海岸的地方建立海底工事的情况,它不能再加容忍。至于在英吉利海峡发生的误会,法兰西共和国政府建议,根据伦敦协定将这一争执问题提交海牙国际法庭处理。

英国政府答复说，它不能，也不愿意把英国海岸的安全交由第三方面来仲裁决定。作为受害国，它再次以最强硬的措辞要求充分道歉，赔偿损失，并且保证今后不再发生类似事件。同时，停泊在马耳他岛的地中海舰队以全速开向西方，大西洋舰队奉命在朴次茅斯和雅默斯集中待命。

法国政府下令动员五级海军陆战队。

看来，两个国家都不愿意撤退；到头来很明显争夺的是整个英吉利海峡的控制权。在那个危急的时刻，托马斯·摩尔伯利爵士意识到一个令人吃惊的事实，就是在英国方面，实际上不存在任何鲵鱼工人，也不存在任何武装鲵鱼（至少在法律上说来是这样），因为在英国领海中塞谬耳·孟德维耳爵士曾经发布的禁令仍然有效，这条禁令规定，在英国诸岛的海岸上或领水中，不得雇用任何鲵鱼。根据这条禁令，英国政府不能正式声称法国鲵鱼攻击英国鲵鱼；因此整个问题就缩小到了法国鲵鱼是有意的，还是只是出于错误侵入了属于英国的海底的问题。法兰西共和国的官员保证他们将调查这个问题，英国政府甚至没有提议把这项争执提交海牙国际法庭处理。在这个问题上，英国海军部和法国海军部达成了协议，大意是说，在多佛海峡中的深水工事之间，应该建立一道五公里长的中立地带。建立这个地带后，两国之间的友谊就更加巩固了。

第四章　北方鲵鱼

在北海和波罗的海建立第一个鲵鱼移民区以后不多几年，德国研究工作者汉斯·图林格博士证明波罗的海的鲵鱼显然由于适应环境，显示出存在一些不同的身体特征。他说，比如说它们的颜色比较淡，走起路来腰板挺得比较直，它们的颅骨指数证明它们的头壳比其他鲵鱼长而窄。这一品种被命名为北方鲵鱼或者高贵鲵鱼。

后来，德国报纸就对波罗的海鲵鱼感到很大兴趣。他们特别强调一个事实，就是正是因为受到德国环境的影响，这种鲵鱼才成了不同的、较高级的种族类型，无可争辩地比所有其他鲵鱼要优越。他们轻蔑地描写了身心都是发育不全的退化的地中海鲵鱼，还描写了野蛮的热带鲵鱼，以及其他国家的绝对低贱、野蛮和兽性的鲵鱼，当时有一句恰当的话说，“从巨型鲵鱼到德国超鲵鱼。”一切现代鲵鱼的最早祖先岂不是住在德国土地上的吗？它们的摇篮岂不是在奥宁根附近吗？德国科学家约翰尼斯·雅各布·许泽博士就在这里首先发现了它们早在第三纪中新世的繁荣的生活迹象。因此毫无疑问，最初的许氏古鲵是在若干地质时代以前诞生在德国土地上的；如果说它们后来移居到了其他的海洋和地区，它们也付出了惨重的代价，这个代价就是在进化上走下坡路和退化。但是一旦它们重新在它们最初的祖国定居下来,它们就立刻又恢复了原状:一种高贵的许氏北方鲵鱼,长得颜色淡浅、身体挺直,而且是长头。因此,只有在德国土地上鲵鱼才能恢复它们的纯粹而最高贵的那些类型,就像伟大的约翰尼斯·雅各布·许泽在奥宁根的石矿的痕迹中发现的一样。因此德国需要新的和更长的海岸,它需要殖民地,它需要海洋,使这种新的一代种族最纯粹的,最原本的德国鲵鱼能在德国的领海中到处发展。德国报纸写道,我们需要有更多的空间让我们的鲵鱼生存;为了使德国人民时刻想到这件事,在柏林建立了一个约翰尼斯·雅各布·许泽的巨大纪念碑。这个纪念碑的形象是这位伟大的博士手里拿着一本厚厚的书,脚下坐着高贵的北方鲵鱼,他挺直地坐着,凝视着远处世界海洋的无边海岸。

在为这个具有全国性意义的纪念碑揭幕的时候,当然免不了发表庄严的演说,这些演说引起了世界各地报纸的不寻常的兴趣。英国主要认为这是一种新的德国威胁。毫无疑问我们已经听惯了这种意见,但是当一次正式集会上有人说,德国在三年内需要五千公里的新海岸的时候,我们就不得不最强调地说:好吧!试试看吧!你们会在英国的海岸上碰掉你们的牙齿的。我们现在已经准备好了,在三年内将会准备得更好。英国必须而且将有两个最大的大陆国家加起来那么多的军舰;这种力量的比例是永远也不能改变的。如果你们愿意发动疯狂的海军军备竞赛,那也很好;但是没有一个英国人会允许我们有丝毫的落后。

“我们接受德国的挑战,”海军大臣弗朗西斯·德雷克爵士代表政府在议会上说,“任何想把他的手伸到任何海洋里的人，都会碰到我们军舰的武器。英国十分强大，是有力量击退对它的多佛港口以及对它的殖民地和自治领的海岸进行的一切攻击。有鉴于这样一种攻击的可能性，我们还将考虑在一切海洋——哪怕是只有最小的一片英国海岸的海洋里修建新的大陆、岛屿、要塞工事和飞机基地。让这句话成为对任何希望把海岸哪怕是移动一米的人的最后警告。”结果议会批准拨出五亿英镑临时经费建造新的军舰。这的确是对于在柏林建立约翰尼斯·雅各布·许泽的挑衅性纪念碑的动人的答复；当然，这座纪念碑的建造费用只有一万二千马克。

通常消息非常灵通的、杰出的法国政论家沙德侯爵夫人对这些宣言的反应如下：英国海军大臣已经宣布英国准备应付一切不测情况。很可能确是如此；不过德国的波罗的海鲵鱼是一支装备精良的常备军，今天共计有五百万鲵鱼战士，它们能够在水中和海岸上立刻投入战斗，高贵的大臣是否知道这一点呢？除此以外，还有大约一千七百万鲵鱼的技术和供应部队，在任何时候都随时可以成为一支后备军和占领军。今日波罗的海鲵鱼是世界上最优秀的战士，在心理上它完全处于紧张状态，它认为战争是他的真正的最高的使命；它在参加每一场战斗的时候，将有一个狂热分子的热情，一个专家的冷静的机智和一个真正的普鲁士鲵鱼的可怕的纪律。

德国正在疯狂地建造运输舰，能够一次运输整个一旅鲵鱼军队，海军大臣是否也知道这个事实呢？德国正在建造几百艘，航程三千到五千公里，船员完全是波罗的海鲵鱼的小型潜水艇，他知道吗？他是否知道德国正在大洋各处建造巨型的海下燃料库呢？嗯，让我再提出一个问题：英国公民是否十分肯定他的巨大的国家真正对于一切不测事件都有了充分准备呢?

沙德侯爵夫人继续说,不难想象装备了潜水艇、大炮、迫击炮和鱼雷来封锁海岸的鲵鱼在下一次战争中意味着什么;我肯定认为,有史以来第一次人们用不着羡慕英国的十分有利的岛国地位了。但是现在我们要提出这样一些问题:英国海军部是否也知道波罗的海鲵鱼拥有通常是和平无害的,叫作风力钻孔机的机器;是否也知道一个现代化的钻孔机每小时能在最硬的瑞典花岗岩上钻进十米,在英国的白垩海岸上钻进五十到六十米?一批德国技术专家于上月十一日,十二日和十三日晚上在海思和福克斯通之间的英国海岸上秘密进行的钻孔试验,就在多佛要塞的前面证明了上述事实。我们要奉劝英吉利海峡彼岸的我们的朋友自己计算一下,肯特郡或埃赛克斯郡需要多少个星期就能在海平面底下像干酪一样被钻成洞。一直到现在为止,英国人总是焦急地望着天空,据说只有从天空降下的力量才能毁灭他们繁荣的城市、他们的英格兰银行和他们的四周爬满了终年翠绿的常青藤的舒适宁静的乡间小屋。不过现在还是让他把耳朵贴在他的小孩游戏的地上听一听:今天或者明天,他是否听得见鲵鱼的钻孔机上的无休无止的、可怕的工具的越钻越深的嘎喳嘎喳的声音?在这些钻孔机钻成的洞里,将安放威力空前强大的炸药。我们时代最新奇的东西不再是空中的战争,而是海底和地下的战争。我们听见过船长站在光荣的"阿尔比翁号"①舰桥上说的高傲的话;不错,它仍然是海涛上的并且控制着海涛一艘巨轮;但是总有一天,那些海涛会把船裂成碎片沉到海底里去。

① "阿尔比翁"为英格兰和爱尔兰诸岛的最古名称。

及时面对这种危险，岂不是更聪明一些吗？再过三年那就太迟了！

这位杰出的法国政论家的警告使得英国舆论大哗；尽管作了种种否认，人们仍然在全国各处听见地下有鲵鱼钻孔的嘎喳嘎喳的声音。当然德国官方人士严厉地驳斥了这篇文章，他们说这篇文章是一种彻头彻尾的狂暴的煽动和敌对的宣传，但是同时在波罗的海，德国舰队、地面部队和武装鲵鱼举行了大规模的联合演习。在演习中，工兵排在重要的武官面前爆破了一条沙丘，这条沙丘是在卢根瓦尔德附近钻成的，方圆有六平方公里。据说十分壮观，当时在一声可怕的隆隆声之后，土地"就像一块破浮冰块一样"飞上了半空——到了这个时候，它才分开，成为烟、沙和圆石的巨柱；一时天昏地暗，就好像是晚上一样，沙粒落在差不多几百里的地区内，甚至远在华沙也因此降了一阵沙雨。在这次蔚为壮观的爆炸之后，大气中有许多细沙和灰尘一直不散，直到那年年底，全欧洲的日落都美丽得出奇，日落的时候像血一样红，像火一样红，这是从来也没有看见过的。

淹没了零零落落海岸的那片海洋后来被称为许泽海，这是德国小学生千千万万次远足或旅行的胜地，他们唱着鲵鱼国歌：

只有德国鲵鱼才能有此伟大成绩

第五章　沃尔夫·梅纳特撰写他的杰作

也许是那些灿烂而凄凉的日落景象使孤独退隐的哥尼斯堡哲学家沃尔夫·梅纳特得到了灵感,写出了不朽巨著《人类的衰亡》。我们能够生动地想象出他在海岸上徘徊时的样子,他没戴帽子,衣衫的下摆飘啊飘的,万分高兴地凝视着照亮大半个天空的火和血的融流。他欢喜得低声说,"是啊,是啊,为人类历史写尾声的时候真正来到了!"他果真写了这篇尾声。

"人类的悲剧已经将近最后一幕,"沃尔夫·梅纳特一开始就写,"让我们不要被狂热的企业进取热忱和技术进步欺骗了;这些都不过是已经注定要死亡的有机体的脸颊上的一阵回光返照的红晕。人在以前的生活中从来没有得到像今天这样好的机会:但是给我指出一个高兴的人,一个满足的阶级或者是一个不感觉到连自己的生存都在受到威胁的国家来看看吧。我们周围都是文明的赏赐,我们在精神上和物质上都拥有无穷的财富,但是我们却越来越因为继续不断的彷徨、痛苦和不愉快的感觉而苦恼。"沃尔夫·梅纳特无情地揭露了目前世界的精神状态,这是恐惧和憎恨、不信任和夸大妄想狂，无耻和沮丧的混合体。沃尔夫·梅纳特简明地归纳为一个词：绝望。末日的典型征候，精神上的濒死状态。

问题是：人类能够，或者说曾经能够享受快乐吗？一个人，就像其他一切生物一样，当然是能够的；但是整个人类却不能。人类的一切忧伤在于他不得不成为人类，或者是他在成为人类的时候已经太晚了，也就是说，在此以前，他已经无可挽回地被分为国家、种族、信仰、职业和阶级，分成贫和富，分成受过教育的和未受过教育的，分成统治者和被统治者。要是把马、狼、羊、猫、鹿、熊、狐狸和山羊全都聚在一起，把它们关在一个围栏里，强迫它们生活在所谓社会秩序和疯狂集体里，并且维持共同的行为准则；这样你就会使这个兽群痛苦、不满、无可救药地分裂，在这个兽群里，没有一种上帝的创造物会觉得舒适。整个说来，要拿这幅图画来形容被称为人类的、庞大而不一致到了无可救药地步的兽群，那是惟妙惟肖的。不同的国家、不同的职业、不同的阶级不能永远相处在一起而不彼此侵犯，彼此妨碍到不能生存的地步；因此如果不是永远分开生活（这是只有世界足够大的时候才能做到的事情），就是在对立状态下，在你死我活的斗争中生活。对于人类的生物类别——比如种族、国家或阶级说来，通向一致而稳定的幸福的唯一自然的道路是给少数人让出生存的空间而把其余的人消灭掉。这件事情人类偏偏没有及时做到。今天已经太迟了。我们已经为自己提供过多的教义和束缚，用这些东西保护“其余的人”，而不是把他们消灭掉；我们已经发明了道德秩序、人权、惯例、法律、平等、人道主义和各种各样的这类东西；我们创造了人类的神话，使我们和“其余的人”处在某种更高的假想的联系中。好一个致命的错误！我们把我们的道德法则置于自然法则之上。我们破坏了一切集体生活的自然大前提:只有一个彼此一致的社会才能满足。而我们牺牲了这种可以达到的幸福,来追求一个伟大但是不可能实现的梦想,那就是创造一个人类,使所有的人、民族、社会和阶级成为一个集体。这是一种豪迈的自负情绪。就其本身说来,这是不愧称为有超出本身利益的抱负的人的唯一壮举。就是为了这种至高无上的理想主义,人类现在将付出代价,那就是无情的瓦解。

人设法把自己组织成为人类的过程,就像文明本身一样古老,也正像第一批法律和第一批公社一样的古老;如果在经过千万年以后,到头来只是到了这样一个阶段,即不同的种族、民族、阶级和世界观之间的鸿沟已经像我们今日所见到的那样分明,那样深邃无底,那么我们就不能够再闭着眼睛不看这样一个事实,就是把所有的人组织成为某种人类的不幸的历史试验已经遭到确定无疑的悲惨的失败。我们终于开始认识到这个事实;因此才出现了那些重新组织人类的企图和计划,使得只有一个国家、一个阶级或一种信仰有生存的余地。但是,谁能说明我们感染不可救药的分化的疾病已经到了多么严重的地步?每一个看来像是一致的集团,迟早会分裂成为互相冲突的利益集团、党派、职业等等不和的混合体,它们不是战胜对方,就是要重新忍受共处的痛苦。这是无可逃避的。我们处在一个恶性循环中;但是进步不能永远只在一个圈子里循环。大自然本身对此是有所准备的——它为鲵鱼准备了空间。

沃尔夫·梅纳特想,在人类——这种硬性结合在一起又永远是在解体中的怪物——的痼疾进入弥留的痛苦时期以前，鲵鱼一直没有大露头角，这并不是偶然的。除了微小的出入以外，鲵鱼总是作为一种单一的、巨大的和一致的整体出现的，它们还没有发展成为区别分明的种族、语言、民族、国家、信仰、阶级或者特征；它们中间没有奴隶主和奴隶、自由和不自由之分，也没有贫富之分。无疑在它们中间存在着劳动分工产生的差别，但是，它本身仍然是一致的、紧密的，可以说是坚实的集体，它的所有部分同样原始，在生物意义上说来，天赋都同样地差，都同样地受奴役，而且有同样低的生活境界，连最低贱的黑人和爱斯基摩人的生活条件比起亿万文明的鲵鱼来也有天渊之别，好得没法比，所享有的物质和文化财富也多得无法比。但没有迹象说明鲵鱼会因此受到不利的影响。事实正好相反，我们看得十分清楚，鲵鱼不需要人类在痛苦和生命的苦闷中赖以解脱或寄托精神的东西，它们没有哲学，没有永生的信念，没有艺术，可是也过得下去，它们没有幻想、幽默、神秘主义、消遣或者梦的概念；它们是绝对的现实主义者。它们同我们的区别就像蚂蚁或者是青鱼和我们的区别一样大；它们不同于蚂蚁或者青鱼之处只是它们是按照另一种生活环境（人类的文明）来组织自己的。它们用人类的文明来保护自己，就像狗住在人类的居处一样；没有人类的文明它们就不能生存，但是正是由于有了它，它们才不会丧失本色，那就是一个非常原始或者几乎没有分化的动物社会，对它们说来，只要能生活和繁衍就够了；它们甚至能够快乐，因为它们之间没有任何不平等的感觉使它们苦恼。它们就是完全一致的。因此可能有一天——是的，将来的任何一天——它们不费吹灰之力就能取得人所没有取得的成就，那就是它们在全世界的种族统一，一个世界社会，简单说来，就是鲵鱼大同主义！到那一天，人类的有千年历史的死亡的痛苦就要结束。在我们的星球上，没有足够的空间让两个都想统治世界的运动同时生存。其中一个必须退让。我们已经知道必须退让的是哪一方了。

今天全世界大约有二百亿文明的鲵鱼，或者说约为人类的十倍；从上述情况看来，生物的必要性和历史的必然性都决定现在被奴役的鲵鱼必然会解放自己，由于它们是一致的，它们必然会团结起来，由于成了世界上从未有过的最大的生存力量，它们必然会统治全世界。你能设想它们会愚蠢到能饶过人类吗？人类不去消灭战败的种族和阶级，而去奴役它们，你能设想鲵鱼会重复人类一再犯下的这种历史错误吗？你能设想它出于自私的动机会在人民中间制造永恒的差别，以便以后可以出于慷慨和理想主义设法使他们再一次和解吗？沃尔夫·梅纳特宣布说："不谈别的，鲵鱼只要现在接受我的著作提出的警告，它们就不会做这种历史性的荒唐的事情！它们将继承人类的全部文明；我们当年设法要主宰世界时取得的一切成就和怀有的目标将落在它们的手中；但是如果它们接受这笔遗产的时候，企图把我们也同时接受过去，它们就会自取灭亡。如果它们想保持一致，它们就必须消灭人，如果不这样的话，那么我们迟早就会把我们的制造差别、容忍差别的双重破坏性倾向带到它们中间去。但是，让我们不要担心这一点，今天将要继承人类历史的一切生物，都不会重犯人类犯过的自杀性的疯狂错误。"

毫无疑问，鲵鱼世界将比人类世界幸福；这将是一致的、调和的并且充满了同样精神的世界。鲵鱼彼此间在语言、见解或者生活需要方面没有差别。它们之间将不存在文化或者阶级的差别，而只有劳动的分工。没有一条鲵鱼是奴隶主或是奴隶，因为它们都将为一个“大鲵鱼实体”服务，这将是它们的神、统治者、雇主和精神领袖。在那个世界里将只有一个民族，一个阶级，那将是一个比我们的世界更美好的、更完善的世界。它将是唯一能实现的幸福的新世界。好啦，那么让我们为这个世界让出空间吧；衰亡下去的人类现在所能做的只有加速它自己的灭亡——在仍然还来得及的时候，悲壮地灭亡。

我们在上面以尽量通俗的形式，重述了沃尔夫·梅纳特的见解；我们深知这种转述已经丧失了这些见解的许多效力和深度，当初这些见解就是靠这些特点风靡了整个欧洲，特别是年轻人的。他们热情地接受相信人类堕落并接近毁灭的说法。德国政府无疑是根据政治原因取缔了这位伟大的悲观主义者的著作，因此沃尔夫·梅纳特只好出走瑞士；尽管这样，整个文明世界仍然满意地接受了梅纳特的人类衰亡的理论；这本书（共六百三十二页）已用世界上所有的语言出版，在鲵鱼中间也发行了千百万册。

第六章　X的警告

文化界人士中的文学和艺术的先锋宣布以"我们之后是鲵鱼的天下"作为他们的口号,这也许是梅纳特的预言性著作的一个结果。未来属于鲵鱼。鲵鱼意味着文化革命。它们可能没有自己的艺术,至少它们没有痴呆的理想,将近死亡的传统以及一度被称为诗歌、音乐、建筑、哲学,一句话就是文化——这些令人作呕的陈腐字眼——的一切傲慢、讨厌和迂腐的废物的沉重负担。幸亏它们没有沦为重新消化陈腐的人类艺术的牺牲者。我们将为它们创造一种崭新的艺术。我们年轻的一代正为未来的世界鲵鱼主义指明道路:我们希望做第一批鲵鱼,我们是明天的鲵鱼!像这样,年轻鲵鱼的诗歌运动就诞生了,一种蝾螈音乐(三音调)诞生了,还有从水母、海白头翁和珊瑚的姿态优美的世界吸取灵感的毕拉吉派绘画①。除此以外,在鲵鱼的建筑工作中,发现了美和不朽性的新的源泉。他们大声疾呼说,我们对于自然已经感到深恶痛绝,我们宁愿要平滑的混凝土浇灌的海岸而不要以前那样的参差不齐的悬崖绝壁!浪漫主义死亡了;将来的大陆的轮廓

① 毕拉吉为大约公元四世纪时英国著名神学家,他的教义是否认原罪说而主张人类的意志自由和自力救济。

将是清晰的直线，并且将重新形成锥形三角形或菱形；旧的地质学概念的地球必须由一个几何学概念的地球代替。总之，这一次又有了新的东西，这是未来派的、新的精神地平线和新的文化宣言；那些当时没有及时采取步骤进入未来鲵鱼主义轨道的人，因为感到错失良机而大为懊丧，为了报复，他们宣布了纯人道主义，回到人类，回到自然的理想，以及其他反动口号。在维也纳，一个蝾螈音乐演奏会在嘘声中收场，在无党无派人士举办的巴黎美术展览会上，一个身份不明的暴徒把一幅叫作“蓝色随想曲”的毕拉吉派的画砍得粉碎；总之，鲵鱼主义已经成为一种胜利的不可抗拒的进步力量。

当然，仍然不乏反对者们所谓的“鲵鱼狂”的反动声音。在这方面，最耐人寻味的是一位匿名作者所著的一本英文小册子，书名叫作《X 的警告》。这本小册子相当受欢迎，但是作者究竟是谁，从来没有透露过。许多人从在英文里 X 代表基督这个线索来看，都认为这是某一位教会高级人士的著作。

在这本小册子的第一章，作者大致估计了鲵鱼的数目，同时为他所列数字的不可靠表示歉意。但是他在那时已经这样写道：到目前为止，鲵鱼的总数据估计为世界人口的七倍到二十倍，关于有多少工厂、油井、海草种植园、鲵鱼农庄，已经发展的水力资源以及鲵鱼在海下拥有的其他自然资源，资料也是同样模糊的；关于鲵鱼工业的生产力，甚至缺乏近似数字，最不了解的是关于鲵鱼军备的情况。我们毫无疑问地知道，鲵鱼在金属、机器零件、炸药和其他许多化学品的消费方面是依靠供给的；但是一方面没有一个国家敢于宣布他们秘密供给了鲵鱼什么武器和其他产品，另一方面关于鲵鱼在海下什么深度的地方加工它们向人们购买的半成品和材料，了解得也非常少。十分肯定,鲵鱼不愿意这些事实被人知道;近年来到海底去的潜水员淹死或者窒息而死的人数很多,很难认为这种情况纯属偶然。对工业和军事方面来说,这种情况肯定是令人不安的。

X在以后的十节中继续说,虽然很难想象鲵鱼能够或者可能希望从人的手中得到什么。它们不能生活在陆地上,而且人们也很难打扰它们的水下生活。它们和人类的生活条件显然而且永远是十分不同的。毫无疑问,人们需要它们的一定数量的劳动力,但是作为代价,供给它们一大部分食物、原料和商品,要是人类不供给它们,它们就根本不会有这些东西,比如金属。但是,即使鲵鱼和人之间没有发生敌对的真正理由,作者认为仍然存在一种形而上学的冲突,那就是同生活在水面上的生物相对立的是生活在深水里的生物(深水生物),同夜间的生物相对立的是白昼的生物,同生活在暗淡水池里的生物相对立的是生活在明亮的陆地上的生物。水和陆地的分界线比过去情况要鲜明一些:我们的陆地被它们的水包围着。我们可能永远生活在不同的范围内,而只交换某些劳务和产品;但是我们很难摆脱一种沉重的感觉,那就是意识到这种可能性很小。为什么?我无法告诉你明确的理由,但是那种感觉是存在的;这有点像一种预兆,就是有一天水会侵犯陆地以决定霸权属谁的问题。

X继续说,鉴于这一点,我承认有一种相当不理智的忧郁,但是如果鲵鱼向人类提出某些要求来进行威胁,我反倒会觉得大为放心。这样一来我们就至少能同它们谈判,可以协商各种让步,签订条约,采取折中办法;但是它们的沉默是非常可怕的,我害怕它们的令人难以相信的沉默。比如说,它们能为自己要求某种政治权利;不自欺地来看,所有国家为鲵鱼制定的法律都相当陈旧了,这些法律已不适用于那种十分文明、数目繁多的生物了。重新规定更有利于它们的权利和义务是很有策略的;可以考虑给鲵鱼一定程度的自治;改进它们的劳动条件,给予它们更恰当的工作报酬也是完全公平的。因此在许多方面,只要它们要求,我们就能够改进它们的处境,我们就可以给它们一些让步,用补偿的协定来约束它们,这样我们至少能争取到三两年的时间。但是鲵鱼什么也不要求;它们只是增加它们劳动力的输出和要求;今天我们至少应该真正地问一下,我们两者到底走向何处去。我们曾经常常谈到黄祸、黑祸或者赤祸,但是他们至少还是人,对于人我们能够十分明确地判断他们要求什么。但是当我们至今丝毫不知道人类应该怎样来保卫自己和对付什么威胁的时候,至少有一个事实是完全明显的,那就是:如果一方是鲵鱼的话,那么另一方就将是整个人类。

想想看,人同鲵鱼打仗!现在是使用这种表达方法的时候了。说老实话,一个正常人天生就憎恶鲵鱼,鲵鱼使他恶心——他也害怕鲵鱼。某种恐怖的令人毛骨悚然的阴影笼罩着全人类。今日人类的那种狂乱的放纵,那种对于声色犬马的无法满足的渴望,那种放荡纵欲的行为,难道还能有别的解释吗?自从野蛮人的入侵决定了罗马帝国的灭亡以来,还没有过这样的道德堕落。这不仅是人类占有空前财富的结果,也是在瓦解和灭亡面前绝望地用放纵来浇愁的结果。让我们一直痛饮到最后吧!这是何等的可耻,何等的狂乱!看来,上帝用可畏的仁慈让奔向毁灭的各民族和阶级糟蹋自己。你愿意看一看举行宴会时墙上所写的如火如荼的"弥尼·提客勒”吗[1]？请看，那些放荡淫佚的城市墙上彻夜闪耀着的明亮的广告牌！在这一方面，我们人类已经接近鲵鱼：我们也渐渐以夜代昼了。

X多少有些不安地顺口说，如果这些鲵鱼至少不是这样平庸得令人苦恼，那有多好。是的，在一定程度上说来，它们受到相当良好的教育；但是正是由于这种情况，它们受到了更大的限制，因为它们从人类文明中窃取的只是那些一般的和有用的、机械的和可重复的东西。它们站在人类的旁边就像魔术师的助手华格纳站在浮士德旁边一样；它们同好比浮士德的人类从同样的书里学习，不同的只是它们十分满意而没有那种令人苦恼的怀疑。最可怕的事情是，它们把那种容易驾驭的、没有思想的和自给自足类型的文明的平庸事物一模一样地复制了亿万件；但是，还不对，我说错了：最可怕的事情是它们十分成功。它们学会了使用机器数字，显然这样它们就一定能统治地球了。它们抛弃了人类文明中毫无意义的、消遣的、异想天开的或者古代的东西；这样它们就抛弃了一切具有人性的东西，而只是接受了实际的、技术的和有用的那一部分。这种对于人类文明的阴阴惨惨的丑化取得了巨大的成就；它在技术上创造了新奇迹，把我们的星球革新了，最终开始使人类入了迷。浮士德将从他的弟子和仆人那里学习到成功和平庸的秘密。人类如果不是在一场生死存亡的历史斗争中同鲵鱼发生短兵相接，那么就势必会鲵鱼化。X最后怀着

① 据《旧约·但以理书》第五章第二十五节载，所写的文字“是弥尼，弥尼，提客勒，乌法珥新。讲解是这样，弥尼就是神已经数称你国的年日到此完毕，提客勒就是你被称在天平里显出你的亏欠……”但以理据此预测伯沙撒王和他的王国毁灭。此处喻末日预兆。

忧郁的心情说，至于我，我宁愿同鲵鱼来一场短兵相接。

这位匿名的作家继续说，好了，X 告诫过你了。现在还可能打破那一道把我们包围起来的冷冰冰的黏糊糊的屏障，我们必须消灭鲵鱼。它们已经太多了。它们有武装，它们能够用军用物资对付我们，对于它们的军用物资的总数我们几乎毫无所知，但是比它们的数目和力量可怕得多的危险，对我们说来是这一点，就是它们品质卑鄙反而大获成功、得意扬扬。我不知道我们更应该害怕哪一样：是它们的人类文明，还是它们的可鄙的、冷酷的和兽性的残酷；但是两者合起来使人看到一种不能想象的可怕和差不多是穷凶极恶的景象。为了文明，为了基督教，为了人类，我们必须摆脱鲵鱼。这时候这位匿名的使徒又大声疾呼说：

傻子，不要再喂鲵鱼了！不要再雇用它们，抛弃它们的劳务，放开它们，让它们随便搬到哪里去，搬到它们会过水族一样的生活的地方去！只要人、人类的文明和人类的历史不再为鲵鱼工作，大自然会决定它们的数目的。

不要再给它们武器，不要供给它们金属和炸药，不要让它们再有任何机器和制造战争的物资！你愿意把牙齿给老虎或者把毒液给毒蛇吗？你愿意在火山上加一把火或者在洪水泛滥的时候打破堤坝吗？愿我们在一切海洋里禁止给它们一切供应品，让我们取缔鲵鱼，把它们从我们的人类世界赶出去吧！

组织一个国际联盟来对付鲵鱼吧！让人类在国际联盟、瑞典国王或者罗马教皇的鼓励下，准备好武器，保卫自己的根本生存吧！让我们所有文明的国家召开一个世界会议，组成一个世界联盟，或者至少是一个所有基督教种族的协会来对付鲵鱼吧！今天是重要时刻，面临着鲵鱼的可怕威胁，面临着人类的责任，这时候可以做到世界大战的威力和它所要求的巨大的自我牺牲都做不到的事情，那就是组成世界合众国。愿上帝令我们如愿，如果能取得这种成就，那么，鲵鱼就不算白活在世上了，它们就会是上帝的工具了。

这个感伤的小册子，在一般公众中间引起了热烈的讨论。老太太们特别同意这种说法，就是精神生活已经到了以前没有听说过的堕落程度。另一方面，报纸上的商业栏也正确地指出不可能限制向鲵鱼供应物资，因为这样就会导致生产急剧下降，并且对人类许多工业部门会引起严重的危机。同时农业在很大程度上也依靠对于作为鲵鱼食料的玉米、马铃薯和其他农产品的大量需要；如果减少鲵鱼的数目，食物的价格就会随着暴跌，这样一来，从事农业的人就会处于破产的边缘。工会主义者的组织怀疑 X 有反动倾向，并且宣布说，他们不同意停止向鲵鱼输出任何货物；工人阶级刚有分到红利的充分就业机会，X 就想从他们的嘴里抢走面包；劳动人民同鲵鱼站在一条战线上，他们拒绝一切降低他们的生活水平，并且使他们悲惨而束手无策地遭到资本主义魔掌压迫的一切企图。至于成立国际联盟来对付鲵鱼的建议，一切负责政党都表示反对，认为这样做是多余的；一则他们不是已经有了一个国际联盟了吗？再则沿海国家不是已经通过了伦敦协定约束自己不供给鲵鱼重型武器了吗？当然，除非一个国家十分肯定另一个沿海国家并不在秘密武装鲵鱼来加强它的军事力量而危害它的邻居，否则是很难期望它解除武装的。同时也没有一个国家或者大陆肯强迫它的鲵鱼搬到别处去，这完全是因为这样做，就会促进其他国家和大陆的工农业市场并且增加它们的防御力量。每一个聪明的人都必须承认这样的反对意见是非常多的。

尽管这样，《X 的警告》这本小册子仍然不可避免地产生了深刻的影响，几乎在每一个国家都普遍发动了反鲵鱼运动，成立了抗鲵协会、反鲵俱乐部、保护人类委员会和许多其他这类性质的组织。在日内瓦，鲵鱼代表在参加研究鲵鱼问题委员会第一千二百一十三次会议的时候，遭到了群众的围攻。海岸的木板围墙上写了很多带威胁语气的字，比如：打死鲵鱼、鲵鱼滚出去等等。许多鲵鱼被石头打死了；没有鲵鱼敢把头再伸出水面来。但是尽管这样，它们那方面却没有抗议的表示或者报复的行动。简直就看不见它们，至少在白天看不见；人们从鲵鱼周围的围墙偷偷看出去，只看见一望无际的、冷淡无情的汹涌海水。“瞧，那些畜生，”人们往往怨恨地说，“它们连面都不露了！”

在沉重的沉默中；像晴天霹雳一样，发生了所谓

路易斯安那地震

第七章　路易斯安那地震

那一天——十一月十一日深夜一点钟——人们在新奥尔良感到了强烈的地震；黑人区的几所小房子倒塌了；大家惊慌失措地逃到大街上，地震并没有再发生；只是有一股短暂的、呼啸而过的凶猛的狂风，吹破了黑人区狭窄街道上的窗户，卷走了房顶，有百十人丧命，接着就降下了一阵夹带着许多泥的雨。

新奥尔良救火队出发去救护受害最重的街道上的人的时候，摩根城、普莱克明、巴托鲁日和拉斐特纷纷发来电报呼吁说：待援！派救护队来！地震和暴风雨破坏了一半地方；密西西比堤坝危在旦夕；立刻派挖掘工人，救护车和任何能工作的人来！从利文斯通堡只用电报发来一个简短的问题："喂！你们那里也很糟糕吗？"后来，拉斐特发来一个电报说：注意！注意！新伊比利亚情况最惨，看来伊比利亚和摩根城的联系已经中断，赶快援助那里！摩根城立刻又打电话来说：我们叫不通新伊比利亚。公路和铁路大概是断了。派船只和飞机到弗米利翁湾去！我们现在不需要任何东西。我们这里死亡约三十人，受伤一百人。接着巴登卢奇拍来电报说：我们听说新伊比利亚受灾最惨，主要去援助新伊比利亚。只派工人来此，但要快，不然堤坝就要决口了。我们正尽力而为。——接着又来电话说：喂，喂，施里夫波特、纳西托谢斯、亚历山德里亚正派辅助火车到新伊比利亚去。喂，喂，孟菲斯、威诺纳、杰克逊，通过新奥尔良派火车去。一切车辆应该帮助把人运到巴登卢奇的堤坝上去。——喂，这是帕斯卡古拉。我们这里死了几个人，你们需要帮助吗？

同时救火队、救护车和辅助火车出发开往摩根城——帕特森——富兰克林。早上四点钟以后收到了第一批比较详细的报告：富兰克林和新伊比利亚之间，富兰克林以西七英里处，大水切断了铁路，看来在地震后那里似乎出现了一道同弗米利翁湾连接的很深的裂缝，里面灌满了水。就目前所知，这道裂缝从弗米利翁湾向东北偏东方向延伸，在富兰克林附近折向北，插入大湖，然后向北一直到普莱克明—拉斐特线，在那里流入一个以前就有的小湖；裂缝的另一分支使大湖向西与拿破仑维尔的湖汇合。裂缝的全长约为八十英里，这里似乎是地震的中心，看来真是幸运极了，这道裂缝的沿途没有较大的城市。尽管这样，生命的损失仍是很大的，在富兰克林，降下了一层有二英尺厚的泥土，在帕特森泥有十八英寸厚，从阿特查法拉雅湾来的人说，在地震期间海水往外退了大约有二英里，接着一个有三十码高的大浪打回岸上，海岸上恐怕有许多人丧命。我们仍然叫不通新伊比利亚。

同时纳西托斯谢的一批人乘坐的火车从西方到了新伊比利亚；通过拉斐特和巴登卢奇发出的第一个消息是可怕的。甚至在离开新伊比利亚还有好几英里的地方，火车就不能再往前开了，因为铁轨已经埋在泥里。生还的人解释说，在这个城市以东大约二英里的地方，一座泥火山爆发了，把大量的稀薄的冷泥喷上了天空；他们说，泥土的洪流把新伊比利亚埋了起来。在黑暗和不断倾盆而下的泥雨中再向前进是非常费劲的。同时新伊比利亚仍然没法联系。

这时候从巴登卢奇打来一个电报：

> 密西西比河坝上现有一千人在工作。但愿雨止。我们需要铲子、铁锹、手推车和人。我们正在援助普莱克明，那些家伙情况极惨。

从杰克逊堡来的电报说：

> 深夜一时半海浪卷走房屋三十座。我们不明情况。约有七十人溺毙。电报机现已修复。邮政局亦遭难。盼将你处真相立即电告。弗雷德·达尔顿。喂，请告明尼·拉科斯特我无恙，唯手腕折断，衣服冲走，但发报机完好。弗雷德又启。

最简短的电报是伊德斯港发来的：

> 此间有人毙命。伯里伍德全部卷入海中。

同时——早晨约八点钟——派往灾区去的第一批飞机回来了。据说，晚上海啸淹没了从得克萨斯州的阿瑟湖一直到阿尔巴马州的莫比尔的整个海岸；到处可以看见倒塌、毁坏的房屋。路易斯安那东南（在查尔斯湖—亚历山德里亚—纳契茨公路）和南密西西比（一直到杰克逊—哈蒂斯堡—帕斯卡古拉线）到处都盖满了泥。在弗米利翁湾，海洋的一个新的海港伸进了陆地，约有三英里到十英里宽，像一条长长的峡湾一样伸入内地，远到普莱克明。新伊比利亚好像受灾甚重，但是从飞机上可以看见许多人从房子里和公路上把泥挖走，飞机无法着陆。生命损失最严重的地区非常可能是海岸一带。

在费角一艘看来是墨西哥的轮船正在下沉。在昌德勒群岛附近海面上到处是遇难船只的物件。在整个地区雨已经停了。能见度良好。

当然,早晨四点钟后不久,新奥尔良各报就出版了第一份号外,白天又陆续出版了新的号外,报道了更多的详细情况;早晨八点钟各报刊载了灾区的照片和新海湾的地图。八点半钟各报刊载了孟菲斯大学著名地震学家威尔帕·R.布朗奈尔博士的访问记,他谈到了路易斯安那地震的原因。这位著名的科学家说,目前我们还不能做出任何最后的结论,但是看来,这次地震同受灾地区正对面的墨西哥中部的火山地区仍在活动的火山没有关系。今天的地震看来倒是由于地壳构造上的原因引起的,那就是说,由山群的压力引起的:一面是落基山脉和马德雷山脉,另一面是沿着墨西哥湾广阔的凹地延伸的阿帕拉契亚山脉,密西西比河的广阔平原就是墨西哥湾的延伸。现在从弗米利翁湾伸出来的裂缝只不过是一道比较小的新裂隙,在地质下陷中这是一个很小的事件,这种下陷产生了墨西哥湾、加勒比海和大小安的列斯群岛(后者是以前的、连续的山脉的残余)。毫无疑问中美洲的这种下陷将继续下去,同时将发生新的地震、断层或裂缝;十分可能,弗米利翁湾的裂缝只不过是以墨西哥湾为中心的一种再生的地壳构造过程的前奏;如果是这样的话,我们这一生还可能看到巨大的地质上的浩劫,在发生这一浩劫后,美国差不多有五分之一的地方可能沉到海底去。当然,如果发生这样的事情,我们就可以合情合理地期望在靠近安的列斯群岛的某个地方或者更往东的地方——就是古代的神话往往说是大西岛下沉的地方——海底会上升。

这位科学权威接着以安慰大家的口气说，另一方面我们也不必过于认真，真的担心在火区会发生火山活动；喷射出泥来的、原以为是喷火口的地方，实际上只不过是泥土和瓦斯的释放口，非常可能这同弗米利翁湾的裂缝有关联。密西西比河的河水的冲积物中绝不是不可能有大量的地下积聚的瓦斯，这种瓦斯在同空气接触以后，体积就会膨胀，从而冲起几百万吨的泥和水。布朗奈尔博士重复说，当然，还必须等待进一步的发展，才能进行明确的解释。

当布朗奈尔关于地质上的浩劫的预言经过报纸的轮转印刷机的时候，路易斯安那州的州长从杰克逊堡收到了大意如此的电报：

> 我们对人类生命的损失感到遗憾。我们曾设法避免波及城市，但是没有料到爆炸引起海水的回击和阻力使整个海岸有三百四十人丧生。请接受我们的悼念。鲵鱼长。喂，喂，杰克逊堡邮政局弗雷德·达尔顿呼号，三条鲵鱼刚刚离开这里。它们十分钟以前来邮政局，用手枪对着我，逼我发一份电报。但是现在走了。这些畜生真难看，它们付了钱，逃进水里去了。只有药房的狗追了它们一程。它们不应在镇上溜达。除此以外别无新闻。向我亲爱的朋友拉科斯特问好。弗雷德·达尔顿。

路易斯安那州州长看着这份电报摇了好一会儿头。他最后说，弗雷德·达尔顿那个家伙真是恶作剧；我们最好不要在报上发表这件事。

第八章　鲵鱼长提出要求

路易斯安那州地震发生以后的第三天，据报道在中国又发生了一次新的地质悲剧。在一阵地震和震天响的轰隆声后，江苏省南京以北的海岸上出现了一条裂缝，地点大约在扬子江口与黄河故道的中间。海水灌进这条裂缝中，在淮安与阜阳之间同鄱阳、洪泽等大湖合成一片。看来扬子江由于地震的结果已经离开南京以下的河床流向太湖，然后流到杭州。关于损失的生命，甚至连个大概数也无法估计。成千上万的人向南北各省逃亡。日本军舰已奉命开往受灾海岸。

江苏的地震比路易斯安那州那次灾难中的地震范围虽然要大得多，但人们却很少注意，因为全世界对于中国的灾难已经司空见惯，看来就好像一二百万人的生命算不了一回事似的。此外，事实也十分明显，从科学意义上说来，这一次地震不过是琉球与菲律宾群岛以外的海底上，一片深陷的沉降地发生简单的地壳构造运动时所发生的一次地震。然而在三天以后，欧洲的地震仪上又记录出佛得角群岛附近某处出现了新的地震中心。接着发出的详细报道宣称，圣路易以南的塞内加尔海岸沿岸发生了严重地震，在兰浦尔和姆布罗之间造成了一条深裂缝并且灌满了海水，向梅林纳汉方面一直伸展到迪马拉。据目击者谈，当时有一道火焰与气流形成的柱子从地下冲天而起，伴随着发生了一阵令人震骇的轰隆声，把沙子和石头卷成一个很大的圆圈，接着就听见海水涌进裂缝时所发出的咆哮声音，生命损失不大。

这第三次地壳运动几乎引起一阵恐慌。**这是不是意味着地球上的火山活动又在加剧呢？**——报纸上提出了这样的问题。**地壳开始裂缝了**——晚报发表了这样的论调。专家们发表意见说，“塞内加尔裂缝”之所以会形成，也许只是由于某一个与佛得角群岛中布哥岛上的庇科火山相连的火山口爆发的缘故。这火山一直到一八四七年还是活动的，往后人们就认为它已经熄灭了。因此，西非这次地震和路易斯安那州以及江苏省的地震现象没有关系，那两次地震显然是从地壳构造方面发源的。但在一般人看来，地壳发生裂缝，不论是由于构造方面的原因造成的，还是由于火山方面的原因造成的，都是一回事。事实上那一天所有的教堂里都挤满了人。在某些国家中，教堂在晚上也不得不开放。

十一月二十日早晨快到一点的时候，欧洲大部分地区的无线电迷都用自己的机器测出了强烈的干扰，就好像有一个异常强大的新电台在工作一样。他们发现这个电台的波长是二百零三米；发出的声音听起来很像机器或海浪的轰隆声。当这种紧张的和延续的轰隆声继续发出时，他们忽然听到一阵可怕的嘎嘎声。（听到的人异口同声地说，这是一种空洞洞的嘎嘎声，就好像是用人工的方法造成的一样，而且是用扬声器极度扩大了的。）这一蛙鸣似的声音十分兴奋地喊道：“喂，喂，喂！鲵鱼长讲话。喂，鲵鱼长讲话。人们听着，停止一切广播！停止你们的广播！喂，鲵鱼长讲话！”接着就有另外一个空洞得令人奇怪的声音问道：“行了吗？”“行了。”这时听到咔嗒一声，就像电路被换接了一样，然后又有另一个不自然的叽叽嘎嘎的尖声喊道："注意！注意！注意！喂！""现在听着！"

这时一个沙哑的、疲倦的但却充满着命令口吻的声音打破了夜间的沉寂："喂，路易斯安那、江苏与塞内加尔的人们！我们对于人类的生命损失感到遗憾。我们并无意使你们遭到不必要的死伤。我们只希望你们从我们将及时通知你们的海岸地区撤出去。你们如果照办的话，就可以避免不幸事件。下次我们将至少在两星期以前让你们知道我们要在什么地方扩大海洋。直到目前为止，我们只是进行了一些试验。你们的炸药不错，我们谢谢你们。

"喂，人们听着！不必紧张。我们对你们并没有敌意。我们只是需要有更多的水、更多的海岸、更多的浅水过生活。我们的数目太多了。你们的海岸再也没有足够的地方容纳我们了。所以我们就必须毁掉你们的大陆，用这些毁掉的大陆，我们就可以到处筑成许多海湾与海岛。这样，全世界的海岸就可以增加五倍。我们将要筑成新的浅水地区。我们不能在深海里生活。我们要用你们的陆地来填充水深的部分。我们对你们并没有敌意，但是我们的数目实在太多了。目前你们可以移到内地去。你们可以退到山上去。我们将在最后推倒山岳。

"你们以往需要我们。你们使我们分布到全世界各地。现在你们得到了我们。我们需要和你们保持友好关系。你们要把钢供应给我们做凿钻和鹤嘴锄。你们要把炸药供给我们。你们要为我们工作。没有你们，我们就无法移动古老的大陆。喂，人们听着！鲵鱼长代表全世界所有的鲵鱼提出和你们合作。你们要和我们一起毁掉你们的世界。我们谢谢你们。”

那个疲倦而沙哑的声音停止了，这时只能听到机器或海洋的紧张的轰鸣声。“喂，喂，人们听着，”又有一个哇哇的声音响起来了，“现在我们将用你们的唱片播送一些轻音乐。下一个节目是海怪影片《波赛冬海神》中的‘特里顿进行曲’。”

* * *

新闻界当然把前一天晚上这一段广播当成某个黑电台的“愚蠢而庸俗的玩笑”。虽然如此，第二天晚上还是有千百万人打开无线电，等着看看那个可怕的、急切的、哇哇的声音是不是又会出来讲话。刚好到一点钟的时候，在哗啦一声骇人的水响和一阵轰隆声中，那个声音又响起来了：“人们，祝你们晚上好。”它高兴地发出嘎嘎的声音说：“首先播送一段你们的音乐喜剧《加拉提亚》的鲵鱼舞曲。”当这一段敲洋铁桶似的粗鄙音乐消失了以后，又听到那个魔鬼似的嘎嘎之声高兴地说：“喂，人们听着！就在这个时候，英国巡洋舰‘伊里布斯号’已经被鱼雷击沉。它企图击毁我们在大西洋的广播电台，水手全部被淹死。喂，英国政府听着：赛义德港‘阿曼霍特普号’轮船拒绝在我们的港口马卡拉交付我们所订的炸药。该船声称曾经接到命令不得再装运任何炸药。它当然被击沉了。我们忠告英国政府在明日中午以前通过无线电取消这道命令，否则从加拿大装运小麦到利物浦的船只‘温尼配格号’‘曼尼托巴号’‘安大略号’和‘魁北克号’等都将被击沉。喂，法国政府听着：召回开往塞内加尔的巡洋舰。我们还要扩大那里的新海湾。鲵鱼长命令我通知两国政府，它坚定不移地希望和你们建立最友好的关系。今天的新闻播送完毕。下面播送你们的歌曲唱片‘鲵鱼—爱情圆舞曲’。”

第二天下午，“温尼配格号”“曼尼托巴号”“安大略号”和“魁北克号”都在迈逊岬西南的地方被击沉了。一阵恐惧的浪潮传遍了全世界。当晚，英国广播公司宣称英国政府已发出一道命令，禁止运送食物、化学制品、工具、武器和金属给鲵鱼。晚上一点钟的时候，无线电广播中又有一个激动的声音嘎嘎地喊道：“喂，喂，喂，鲵鱼长讲话！”接着就听到一个疲倦、沙哑和愤怒的声音说道：“喂，人们听着！喂，人们听着！你们认为我们会让自己饿死吗？不要这样傻。你们所做的一切都会使自己吃亏！我代表全世界所有的鲵鱼向英国说话。从现在起，我们将对英国各岛进行无限制的封锁，只有爱尔兰自由邦除外，我将封锁英吉利海峡。我将封锁苏伊士运河。我将封锁直布罗陀海峡，截断一切交通。所有的英国港口都将被封锁。所有的英国船只，不论是在哪一个海面上都将受到鱼雷的攻击。喂，我对德国说话：我现在要十倍于以往所订的炸药。立即送来，发货单开到斯卡格拉格海峡主要仓库。喂，我对法国说话：为海底碉堡 C_3BFF 号和西五号所订的鱼雷请赶快供应。喂，人们听着！我向你们提出警告：如果你们减少食物供应，我将亲自到你们的船上去取。我再一次警告你们。”这时那个疲倦的声音往下一沉，变成了一种几乎无法听懂的沙哑的嘘嘘声：“喂，我对意大利说话：准备从威尼斯—帕多瓦—乌迪奈线上的海岸边撤走。人们听着，这是最后一次警告了。你们那些胡闹已经让我们受够了。”接着停了一段很长的时间，这时可以听到哗哗的声音，像是寒冷而漆黑的海的浪涛声。然后有一阵令人愉快的嘎嘎声突然爆发出来说:“现在播送你们最近极为成功的唱片‘特里顿圆舞曲’。”

第九章　瓦杜茨*会议

从各方面说来，这次冲突如果可以叫作战争的话，那就是一次奇异的战争。因为并没有任何鲵鱼国家或得到承认的鲵鱼政府可以作为正式宣战的对象。第一个与鲵鱼处于交战状态的国家是英国。从最初起，鲵鱼就把它港口中停泊的所有船只都击沉了。那是根本无法抵抗的，只有主要在较深的外海上航行的船只，目前才比较安全。英国海军有一部分从马耳他岛突破鲵鱼的封锁、集结在爱奥尼亚深海上以后，才在这种方式下保全下来。但就是这些舰只，也被鲵鱼的小潜艇追击，而且一个一个地击沉了。在六个星期之内，英国损失了全部船只的五分之四。

约翰牛①在历史上又一次表现出它那著名的顽强精神。英王陛下政府没有同鲵鱼妥协，也没有取消对供应品的禁令。英国首相代表全国宣称："一个正派的英国人是保护动物的，但却绝不同动物妥协。"不出几个星期，英国各岛的食物便极端缺乏，每人只够让儿童吃一片面包和几调羹茶或牛奶。不列颠民族以足资楷模的勇气忍受了这种艰苦，甚至困难到不

* 列支敦士登王国首都，位于法国与奥地利之间的阿尔卑斯山里。

① 英国的别称。

得不吃掉赛马用的马时也始终不变。威尔斯亲王在皇家高尔夫俱乐部的球场上犁了第一垄田，为伦敦的孤儿院生产胡萝卜。温布尔顿的网球场上种了马铃薯，阿斯科特赛马场种上了小麦。保守党的首领在议会中说："我们要尽一切努力，不惜付出最大的牺牲，但是我们决不损伤不列颠的光荣。"

英国的海岸完全被封锁了，所以和殖民地的联系和取得供应的方式就只剩下空运了。空军部长宣称："我们必须有十万架飞机"①。于是每一个长着手脚的人便都竭力为响应这一号召效劳。他们不顾一切进行准备，要每天生产一千架飞机。这时欧洲的其他列强政府对于这种破坏航空协定的行为又提出了强硬的抗议，加以干涉。于是英国政府不得不放弃它的航空计划，保证飞机生产不超过两万架，而且这一数目也要分别在以后五年中完成。剩下的出路就是饿死或者以奇昂的价格购买用其他国家飞机运入的食品。一磅面包要花十先令，一对老鼠值价十几纳，一小罐鱼子酱值二十五金镑。这简直是大陆工业、商业和农业的黄金时代。由于海军一开始就失去了战斗力，所以对鲵鱼的战斗便只能从陆地和空中进行。地面部队向水中开机关枪、开炮，但看来并没有使鲵鱼受到严重损失。由空中向海里投下的炸弹比较成功。这时鲵鱼便向英国港口放潜水炮，进行对抗，这样便使海港变成一片瓦砾。他们还从泰晤士河口轰击伦敦。这时陆军司令部向泰晤士河和某些海湾倾入细菌、石油和化学药品，企图毒杀鲵鱼。对于这一行动，鲵鱼的报复方法是沿着英国海岸施放一层毒气。这仅只是一种试验，但就已经够瞧的了。英国政府提出

① 暗指一九三四年英国为了应付德国军备竞赛而提出的军事计划。

禁用毒气的法规，破天荒第一次被迫请求其他大国出面斡旋。

第二天晚上，人们在无线电广播中听到鲵鱼长沙哑、愤怒和深沉的声音说道：“喂，人们听着！不要这样傻，英国人！你们如果要毒化我们的水，我们就要毒化你们的空气。我们只是在运用着你们的武器。我们不是野蛮人。我们不愿和人类作战。我们不要求任何东西，只是要求让我们活下去。我们提议和你们和谈。你们应当把自己的产品供应我们，并把大陆卖给我们。我们准备向你们付出优厚的价款。我们向你们提出的不仅是和平，而且还向你们提供了贸易的机会。我们为你们的陆地提供黄金作为价款。喂，英国政府听着：请把林肯郡南部瓦什海岸沿岸部分的售价告诉我们。本鲵鱼长给你们三天的考虑时间。在这段时间里，除开封锁以外，我将停止一切敌对行动。”

这时英国海岸沿岸的水下轰击停止了。陆地上的一切枪炮也都寂然无声。于是便出现了一种奇异和几乎令人感到害怕的沉寂。英国政府在议会中声明无意和鲵鱼谈判。瓦什与林恩迪普周围的居民都接到警告说，看情况鲵鱼就要举行大规模的进攻了，当地居民最好撤离海岸，退到内地来。但准备好的火车、卡车和公共汽车只是把儿童和一些妇女运走了，男人全部留在当地。他们根本没有想到过一个英国人还能把自己的土地丢掉。三天休战后的第一分钟，就发出了一枪，这是皇家北兰开夏团中一支英国枪发出的，那时军乐队奏起了团进行曲“红玫瑰花”。接着便爆发了一阵可怕的轰击。兰河河口一直到威兹比奇地方都下沉了，从瓦什海岸流进了海水。著名的威兹比奇修道院废墟、荷兰堡、“乔治与龙”旅社以及其他值得纪念的建筑物都沉到水底下去了。

第二天，英国政府在下院答复质问时宣布："至于陆军方面，他们已经尽了一切努力来保护英国海岸。英国国土可能受到更多和远为广泛的攻击。但是英王陛下政府不能和不放过妇女平民的敌人谈判。（喊声，赞同。）今天已经不只是英国而且连整个文明世界的命运都遭到了威胁。英国准备考虑形成一个国际保证力量，来限制这种可怕的威胁整个人类的野蛮攻击。"

几个星期以后，一个世界性的国际协商会议便在瓦杜茨召开了。

*　　*　　*

会议在瓦杜茨举行，因为这个地方在高耸的阿尔卑斯山上，不会受到鲵鱼的威胁；同时也因为富人和社会要人大部分已经从沿海地区撤退到这里来了。一般都承认，这个协商会议采取了重大步骤来解决一切实际的世界问题。首先，世界上所有的国家（瑞士、阿比西尼亚、阿富汗、玻利维亚和其他内陆国家除外）都从原则上拒绝承认鲵鱼是一个独立的交战国，主要是因为如果他们承认的话，各国本身的鲵鱼便会把自己当成鲵鱼国的成员；这种国家一旦得到承认以后，就可能要对鲵鱼所占据的一切水域和海岸行使主权。由于这一点，所以从法律上和事实上便都不可能向鲵鱼宣战，也无法使它们受到国际压力。每一个国家对于自己的鲵鱼都有权利加以干涉，这完全是内政问题。所以对鲵鱼组成联合外交阵线或军事阵线的问题便完全不可能了。任何国家受到鲵鱼攻击时只能以外国对该国国防提供贷款的形式接受国际援助。

接着，英国提出了一项提案，主张各国至少应当保证停止供给鲵鱼武器和炸药。经过充分讨论以后，这项提案被否决了。因为第一，这一保证已经成为伦敦协定的一部分；第二，各国“仅为本身用途”和保证本国的海岸而将武器与装备供应本国的鲵鱼，那是无法禁止的；第三，对于沿海国家来说，“和海中生长的动物保持友好关系不难想象是很重要的事情”，会上认为最好“暂时不要作出使鲵鱼感到压力的任何安排”；然而所有的国家都愿意保证对任何受到鲵鱼攻击的国家提供武器与炸药。

但在幕后，哥伦比亚的提案得到了赞同，即最后应与鲵鱼举行非正式谈判，并应邀请鲵鱼长派遣代表前来参加协商会议。英国代表对这点提出了强烈的抗议，拒绝和鲵鱼坐在同一张桌子上。但最后作出了一个安排满足他所争执的问题，就是让他暂时以身体健康为理由离会到恩加定去。那天晚上，所有的沿海国家都以本国官方的呼号向鲵鱼长先生阁下广播一项请求，请它指定并派遣代表到瓦杜茨来。回答时，一个沙哑的声音说：“可以，这次我们还可以派人到你们那里去，下次你们就要派代表到水下来见我了。”接着就发表了一项正式声明：“正式委派的鲵鱼代表将在后天傍晚乘东方快车到布克斯。”

大家急急忙忙准备迎接鲵鱼。瓦杜茨最豪华的浴室准备好了，并派专车运来大桶大桶的海水供鲵鱼代表团使用。傍晚在布克斯地方将只举行所谓的非正式欢迎会，到场的将只有各国代表的秘书、地方机关的代表和两百个左右的记者、摄影记者和电影摄影师等。刚好在六点二十五分的时候，东方快车进站了。从火车休息室上走下来三位身材魁伟、雍容华贵的绅士，步上了红地毯。他们后面跟着几个体形完整、完全属于我们这个世界的秘书，手里拿着老厚的文件夹。“鲵鱼在哪里?”有人悄悄地问道。两三个官方人士犹豫不定地走上前去迎接这三位绅士。这时,其中第一个人急急忙忙小声说:“我们是鲵鱼代表。我是海牙的博士万多特教授。这位是巴黎的律师罗梭·卡斯特里先生,那位是里斯本的律师曼诺尔·卡伐罗博士。”这几位绅士鞠了一躬,作了自我介绍。“那么你们就不是鲵鱼了,对吗?”法国代表的秘书上气不接下气地问道。“当然不是,”罗梭·卡斯特里博士答道,“我们是鲵鱼的代表。对不起,这儿这几位先生也许要给我们拍电影哩。”于是这几个面带微笑的鲵鱼代表便被热情地拍下了照片和电影。在场的代表团秘书也表示满意。鲵鱼派人来当代表终归是明智而得体的。和人谈判要方便得多,尤其是某些社交上令人不快的窘境也避免了。

当晚就和鲵鱼派来的代表举行了第一次谈判。议题是怎样尽快地恢复鲵鱼与英国之间的和平。万多特教授要求在大会上发言。他说,无可争议的,鲵鱼受到了英国的攻击,英国的巡洋舰“伊里布斯号”在公海上攻击了鲵鱼的广播电台船只;英国海军部禁止“阿曼霍特普号”送交原先订好的一批炸药,因而破坏了与鲵鱼的和平贸易关系;最后,英国政府禁止供应任何物资,从而向鲵鱼实行封锁。鲵鱼无法向海牙控诉这些敌对行为,因为伦敦协定没有授予鲵鱼提出控诉的权利;同时也不能向日内瓦提出控诉,因为它们不是国际联盟的成员。它们所能做的一切便只有自行防卫。尽管这样,鲵鱼长还是愿意停止敌对行为。不过,这事当然要以下列各点为条件:(一)英国必须为上述侵犯行为向鲵鱼道歉;(二)必须取消一切禁止将物资供应鲵鱼的禁令;(三)必须无偿地将旁遮普各条河道的低地割让给鲵鱼作为赔偿,以便让鲵鱼发展新的海岸和海湾。这时会议主席宣布将向他尊贵的朋友——英国代表(当时不在场),转达上述条件。但他并不打算掩饰他的忧虑,认为这些条件恐怕难于接受,然而却有理由希望这些条件能成为进一步谈判的基础。

接着讨论的是法国代表关于塞内加尔海岸的控诉,这个海岸已经被鲵鱼炸毁,因之便侵犯了法国的殖民主权。著名的巴黎律师、鲵鱼的代表茹里安·罗梭·卡斯特里博士要求发言。他说,我们来把这事澄清一下吧。世界上的地震权威都说塞内加尔的地震是由火山引起的,并说和弗哥岛上庇科火山过去的活动是有关联的。他用手掌拍着自己的档案资料说:“这里就是科学专家的论断。如果什么地方有什么证据说明塞内加尔的地震是由我的委托者的活动造成的,那么谨请各位让我看看。”

比利时代表克鲁克斯说:“你们的鲵鱼长已经亲自说过,这是鲵鱼造成的!”

万多特教授说:“它的说法是非正式的。”

罗梭·卡斯特里博士说:“我们受权否认这种据说是它提出的说法。我要求请技术专家发表意见,用人工方法在地壳上是不是能够造成六十公里长的裂缝。我提议他们应当以类似的规模给我们做出一个实际的证明。各位先生,当这种证明不存在的时候,我们就说这是由于火山活动造成的。然而,鲵鱼长还是准备向法国政府购买塞内加尔裂缝造成的海湾,那儿适合于做鲵鱼殖民地的基地。我们受权和法国政府在价格方面达成协议。”

法国代表达瓦尔部长说:“如果把价款当成赔偿损失的费用,我们就可以开始谈判。”

罗梭·卡斯特里博士说："很好。但鲵鱼政府要求有关的契约应当还包括从纪龙德河口到巴荣纳的朗德地区，面积共六千七百二十平方公里。换句话说，鲵鱼政府愿意从法国方面购买法国南部这一部分土地。"

达瓦尔部长（出生于巴荣纳，任巴荣纳议员）说："那么你们的鲵鱼就要把法国的一块土地沉到海底去，是吗？绝对不行！绝对不行！"

罗梭·卡斯特里博士说："先生，法国将对这种说法感到后悔的。现在我们谈的还是出价购买。"

谈到这里就散会了。

下一次开会时，议程上的议题是向鲵鱼提供巨额国际援助的提案。其中说，摧毁人口稠密的旧大陆是绝对不行的，它们不应当这样做，而应当自行构筑新海岸与海岛。在这种情况下，它们可以获得一笔优厚的贷款。所造成的任何新大陆与海岛都将得到承认，属于它们独立自主的国家。

伟大的里斯本律师曼诺尔·卡伐罗博士对于这一援助提案表示感谢，并将转达给鲵鱼政府。但他说，"连三岁的小孩都懂得，构筑新大陆比依次摧毁旧大陆不但多费钱，而且慢得多。我们的委托者在最近的将来就需用新的海岸和海湾，对于它们来说，这是一个生死存亡的问题。人类最好还是接受鲵鱼长慷慨提出的报酬，它现在还愿意向人类出价购买世界，而不用武力夺取。我们的委托者已经发明了一种方法，可以从海水中提取黄金。这样一来，它们就掌握了几乎是无穷无尽的资金。它们可以为你们的世界付出优厚的代价；这不只是优厚的代价，而是令人惊讶的代价。各位应当认识到，随着时间的消逝，世界的价值就会降低。如果像我们所能遇见的那样，火山或地壳构造运动继续爆发，其规模比我们直到目前为止所见到的大得多，如果大陆的面积这样大大地减少下去，那时的价值就更会降低。今天还能按世界的现存情况出售，但要是只剩下一些废土，那时就没有人肯出一文钱来购买了。我在这里无疑是鲵鱼的代表和法律顾问，”卡伐罗博士大声说道，“我必须保护它们的利益。但是各位先生，我和各位一样都是人。我和各位一样，对于人类的利益同样感到关切；所以我劝各位，不，我恳求各位，趁着还不太晚的时候把大陆卖了吧！你们可以整卖，也可以零卖。今天各位都知道鲵鱼长的心胸豁达，思想先进。它担保将来即使大陆地面发生任何必要的变动时，都将尽量避免损及人类的生命。大陆的淹没将分期举行，以免导致恐慌或不必要的骚扰。我们受权举行谈判，不论是和这个辉煌的世界协商会议全体谈判，还是和个别的国家谈判都可以。有万多特教授或者茹里安·罗梭·卡斯特里先生这样杰出的律师在这里，各位就可以认为是一种保证，除开为了我们的委托者鲵鱼的正当利益以外，我们还将和各位合作，保护我们大家认为最珍贵的东西，也就是保护人类的文化和福利。”

在一种相当低沉的气氛下又有一项提案提出来了，其中说：只要鲵鱼能保证以后永远保障欧洲国家及其殖民地的海岸，就将中国中部割给鲵鱼让它们淹没。

罗梭·卡斯特里博士说：“‘以后永远’这概念太长了。就说十二年吧。”

万多特教授说：“中国中部，那不够。要包括安徽、湖南、江苏、直隶和奉天等省。①”

① 指一九三五年九月日本帝国主义制造的“华北五省自治”。

日本代表抗议把奉天省割让出去，因为这个省是在日本的势力范围之中。中国代表站起来发言，但不幸的是没有人听得懂他的话。会议大厅的空气愈来愈不安了，时间已经是早晨一点。

这时意大利代表的秘书走进大厅，在意大利代表托斯蒂公爵耳边低声说了几句话。托斯蒂公爵脸色发白了，顾不得中国代表还在发言，立刻站起来用沙哑的声音喊道："主席先生，我可以发言吗？刚才接到消息说，鲵鱼淹没了威尼斯省波多格洛罗附近的一部分。"

接着就出现了一片可怕的沉寂，只有中国代表还在继续发言。

"鲵鱼长早警告过你们了，难道没有吗？"卡伐罗博士喃喃地说。

万多特教授感到烦躁不安，然后举起手来说："主席先生，是不是可以维持一下会场秩序？议程上的议题是奉天省。我们受权向日本政府提出以黄金作为报偿。进一步的问题，那就是利益关系最深的国家向我们的委托者提出一些什么保证来清除中国的地面了。"

* * *

那时无线电迷正在收听鲵鱼的广播："刚才播送的是《霍夫曼童话》中的船夫曲唱片。"播音员用嘎嘎的声音说道，"喂，喂，现在要拨到意大利的威尼斯领地去了。"

这时，他们能听见一个阴沉的巨大漩涡的声音，像是海水涌起所造成的漩涡。

第十章　博冯德拉先生承担了责任

谁会想到流过了这么多的水，度过了这么多的岁月！就连我们的博冯德拉先生也不再是邦迪办公处的门房了。我们可以说，他是一位值得尊敬的家长，他能够平安地享受他劳碌多年得到的果实，靠着一小笔养老金过日子；但是在战争的年月，什么都缺乏的时候，几百块钱又管什么用呢？有时候仍然还能钓到一条鱼，这倒不错；他坐在船上，手里拿着鱼竿，一动也不动地看着水里——一天流过了多少水，这些水又是从哪儿来的呢？有时候他能钓到一条小白条，有时候能钓到一条鲈鱼；不管怎么说，这种鱼在那些日子是比较多的，这也许因为现在的河比那时短得多了。像那样一条鲈鱼也不坏；当然它的小刺多极了，但是鱼肉好吃，有点像杏仁。孩子他妈懂得怎样烧鱼。博冯德拉先生甚至不知道孩子他妈在烧鲈鱼的时候，总是用他一度收集和整理的剪报当柴火的。的确，博冯德拉先生在退休后不再收集剪报了，他买了一个养鱼缸，他在里面除了养一些小金鲤鱼外，还养着各种小鲵鱼。他有时一连好几个钟头看着一动也不动地停在水里，或者趴在他为鱼安排的小小的石头岸上的鱼，然后摇摇头说："谁会想到它们竟是这样的，孩子他妈！"但是一个人总不能老站在一旁看着，所以博冯德拉先生就钓起鱼来了。"嗯，为什么不行呢？男人总得有些事情做，”博冯德拉太太胸襟宽大地这样想，“这总比上酒馆同政治纠缠不清好一些。”

是的，水已经流过了很多，而且非常多。就连弗朗切克也不再是一个学地理的小学生，或者是为了追求人间虚荣、东奔西跑，袜子穿一双破一双的少年了。他已经是个成年人。就是那个弗朗切克，感谢上帝，这时候，他已经是一个邮政局的小职员了——到底当初那样勤奋学习地理还是有了用处。博冯德拉先生在勒金斯桥下小船里弯着腰，他想，弗朗切克也开始懂点事了。今天是星期日，他不值班，要来看我。我要他同我一道坐船，一直划到射手岛，那里比较容易钓到鱼；弗朗切克会告诉我报纸上有些什么新闻，然后我们就到维舍赫拉德的家里去，我的儿媳妇就会带着两个孩子来看我……博冯德拉先生暗自享受了一会儿做祖父的天伦之乐，怎么，今年玛蓉卡就要开始上学了——她想她会喜欢上学的；小弗朗切克，噢，就是我的孙子！已经有六十磅重了！博冯德拉先生强烈而深切地感到毕竟一切事情都是一个伟大而良好的秩序的一部分。

但是，儿子已经在水边等着挥手招呼他了。博冯德拉先生把船划到岸边。“我想你也该来了，”他带着训诫的口气说。“当心别掉到河里！”

“这里好钓吗？”儿子问。

“不怎么好钓，”老先生发牢骚说，“我们最好到上游去，好不好？”

这是一个舒服的星期日下午，不是那些傻瓜和游手好闲的人看完足球和其他这样愚蠢的消遣后匆匆赶回家去的时候。布拉格一片宁静，到处空荡荡的，看不见人。河岸上，桥上，零零落落的有几个人，他们从容、悠闲、温文尔雅地散着步。他们是比较体面、比较正派的人；他们不挤到人群里去，也不嘲笑在伏尔塔瓦河钓鱼的人。博冯德拉老爹这时候又有了那种伟大而良好的秩序的感受。

“报上有什么消息？”问的时候带着做父亲的尊严神情。

“没有什么大事，”儿子回答说。“我刚在这里的报纸上看到消息说，那些鲵鱼已经设法伸展到德累斯顿了。”

“这一下那里的德国人要遭殃了，”老先生说。“你知道，弗朗切克，那些德国人是个古怪的民族。他们有教养，但是很古怪。我认识一个德国人，他是一家工厂的货车司机，这个家伙真是粗野透顶。可是他的货车保养得很好，这是没有疑问的。现在你看，德国已经从世界地图上消灭，”博冯德拉先生自言自语说，“他们一向闹得多厉害！这真可怕：全是军队和战争。当然，甚至德国人也不够厉害，不是鲵鱼的对手，我了解那些鲵鱼。你记得你还是个小孩的时候，我怎样给你看鲵鱼的吗？”

“当心，爸爸，”儿子喊道，“鱼来了。”

“不过是条小白条。”老先生移动了一下鱼竿喃喃地说。他想，嗯，真想不到德国也完了，嗯，这一下再碰见什么事情你都不会奇怪了。从前鲵鱼使整个国家沉没的时候，引起多么大的喧嚣呀，这种事当初可能轮到美索不达米亚，也可能轮到中国，报纸上登满了这种消息。博冯德拉先生眨着眼睛望着他的鱼竿，忧郁地想，人们今天的反应不同了，对于这种事情已经习惯了，还有什么办法呢？现在还没有轮到我们，何必为这件事担心，只要东西不那么贵就好了！比方说，现在咖啡的价钱就太贵了。的确巴西也消失在海底下了。毫无疑问，当世界的一部分沉到海底下去的时候，商业是受到影响的！博冯德拉先生的鱼漂在缓和的小波纹上跳动。老先生想，那些鲵鱼已经用海水淹没了多少土地。它们不怕埃及和印度，也不怕中国，连俄国也不怕，多么庞大的一个国家，那个俄国，当你想到从黑海一直到北极圈——多大的一片水呀！毫无疑问，鲵鱼已经咬掉了足够的陆地！它们的工作十分缓慢，这一点还算运气。

"你说，"老先生说道，"那些鲵鱼已经钻进到德累斯顿了吗？"

"离德累斯顿还有十六公里。那就是说差不多整个萨克森将被水淹没。"

"我同邦迪先生到过那里，"博冯德拉老爹说，"那是一个非常富饶的地方，弗朗切克，不过关于那里的食物很好这句话——不，我不能这样说。在其他方面那里的人非常好，比普鲁士人好。不，这是没法比的。"

"但是，普鲁士也已经完蛋了。"

"难怪，"老先生说，"我不喜欢那些普鲁士人。但是现在德国人既然完蛋了，法国人就有好日子过。法国人会觉得大为放心。"

"也不那么放心，爸爸，"弗朗切克不同意，"目前报纸上登着消息说，法国整整有三分之一淹没在水里。"

"唉，"老先生叹口气说，"同我们一道，那就是说，同邦迪先生一道有过一个法国人，一位管事，名字叫作冉，他追求女人，真不要脸。你知道，这种轻浮的行为必然要得到报应。"

"但是他们说，在离巴黎十公里的地方，他们打败了那些鲵鱼，"儿子弗朗切克说，"那儿完全是地雷，他们把鲵鱼炸上了半天空。消息说,他们在那里消灭了两个军团的鲵鱼。”

“嗯,法国人能打仗,”博冯德拉先生老练地自言自语,“那个冉也是什么事情都不能容忍,我不明白他这种脾气是从哪里来的。他身上有药房的味道,但是,在他打架的时候,那真是个打架的样子。但是两个军团算不了什么。我一想起来,”老先生若有所思地接着说,“就觉得人类在彼此打的时候,就能出色一些。但是,却也不能维持这么久。同那些鲵鱼的对峙已经一直拖了十二年了,但仍然只不过是在准备更好的阵地,这有什么好处呢?在我年轻的时候,曾经打过仗。当时是这边三百万人,那一边也是三百万人,”老先生一面说,一面比画,一直到小船摇晃起来,“然后,我的上帝,他们就厮杀起来。但是这不是一场规矩的战斗,”博冯德拉老爹气冲冲地说,“自始至终只有混凝土的堤坝,从来没有刺刀的进攻,没什么可怕的!”

“但是,人和鲵鱼没法冲锋呀,爸爸,”小博冯德拉不同意,他为现在的战争方法辩解,“你不能用刺刀在水里进攻呀,能吗?”

“正是这样,”博冯德拉先生带着不屑的神气说,“他们不能真打起来。但是,让军人去打军人,你就能看到他们怎么干了。你懂得什么战争!”

“但愿战争不打到这里来就好了,”弗朗切克十分突然地说,“你知道,一个人有了孩子——”

“什么,到这里来!”老先生有些冒火,忽然大叫起来,“你是说到布拉格这里来吗?”

“是呀,到波希米亚的任何一个地方,”小博冯德拉不安地说,“在我看来,既然鲵鱼已经到了德累斯顿——”

“好个聪明的孩子，”博冯德拉先生反驳说，“它们怎么能到这里来呢？难道说它们能插翅飞过我们的那些山峦吗？”

“也许沿着易北河——然后沿着伏尔塔瓦河。”

博冯德拉老爹哼哼鼻子，教训他的儿子说：“什么？沿着易北河！它们最远只能到波登姆格尔，再想前进是万万办不到的。我的孩子，那里全是石头。我到过那里。不，鲵鱼绝到不了这里。我们很幸运，瑞士人也很幸运。你知道，我们没有任何海岸线，这真有妙不可言的好处！那些沿海的国家太倒霉了。”

“但是，在海洋已经扩大到德累斯顿的时候——”

“放心，那里有德国人，”老先生坚定地说，“那是他们的事情。但是鲵鱼到不了我们这里，我这样说是有道理的。不然的话，它们就必须先把这些大石头搬开；你不了解那是多么艰巨的工作！”

“艰巨的工作？”小博冯德拉忧郁地反驳说，“这正是它们求之不得的事情。你不知道吧，在危地马拉，它们设法把二座山脉整个都沉到海底去了？”

“情况不同，”老先生着重地说，“不要那么笨，弗朗切克！那是在危地马拉，不是在这里。这里的情况不同，对不对？”

小博冯德拉叹了一口气。“好吧，你可以这样想，爸爸。但是当你了解那些畜生已经使全部大陆的大约五分之一沉到了海底——”

“那是在靠近海的地点，你这个糊涂虫，不是在其他地方。你不懂得政治。那些靠海的国家在同鲵鱼打仗，但是我们没有。我们是中立国，因此它们不能攻打我们，情况就是这样。不要老谈个没完。再谈下去我们就什么也钓不到了。”

水面上一片宁静，射手岛上的树将那长长的美丽的影子投在伏尔塔瓦河的水面上。桥上，电车的铃声叮当作响，保姆推着婴儿车，还有谨慎小心的星期日游人在岸上闲散地走过。

“爸爸，”小博冯德拉吓得喘着气说，好像是一个孩子似的。

“怎么回事儿？”

“那是一条鲇鱼吗？”

“哪里？”

就在国家剧院前面，伏尔塔瓦河的水面上有一个黑色的大鱼头，缓缓地向上游游去。

“那是一条鲇鱼吗？”小博冯德拉又问了一遍。

鱼竿从老先生手里掉了下去。“你是说那个吗？”他用颤抖的手指头指着大声地问，“你是说那个吗？”

黑鱼头钻进水底下不见了。

“那不是一条鲇鱼，弗朗切克，”老先生用一种好像不是他的声音回答说，“我们必须回家去。完了。”

“什么完了？”

“那是一条鲵鱼，它们到底来了。我们必须回家去，”他又说了一遍，用颤抖的手收拾起鱼竿，“完了。”

“你浑身都在发抖。”弗朗切克感到不安起来，“你怎么啦？”

“我们必须回家去，”老先生紧张地颤巍巍地说，他的下巴抖得厉害极了。“我感到冷，我感到冷。想不到竟会这样！你知道这一下可完了，原来它们已经到了这里。哦，上帝，冷呀！我必须回家去。”

小博冯德拉担心地看着他。“我陪你回去，”他说话的时候,声音也好像不是自己的了。他用桨用力地划了几下,把船划到岛上。"不要紧,我把它拴起来。"

"怎么回事儿?这么冷!"老先生纳闷,他的牙齿上下咔嗒作响,抖个不停。

"我搀着你,爸爸,咱们走吧,"小博冯德拉安慰他并且用手搀着他,"我想你一定是在水上着了凉。那只不过是一片木头。"

老先生抖得像片叶子。"我知道,一片木头,你还想哄我!鲵鱼是什么样子,我知道得最清楚。让我走!"

小博冯德拉做了一件他一辈子也没有做过的事情,他叫了一辆出租汽车。"到维舍赫拉德,"他说,同时把他的父亲推上了汽车,"我让你坐一回汽车,爸爸。天已经很晚了。"

"非常好,"博冯德拉老爹结结巴巴地说,"还说什么晚了,已经完了,弗朗切克。那不是一片木头。那是它们来了。"

到家以后,小博冯德拉差不多只好把他的爸爸抱上了楼。"把床铺好,妈妈,"他在门口急急忙忙地低声说,"我们一定要让他躺下,他不舒服了。"

好,现在博冯德拉老爹躺在鸭绒褥子上;他的鼻子好像从脸上往一个奇怪的角度伸了出去,他的嘴唇微微蠕动着,谁也听不清楚他叽里咕噜地说些什么;他显得真老,他显得真老!过了一会儿,他平静了一些。

"爸爸,你觉得好一些吗?"

博冯德拉太太站在床边,用围裙捂着脸呜呜咽咽地哭着;儿媳妇在照看火炉里的火,弗朗切克和玛蓉卡这两个小孩眼睛瞪得大大的,吃惊地望着爷爷,好像他们不认识他似的。

"爸爸,请位大夫来给你瞧瞧好不好?"

博冯德拉老爹看看孙子,低声说了些什么,突然眼睛里流下了泪水。

"你要什么吗,爸爸?"

"都怪我,都怪我,"老先生低声说,"让我告诉你们,这场灾难都是我带给你们的。当初,我如果不让那位船长进去见邦迪先生,那么,所有这些事情也就不会发生了。"

"什么,不会发生什么事呀,爸爸。"小博冯德拉安慰他说。

"你不明白,"老先生喘着气说,"这一下就算完了,你知道,世界的末日到了。既然鲵鱼已经到了这里,那么海洋也要扩大到我们这里来了。这是我造的孽;我当初不应该让那位船长进去……这样,人们总有一天会知道谁是这场浩劫的祸根。"

"别胡扯了,"儿子粗野地说,"这些事情,连想都不要去想它,爸爸。每个人都有份。每个国家都有份:都是为了钱,他们都想尽量多要些鲵鱼。他们都想从鲵鱼身上赚大钱。我们总是供给它们武器,还有别的东西。我们都对这件事有责任。"

博冯德拉老爹局促不安起来。"海洋曾经淹没了一切,现在它又要这样做了。世界的末日到了。一位先生曾经告诉过我,即使在布拉格附近,从前也是海底。我想那一次的祸根也是鲵鱼。你们知道当初我不应该把那位船长引进去。我总有一种感觉,好像是让我不要那样做——但是当初我想那位船长也许会给我一点小费。你们知道他并没给我。结果我们一无所得就把全世界毁灭了。"老先生好像是把眼泪咽下去了,“我知道,我十分清楚这是我们的末日到了,我知道这是我造的孽——”

“孩子的爷爷,你要喝点茶吗?”小博冯德拉夫人同情地问。

“我只希望,”老先生叹气说,“我只希望那些孩子饶恕我的这桩罪过。”

第十一章　作者自言自语

“你的故事就这样收尾了吗?”作者心底里有一个声音在问。

“你这话是什么意思?”作者有些没有把握地问。

“你就让博冯德拉先生这样死去吗?”

“嗯,”作者辩解说,“我也是不得已呀,哪里愿意这样呢,可是,博冯德拉先生毕竟不算短寿了,你们知道他已经七十好几啦——”

“你就让他的心灵这样痛苦吗?你甚至不打算告诉他,孩子的爷爷,事情不像那么坏呀;世界不会由于鲵鱼而毁灭,人类会得救,只需要时间,你就能活着赶上这件事吗?求求你,难道你不能为他做点好事吗?”

“好吧,我派个大夫去看看他吧,”作者建议说,“这位老先生多半是得了神经炎;当然,像他这样年纪也可以得肺炎;但是也许,感谢上帝,他会复原,也许他还会把玛蓉卡抱在身上摇呀摇的。问她在学校里学些什么。这是晚年的快乐:让老先生再享受些晚年的快乐吧!”

“真是快乐,”心底的声音嘲笑说,“他会用他的一双老手紧紧搂着那个孩子,他害怕,你知道吗?害怕有一天她也会在必然要淹没全世界的汹涌大水面前逃跑;到那时候,他就会恐怖地皱紧浓眉，低低地说：是我造的孽，玛蓉卡，是我造的孽。听着，你真愿意让全人类毁灭吗？”

作者皱了皱眉头。“不要问我愿意做什么。你认为人类大陆会根据我的意志分裂成碎片吗？你认为我愿意这样的事情发生吗？这不过是事态的必然趋势；不要说得好像我能够有什么办法，我尽力而为就是了。我曾经及时警告过他们，那个 X，一部分就是我，我宣传不要让鲵鱼有武器、有炸药，停止那种讨厌的鲵鱼贸易，好了，下文你都知道，我也不必说了。他们都能提出一千个绝对正当的经济和政治理由来说明为什么不可能这样做。我不是一个政治家，也不是一个经济学家；我不能改变他们的意见，你说我能吗？那么该怎么办呢？地球大概会下沉，会淹没；但是，至少这将是普遍公认的政治和经济思想的结果，至少将借助于科学、工业和舆论，至少需要应用人类的全部智慧来做到这一点，这不是天地的劫数，不过是国家、政治、经济和其他原因造成的浩劫。这种浩劫是无法防止的。”

心底的声音沉默了一会儿。“那么你为人类感到遗憾吗？”

“等着，别性急！全人类不一定会毁灭，你说一定吗？鲵鱼不过是需要更多的海岸来居住和下卵。也许它们不把它弄成连贯的陆地，而把它做成长长的像通心粉一样的长条，这样就有尽量多的海岸。让我们假定，在那些一条一条的陆地上，有些人将设法生存，呃？他们将为鲵鱼制造金属和其他东西。你知道鲵鱼单独是不会用火的。”

“那么就是人将要给鲵鱼工作啰？”

“如果你愿意这样说的话，那么就是这样。他们只不过是像现在一样在工厂里工作。不过是换了个主人罢了。到头来也许并不会有多么大的变化。”

“那么你为人类感到遗憾吗?”

“看在上帝面上,你饶了我吧,别问了!我有什么办法呢?毕竟这是人类咎由自取呀;他们都需要鲵鱼,贸易、工业和工程需要鲵鱼,政治家和军队需要鲵鱼。连小博冯德拉都说:为此我们都要负责任。请你告诉我,我怎么能够不为人类感到遗憾呢!但是,我最感到遗憾的是,看到人类如何出于自己的意志,不惜一切代价地冲向毁灭。看到这种景象你会大叫起来,你会高呼起来,会举起你的两臂,就好像你看见一辆火车开上错误的轨道一样。现在太迟了,来不及挡住它了。鲵鱼会继续繁殖,它们会越来越多地使旧大陆崩溃。只是要记住,沃尔夫·梅纳特是怎样辩解的:人必须为鲵鱼腾出空间来,只有到那个时候,鲵鱼才会创造一个幸福的、统一的和一致的世界。”

“想想看,沃尔夫·梅纳特是一个知识分子。你曾看见过什么可怕、残暴和荒唐的东西,连一个知识分子都不愿意用它来拯救世界呢?嗯,不要紧!你知道玛蓉卡现在在做些什么吗?”

“玛蓉卡?我想她是在维舍赫拉德玩呢。他们告诉她说,不要闹,爷爷睡着了,所以她也不知道该干什么好,她腻极了。”

“那么她在做什么呢?”

“我不知道,大概嘛,她是在想法子用舌头尖舐自己的鼻尖呢。”

"你看,你忍心让另一次洪水来吗①?"

"闭嘴!我能创造奇迹吗?一切听其自生自灭好了!让它们走他们势必要走的道路!即使这样也算是一种安慰,因为发生的事情满足了需要和它的规律。"

"能设法制止那些鲵鱼吗?"

"不可能呀。它们太多了。你必须给它们腾地方。"

"能不能想个法子让它们都死光呢?说不定它们会发生某种疾病或退化。"

"那太便宜了,亲爱的伙计,难道永远应该要求老天爷来收拾人闯的祸吗?原来现在甚至你都不相信他们能够帮助自己了吗?你看,怎么样,到头来你又愿意依靠某些人,某些东西来救你了吧!我告诉你吧!现在,当欧洲已经有五分之一被水淹没的时候,你知道,是谁仍然在供给鲵鱼炸药、鱼雷和钻孔机吗?你知道是谁仍然在实验室里日日夜夜拼命研究,企图发明更有效的机器和物资来毁灭世界吗?你知道,谁借给它们钱,你知道,这个世界的末日,这场新的洪水是谁出的钱造成的?"

"是的,我知道。那是所有的工厂,所有的银行,所有各个国家。"

"你也懂了吧。如果只是鲵鱼同我们打仗,那么也许还可以有对付的办法;但是人同人打——哎呀,我的朋友,那就什么也拦不住了。"

"等一等,你说起人和人作战!我倒有一个想法。也许

① 《旧约·创世记》中记载的四十日洪水泛滥为第一次洪水,所以这里称另一次洪水。

到头来鲵鱼可能自相残杀。”

“鲵鱼自相残杀？你这话是什么意思？”

“比方说，在鲵鱼太多的时候，它们也许为了一小块海岸、一个海湾或者某种东西争执起来；然后它们就会争夺越来越大块的海岸；到最后它们就必然会争夺世界的海岸，对吗？鲵鱼自相残杀！你认为怎么样，是历史的必然规律吗？”

“哦，不，那不行。鲵鱼不能和其他鲵鱼打起来。这是违背自然的。鲵鱼都是同类，对不对？”

“人也是同类呀，我的朋友。你知道，他们不在乎；虽然是同类，他们打得多厉害！而且甚至不是为了生存的地方，而是为了权力，为了威信，为了势力，为了荣誉，为了市场，我真不知道还为了些什么别的！为什么鲵鱼不能自己对打起来呢，比方说为了威信？”

“为什么它们应该那么做呢？告诉我这样做它们会有什么好处。”

“只不过是它们中间有一些鲵鱼暂时会比别的鲵鱼有更多的海岸和更大的权力。过一些时候，一切就又恢复原状了。”

“为什么有些鲵鱼就应该比别的鲵鱼有更大的权力？难道它们不都是一样，不都是鲵鱼吗？它们的构造都一样。它们同样丑陋，同样是第二流？它们为什么应该自相残杀呢？我问你，它们用什么名义彼此作战呢？”

“不要再谈它们了，不久就要发生某种事情。听我说，有些鲵鱼住在西方，另外一些住在东方；它们可能为了西方而打东方。这里是欧洲鲵鱼，向南是非洲鲵鱼，如果到最后，某些鲵鱼不想胜过其他鲵鱼，那才怪哪！于是它们就要设法用文明、扩张或者别的莫名其妙的名义来显示这一点。这个海岸的鲵鱼总会找到一些道德上的或政治上的理由来切断另一个海岸的鲵鱼的喉咙。鲵鱼像我们一样文明，我的朋友！我们不会缺乏从权力、经济、法律、文化等方面得到的论点。”

“而且它们有武器。不要忘记了它们有精良的装备。”

“是的，它们有充足的武器。你知道吧，如果它们没有从人类了解到历史是怎样构成的，那倒是重要的！”

“等等，等一会儿！”作者一跃而起，在他的书房里踱来踱去，“是的，的确是这样，如果它们不知道，那就他妈的糟了！我现在懂得了。看看世界地图就够了。我的上帝，哪里有世界地图？”

“我看到了。”

“好了，这里是大西洋和地中海以及北海，这里是欧洲，那里是美洲。嗯，知道吗，这里是文化和现代文明的摇篮。在这个地方的某处是沉默的大西岛。”

“由于鲵鱼的努力，这里又出现了一个新大西岛。”

“正是那样。这里是太平洋和印度洋。古老的神秘的东方，告诉你。就是人们所说的人类的摇篮。非洲以东的某处是神话般的、沉没了的勒姆里亚。这里是苏门答腊，再往西一点是小岛塔纳马萨——鲵鱼的摇篮。”

“是的，一切鲵鱼的精神领袖鲵鱼王在那里统治着。万托赫船长的塔帕孩子，最初的太平洋的半野生的鲵鱼仍然在那里生活。当然是它们的东方，你知道！现在，整个那片地区叫作勒姆里亚；而另外一个文明的、欧洲化的、美洲化的、现代化的以及在技术上成熟的地区叫作大西岛。现在那里的独裁者是鲵鱼长，那位伟大的征服者，工程师和军人，鲵鱼的成吉思汗，几大洲的毁灭者，一个非凡的人物，我的朋友。”

（“……听着，它真是一条鲵鱼吗？”）

（……不，鲵鱼长是一个人。他的真正名字是安德烈·许泽①，在世界大战期间，他在某地担任军士长。）

（“原来是这样，这就难怪了！”）

（哼，那么，你现在明白了吧。）好吧，你来看，这里是大西岛，那里是勒姆里亚。所以存在这种划分是因为地理原因，行政原因，文化原因……

“……还有国家的原因。别忘了国家的原因。勒姆里亚鲵鱼说洋泾浜英语，大西岛鲵鱼说基本英语。”

“好吧，到时候大西岛的鲵鱼就要慢慢地通过过去的苏伊士运河进入印度洋。”

“当然，这是通向东方的老路。”

“好吧。另一方面，勒姆里亚鲵鱼要绕过好望角到达过去的非洲西海岸。事实上它们声称整个非洲属于勒姆里亚。”

“当然。”

“它们的口号是勒姆里亚是勒姆里亚鲵鱼的勒姆里亚，驱逐外国人以及诸如此类的话。大西岛鲵鱼和勒姆里亚鲵鱼之间的猜忌和永久敌意的鸿沟加深了。这是不共戴天的敌意。”

“或者换句话说，它们正在成为国家。”

“是的，大西岛鲵鱼瞧不起勒姆里亚鲵鱼，称它们是肮脏的蛮子；而勒姆里亚鲵鱼则对大西岛鲵鱼有一种刻骨的仇恨，

① 暗指阿尔道夫·希特勒在第一次大战中曾当上等兵一事。

认为它们是帝国主义者，西方魔鬼，它们玷污了古老的、纯粹的和最道地的鲵鱼性。鲵鱼长为了他所说的贸易和文明，要求在勒姆里亚海岸上建立租界。古老的、高贵的鲵鱼王不管心里多么不愿意，也只好让步；它们的确不是装备得那么好的。在以前的巴格达附近的底格里斯湾开了火；当地的勒姆里亚鲵鱼袭击大西岛的租界，击毙了大西岛两名军官，大概是由于某种种族上的纠纷。于是就——"

"当然是战争爆发了。"

"是的，爆发了鲵鱼互相残杀的战争。"

"为了文化和正义。"

"为了真正的鲵鱼性。为了国家的荣誉和伟大。口号是：有它们就没有我们，拼呀！勒姆里亚鲵鱼装备着马来人的波刃短剑和瑜伽信奉者的匕首，无情地割断了大西岛入侵者的喉咙；比较先进的西大西岛鲵鱼则在勒姆里亚海里放了化学毒药和致命的细菌培养物，效果很好，以致全世界的海洋都将受到感染。海水感染了一种菌鳃病的人工培养物。这就是末日到了，我的朋友。鲵鱼要绝种了。"

"全部吗？"

"所有的鲵鱼都活不了。它要灭种。此后，它们留下的唯一的东西将是奥宁根的那幅古老的许氏古鲵版画。"

"那么人类会怎么样呢？"

"人类？哦，是的，还有人类。嗯，他们将慢慢地从山地回到大陆剩余部分的海岸上来，但是将有很长时间，海洋里将发出鲵鱼的腐烂尸体的臭气。通过河流的沉积，大陆面积将再一次渐渐扩大；海洋将一英寸一英寸地退让，一切都将差不多恢复原状。关于上帝因为全人类的罪恶而叫全世界发生洪水的新神话又将产生。还会出现关于作为人类文化摇篮的、已沉没了的、神话般的地方的传奇;也许还会有关于一块叫作英国、法国或德国的土地的神话。”

“以后呢?”

“……以后我就不知道再会发生什么事情了。”

“外国文学名著丛书”书目

第一辑

书名	作者	译者
伊索寓言	〔古希腊〕伊索	周作人
源氏物语	〔日〕紫式部	丰子恺
堂吉诃德	〔西班牙〕塞万提斯	杨绛
泰戈尔诗选	〔印度〕泰戈尔	冰心 石真
坎特伯雷故事	〔英〕杰弗雷·乔叟	方重
失乐园	〔英〕约翰·弥尔顿	朱维之
格列佛游记	〔英〕斯威夫特	张健
傲慢与偏见	〔英〕简·奥斯丁	王科一
雪莱抒情诗选	〔英〕雪莱	查良铮
瓦尔登湖	〔美〕亨利·戴维·梭罗	徐迟
欧·亨利短篇小说选	〔美〕欧·亨利	王永年
特利斯当与伊瑟	〔法〕贝迪耶	罗新璋
巨人传	〔法〕拉伯雷	鲍文蔚
忏悔录	〔法〕卢梭	范希衡 等
欧也妮·葛朗台 高老头	〔法〕巴尔扎克	傅雷
雨果诗选	〔法〕雨果	程曾厚
巴黎圣母院	〔法〕雨果	陈敬容
包法利夫人	〔法〕福楼拜	李健吾
叶甫盖尼·奥涅金	〔俄〕普希金	智量
死魂灵	〔俄〕果戈理	满涛 许庆道

书 名	作 者	译 者
当代英雄	〔俄〕莱蒙托夫	草 婴
猎人笔记	〔俄〕屠格涅夫	丰子恺
白痴	〔俄〕陀思妥耶夫斯基	南 江
列夫·托尔斯泰中短篇小说选	〔俄〕列夫·托尔斯泰	草 婴
怎么办?	〔俄〕车尔尼雪夫斯基	蒋 路
高尔基短篇小说选	〔苏联〕高尔基	巴 金 等
浮士德	〔德〕歌德	绿 原
易卜生戏剧四种	〔挪〕易卜生	潘家洵
鲵鱼之乱	〔捷〕卡·恰佩克	贝 京
金人	〔匈〕约卡伊·莫尔	柯 青

第 二 辑

荷马史诗·伊利亚特	〔古希腊〕荷马	罗念生 王焕生
荷马史诗·奥德赛	〔古希腊〕荷马	王焕生
十日谈	〔意大利〕薄伽丘	王永年
莎士比亚悲剧五种	〔英〕威廉·莎士比亚	朱生豪
多情客游记	〔英〕劳伦斯·斯特恩	石永礼
唐璜	〔英〕拜伦	查良铮
大卫·科波菲尔	〔英〕查尔斯·狄更斯	庄绎传
简·爱	〔英〕夏洛蒂·勃朗特	吴钧燮
呼啸山庄	〔英〕爱米丽·勃朗特	张 玲 张 扬
德伯家的苔丝	〔英〕托马斯·哈代	张谷若
海浪 达洛维太太	〔英〕弗吉尼亚·吴尔夫	吴钧燮 谷启楠
哈克贝利·费恩历险记	〔美〕马克·吐温	张友松
一位女士的画像	〔美〕亨利·詹姆斯	项星耀
喧哗与骚动	〔美〕威廉·福克纳	李文俊
永别了武器	〔美〕欧内斯特·海明威	于晓红

书　名	作　者	译　者
波斯人信札	〔法〕孟德斯鸠	罗大冈
伏尔泰小说选	〔法〕伏尔泰	傅　雷
红与黑	〔法〕司汤达	张冠尧
幻灭	〔法〕巴尔扎克	傅　雷
莫泊桑中短篇小说选	〔法〕莫泊桑	张英伦
文字生涯	〔法〕让-保尔·萨特	沈志明
局外人　鼠疫	〔法〕加缪	徐和瑾
契诃夫小说选	〔俄〕契诃夫	汝　龙
布宁中短篇小说选	〔俄〕布宁	陈　馥
一个人的遭遇	〔苏联〕肖洛霍夫	草　婴
少年维特的烦恼	〔德〕歌德	杨武能
德国,一个冬天的童话	〔德〕海涅	冯　至
绿衣亨利	〔瑞士〕戈特弗里德·凯勒	田德望
斯特林堡小说戏剧选	〔瑞典〕斯特林堡	李之义
城堡	〔奥地利〕卡夫卡	高年生

第三辑

埃斯库罗斯悲剧二种	〔古希腊〕埃斯库罗斯	罗念生
索福克勒斯悲剧二种	〔古希腊〕索福克勒斯	罗念生
欧里庇得斯悲剧二种	〔古希腊〕欧里庇得斯	罗念生
神曲	〔意大利〕但丁	田德望
西班牙流浪汉小说选	〔西班牙〕克维多 等	杨　绛 等
阿拉伯古代诗选	〔阿拉伯〕乌姆鲁勒·盖斯 等	仲跻昆
列王纪选	〔波斯〕菲尔多西	张鸿年
蕾莉与马杰农	〔波斯〕内扎米	卢　永
莎士比亚喜剧五种	〔英〕威廉·莎士比亚	方　平
鲁滨孙飘流记	〔英〕笛福	徐霞村

书　名	作　者	译　者
彭斯诗选	〔英〕彭斯	王佐良
艾凡赫	〔英〕沃尔特·司各特	项星耀
名利场	〔英〕萨克雷	杨　必
人性的枷锁	〔英〕威廉·萨默塞特·毛姆	叶　尊
儿子与情人	〔英〕D. H. 劳伦斯	陈良廷　刘文澜
杰克·伦敦小说选	〔美〕杰克·伦敦	万　紫 等
了不起的盖茨比	〔美〕菲茨杰拉德	姚乃强
木工小史	〔法〕乔治·桑	齐　香
恶之花　巴黎的忧郁	〔法〕波德莱尔	钱春绮
萌芽	〔法〕左拉	黎　柯
前夜　父与子	〔俄〕屠格涅夫	丽　尼　巴　金
卡拉马佐夫兄弟	〔俄〕陀思妥耶夫斯基	耿济之
安娜·卡列宁娜	〔俄〕列夫·托尔斯泰	周　扬　谢素台
茨维塔耶娃诗选	〔俄〕茨维塔耶娃	刘文飞
德国诗选	〔德〕歌德 等	钱春绮
安徒生童话选	〔丹麦〕安徒生	叶君健
外祖母	〔捷〕鲍·聂姆佐娃	吴　琦
好兵帅克历险记	〔捷〕雅·哈谢克	星　灿
我是猫	〔日〕夏目漱石	阎小妹
罗生门	〔日〕芥川龙之介	文洁若

第 四 辑

一千零一夜		纳　训
培根随笔集	〔英〕培根	曹明伦
拜伦诗选	〔英〕拜伦	查良铮
黑暗的心　吉姆爷	〔英〕约瑟夫·康拉德	黄雨石　熊　蕾
福尔赛世家	〔英〕高尔斯华绥	周煦良

书　名	作　者	译　者
月亮与六便士	〔英〕威廉·萨默塞特·毛姆	谷启楠
萧伯纳戏剧三种	〔爱尔兰〕萧伯纳	潘家洵 等
红字　七个尖角顶的宅第	〔美〕纳撒尼尔·霍桑	胡允桓
汤姆叔叔的小屋	〔美〕斯陀夫人	王家湘
白鲸	〔美〕赫尔曼·梅尔维尔	成　时
马克·吐温中短篇小说选	〔美〕马克·吐温	叶冬心
老人与海	〔美〕欧内斯特·海明威	陈良廷 等
愤怒的葡萄	〔美〕斯坦贝克	胡仲持
蒙田随笔集	〔法〕蒙田	梁宗岱　黄建华
悲惨世界	〔法〕雨果	李　丹　方　于
九三年	〔法〕雨果	郑永慧
梅里美中短篇小说选	〔法〕梅里美	张冠尧
情感教育	〔法〕福楼拜	王文融
茶花女	〔法〕小仲马	王振孙
都德小说选	〔法〕都德	刘　方　陆秉慧
一生	〔法〕莫泊桑	盛澄华
普希金诗选	〔俄〕普希金	高　莽 等
莱蒙托夫诗选	〔俄〕莱蒙托夫	余　振　顾蕴璞
罗亭　贵族之家	〔俄〕屠格涅夫	陆　蠡　丽　尼
日瓦戈医生	〔苏联〕帕斯捷尔纳克	张秉衡
大师和玛格丽特	〔苏联〕布尔加科夫	钱　诚
茨威格中短篇小说选	〔奥地利〕斯·茨威格	张玉书 等
玩偶	〔波兰〕普鲁斯	张振辉
万叶集精选	〔日〕大伴家持	钱稻孙
人间失格	〔日〕太宰治	魏大海

第五辑

书　名	作　者	译　者
泪与笑　先知	〔黎巴嫩〕纪伯伦	冰　心 等
华兹华斯 柯尔律治 诗选	〔英〕华兹华斯 柯尔律治	杨德豫
济慈诗选	〔英〕约翰·济慈	屠　岸
汤姆·索亚历险记	〔美〕马克·吐温	张友松
大街	〔美〕辛克莱·路易斯	潘庆舲
田园三部曲	〔法〕乔治·桑	罗　旭 等
金钱	〔法〕左拉	金满成
果戈理小说戏剧选	〔俄〕果戈理	满　涛
奥勃洛莫夫	〔俄〕冈察洛夫	陈　馥
谁在俄罗斯能过好日子	〔俄〕涅克拉索夫	飞　白
亚·奥斯特洛夫斯基戏剧六种	〔俄〕亚·奥斯特洛夫斯基	姜椿芳 等
复活	〔俄〕列夫·托尔斯泰	草　婴
静静的顿河	〔苏联〕肖洛霍夫	金　人
谢甫琴科诗选	〔乌克兰〕谢甫琴科	戈宝权　任溶溶
维廉·麦斯特的学习时代	〔德〕歌德	冯　至　姚可崑
叔本华随笔集	〔德〕叔本华	绿　原
艾菲·布里斯特	〔德〕台奥多尔·冯塔纳	韩世钟
豪普特曼戏剧三种	〔德〕豪普特曼	章鹏高 等
铁皮鼓	〔德〕君特·格拉斯	胡其鼎
加西亚·洛尔卡诗选	〔西班牙〕加西亚·洛尔卡	赵振江
你往何处去	〔波兰〕亨利克·显克维奇	张振辉
显克维奇中短篇小说选	〔波兰〕亨利克·显克维奇	林洪亮
裴多菲诗选	〔匈〕裴多菲	孙　用
轭下	〔保〕伐佐夫	施蛰存

书　名	作　者	译　者
卡勒瓦拉(上下)	〔芬兰〕埃利亚斯·隆洛德	孙　用
破戒	〔日〕岛崎藤村	陈德文
戈拉	〔印度〕泰戈尔	刘寿康